致青春 093

玫瑰塔

（下）

樓見　著

高寶書版集團

第二十章　驚險　005
第二十一章　純潔的男女朋友關係　039
第二十二章　我會對你很好　069
第二十三章　來去孟家住一晚　097
第二十四章　不是妹妹　127
第二十五章　準備賣鞋墊　153
第二十六章　餘波　181
第二十七章　玫瑰塔的承諾　213

目錄
CONTENTS

第二十八章　上路　241
第二十九章　光來到你的面前　269
第三十章　你值得光芒萬丈　293
番外一　見面禮　317
番外二　長安　325
番外三　小糯米　333
番外四　哥哥　343

第二十章 驚險

陳妄見到湯嚴是在三年前的廣東，那時候他剛從雲南出完任務，領著一隊人往回走，臨時接了上頭通知，欽州禁毒支隊和武警部隊大批傷亡請求陸特支援，走了一半又折回廣東。

當時湯嚴手底下有珠三角最大的境內外販毒走私管道，架有國外獨立暗網伺服器，把控境外毒品滲透內流和國內制毒走私輸出。

沒妻兒，有個弟弟。

湯城那時還是挺老實的，沒什麼主意，對金錢、權勢、女人好像也沒有欲望，性格有些靦腆，喜歡笑。

對他哥倒是唯命是從，就是再不情願的事也會去幹，據說兩個人年齡差得多，湯城是湯嚴一手拉扯大的，相依為命，感情很好。

三年的時間足夠讓一個傻白甜變成歇斯底里的神經病，雖然湯城絕對不傻，不然當年湯嚴這一條線整個被陳妄端了個乾淨的時候他也不會跑得掉，甚至整整三年半點蹤跡都沒讓人尋著。

湯城這一通電話是什麼意思陳妄很清楚，他就是故意讓他聽見。

孟嬰寧壓抑著瀕臨崩潰邊緣的恐懼和絕望會鑄成鋒利的爪牙，一層一層撕開他的皮，剝了傷口上的痂，露出腐爛的血肉，然後把他滲入到靈魂深處名為無能為力的痛全都拽了出來。

湯城是親眼見過易陽死了以後陳妄發瘋的，男人那時踩著滿地積水混成血水，一整座後方製毒廠房被他一個人從頭闖到底，滿身滿臉全是血，只有眼睛是深不見底的黑，像從地獄裡爬出來的魔。

這個世界上不會有人比他更瞭解陳妄的死穴，林賀然和孟嬰寧，都是絕對不能出事的人。

一個是他的過去，一個是未來。

而現在，這兩個人在他眼皮子底下一起出事了。

湯城無比的想知道陳妄在聽到他說起易陽的時候，聽到孟嬰寧哭得低抑，近乎絕望請求的時候，是什麼樣的表情。

沒能親眼看到，實在是太遺憾了。

而幾乎在他開口的一瞬間，孟嬰寧也反應過來。

她猛地抬起頭，淚水順著下巴滑落，卻怎麼都不出聲了。

湯城看著她濕漉漉的眼，眼神很溫柔：「真可憐，哭什麼呢？」

好半天，陳妄才開口，聲音乾啞，語速很慢：『你想要我怎麼樣？』

「我提醒過你的，我之前已經提醒過你一次了，我給過你機會，是不是？是你自己不小心，」湯城看了車窗外一眼，勾了勾唇，說，「我可以再給你一次機會，來不來得及全看你，怎麼樣？」

黑夜孤寂。

孟嬰寧從來沒來過這邊，雖然都是老城區，但和她以前住的舊城區還不一樣，這裡幾乎靠著城市最邊緣，房子舊且破，抬眼望不見幾棟高樓，住宅三兩一片很是鬆散，煙囪高聳，各種亂七八糟半拆不拆的廠房分散，牆壁上朱色毛筆寫著大大的「拆」字。

孟嬰寧站在一棟廢舊民宅天臺上，覺得有些冷。

可能是因為站得高，風颳過來刺骨的冷，她出來的時候沒穿外套，身上薄薄一件都透了。

孟嬰寧也不知道為什麼都這個時候了，她腦子裡竄過的第一個想法竟然是今年應該不會是個暖冬。

這一片只有兩棟破大樓孤零零的立著，周圍已經被拆乾淨了，這兩棟也只能算是兩個水泥砌起來的樓架子，門窗都已經沒了，從這邊都能看見對面大樓裡面是什麼樣子，有些地方能夠看見牆體表面露出來的鋼筋。

孟嬰寧沒有戴手錶的習慣，也判斷不出過了多長時間，現在大概幾點。

倒數計時倒是有。

她抬眼看了天臺另一端不斷跳動的紅色數字一眼，在漆黑的夜色中顯得格外刺目。

「還有半個小時，妳大概就能看見陳妄，如果他把油門踩到底，」湯城站在天臺邊緣，視線垂下去，「這一片車都開不進來，他就算再快，大概也只能……」他抬手，指尖虛空敲了敲，思考兩秒，往前面兩棟大樓以外指了指，「到這個距離吧，視野也剛剛好。」

「能看見妳被炸得連渣都不剩。」

孟嬰寧沒出聲。

湯城回頭，看了她一眼，「怎麼現在反倒不哭了，不怕了？」

孟嬰寧側過頭去，眼神裡有憎惡。

如果說之前對於湯城只是怕，那麼現在已經不僅如此。

她從來沒這麼討厭，甚至憎恨過一個人。

恨不得讓他明天就死掉，下一秒就從這個世界上消失。

湯城對上她毫不掩飾的視線，抬起手，溫柔地摸了摸她的臉，嘆息一聲：「妳錯就錯在陳妄很珍惜妳。」

他轉身，消失在天臺門口。

一直守在門口的那個平頭男人關上門，鐵門吱嘎一聲，緊接著是嘩啦啦的金屬鎖鏈聲音。

孟嬰寧脫力整個人跌坐在地上。

手腕上的束帶另一端固定在水管上拉扯著她的手臂吊起來，她重新站起來，拚盡全力往外掙扎，白色細細的塑膠帶子緊緊嵌進皮肉，她卻沒怎麼感覺到疼。

她垂下頭，用牙齒去咬。

怕，她也只是個普通人，怎麼可能不怕。

她剛剛哭也不是因為覺得陳妄真的像湯城說的那樣，孟嬰寧認識陳妄快二十年了，這些事情除非陳妄親口告訴她，不然她誰都不信。

至於關於她的那些，因為本來就是那樣的。

從始至終都是她主動的，他對她的喜歡少一些，也只會讓她稍微有那麼一點點難過而已。

她只是單純的，真的真的很害怕。

在今天之前，哪怕是在夢裡，哪怕陳妄之前已經提前跟她說過了，她都沒想過自己竟然真的會經歷這樣的事情。

孟嬰寧沒見過易陽，但是光聽湯城之前用那種語氣說那些話，都覺得毛骨悚然，嚇得連舌根都在顫。

那是長安的親生父親，是陳妄的戰友，是他很好的朋友。

孟嬰寧當時覺得自己一定也快死了。

這個人這麼這麼恨陳妄，也一定不會放過她，巨大的恐懼像深海裡的旋渦，驚濤駭浪衝破雲層咆哮著吞噬萬物，從陳想的工作室開始一直壓制著的恐懼感在那一刻終於澈底爆發。

結果真的一語成讖了。

手腕被磨得破了皮，滲出血來，餘光能瞥見有紅色的光在天臺另一端一閃一閃的亮，不斷提醒著她死亡在逼近。

孟嬰寧曾經無數次幻想過她和陳妄的未來，在剛畢業的時候，大學每一次聽到他的消息的時候，甚至更早。

最開始的少女時代，還會有幻想、有奢望。到後來，陳妄的未來裡是沒有她的。

他會找一個他喜歡的類型的女孩子，可能是高中時候跟他一起走，和他一起買了杯子和粉色的小寵物機的那個女生。

她會燙很成熟的捲髮，性格溫柔，她不喜歡粉色，覺得那些小東西很幼稚，所以陳妄就算買來了也會轉手給別人，就像她很久以前曾經得到過的那個小小的寵物機一樣。

他們會結婚，會有小孩，會一起陪著他們的小朋友長大，然後再一起慢慢變老。

而孟嬰寧自己，她能喜歡上別人，就一定不會再喜歡他了，如果實在不行，她就孤獨終老，其實一個人也挺好的。

但是時間久了，大概難免會覺得有點寂寞。

所以為了不讓自己一輩子寂寞，孟嬰寧曾經做過很長一段時間的嘗試和努力。

大學期間參加社團活動，隔系聯誼，認識不同的人，嘗試著去喜歡那些也喜歡她的男生。

直到再次見到他的時候。

孟嬰寧發現還是不行。

昏暗的酒吧二樓走廊，男人靠著牆站在那裡，眼神沉冷。

他居高臨下的看了她一眼。

他只是看她一眼，孟嬰寧就能手足無措，幾乎同手同腳，慌到電話那邊林靜年說了什麼她都沒辦法馬上反應過來，慌到包丟了一直到家門口才發現。

她那時候根本沒想過自己還能跟他有什麼結果，也沒想過有一天，他也喜歡她了。

他們擁抱過，接過吻，孟嬰寧甚至還能想起男人身上的味道，懷抱的溫度，唇上濕潤柔軟的觸感。

她從懵懂的少女時代，青澀的情竇初開，從她自己甚至還毫無所察的年歲就一直惦記著的，喜歡著的少年。她努力窺探著，鼓起勇氣追逐著的少年終於停在她面前，走到她身邊，她們從此有了新的關係——她的男人。

她現在卻要死了。

她忽然覺得非常、非常的捨不得。

一想到以後就再也見不到他了，一想到自己的存在可能會消失在這個世界上，孟嬰寧的大腦嗡嗡響，心臟也跟著一蹦一蹦的疼。

視線有些模糊，等到意識到的時候她已經很大聲的哭出了聲，白色的塑膠束帶嵌進肉裡勒出深深的血痕，她低下頭在手臂上狠狠蹭了一下眼睛。

金屬鏈子摩擦的聲音清晰入耳，剛開始，孟嬰寧有些沒反應過來，直到撞門聲響起，有人在叫她。

她淚眼婆娑地抬起頭。

連續幾聲以後，砰的一聲巨響，天臺的門被人撞開彈到水泥牆面上，男人穿著黑色衝鋒衣衝進她的視線裡，她看著他快步走來，手指順著束帶縫隙順進去勾住，然後往外猛力一扯，另一隻手抓著她兩隻手腕拉出來。

孟嬰寧不敢說其他的，她不知道現在過了多久，手腕已經沒什麼知覺了，捉著他的袖子：「陳妄，那邊……」

「我知道。」

陳妄嗓音嘶啞，抬手把她的腦袋扣進懷裡，抬眼掃了天臺盡頭電子鐘一般的矩形盒狀物一眼，細長一個，被鐵水澆上一圈嚴絲合縫嵌進天臺牆面，看這個大小，他們所在的這棟大樓至少上面三層樓都會被轟得一乾二淨：「我知道，沒事。」

孟嬰寧也跟著他看過去，紅色的數字正在一跳一跳的倒數計時——

六。

五。

四。

來不及了。

無論怎麼樣都來不及了。

「陳妄，我要死了。」孟嬰寧忽然說。

陳妄轉過頭來。

我要死了，但我還有好多事情還沒來得及告訴你。

比如因為你喜歡其他類型的女生，所以很長一段時間我都想讓自己變成另一個人的樣子，做了很多很蠢的事。

比如之前被你扔掉的那個養著咪咪的寵物機，其實我撿回來了，不過最後還是壞掉了，現在也無法開機。

比如我真的很喜歡你。

喜歡你很久很久了，久到我自己都不記得是從什麼時候開始。

孟嬰寧閉上眼，緊緊拽著他的袖子：「我們要死了。」

「別怕，」陳妄垂頭，親了親她的髮頂，手臂有力地圈著她，單手抱住站起來，一邊往前走一邊低聲叫她：「寧寧，別怕。」

他的步伐很大，幾乎是跑過去的，豹子一樣衝到天臺邊緣蹬住一躍而起。

下一秒，孟嬰寧只覺得有一股極大的力道裹著她飛了出去，陳妄緊緊抱著她整個人向對面大樓撲過去，失重感還沒來得及襲來，就聽到轟的一聲在耳邊爆開。

陳妄下意識的抬臂將孟嬰寧整個頭按進自己的胸膛。

火光伴隨著巨大的爆裂聲在他們身後與頭頂炸開，滾燙灼熱的氣流熱浪似的在半徑內噴薄而出，爆炸產生的巨大的衝擊將人推到對面那棟大樓的天臺邊緣。

陳妄看準時機在下墜之前將懷裡的人猛地往前一甩，一聲悶響，孟嬰寧整個人摔在天臺水泥地面上，陳妄抬臂扣住天臺邊，整個人吊在上面盪了兩個來回，而後上臂肌肉一鼓，小臂屈起，抬腿蹬著牆面整個人往上竄了一截，掌心扣著地面動作俐落凌空翻了上來。

他們身後幾秒鐘前站的那棟大樓上面兩層樓已經被轟得粉碎，衝出的灼熱火光夾雜著熱氣近在咫尺咆哮而出。

陳妄躺在地上，單手撐著地面爬起來，轉頭找孟嬰寧，剛抬眼，就看見小小一團影子朝他跑過來。

跌跌撞撞，幾乎是連滾帶爬地。

孟嬰寧整個人直直撲進他懷裡一把抱住他，勢頭很猛，陳妄被撞得身子往後仰了仰。

陳妄笑了一聲，單手環住她：「妳想把我推下去？」

孟嬰寧一句話都不說，也不抬頭，只是哭著緊緊地圈著他的腰。

整整一個晚上所有的負面情緒在此時此刻終於找到可以宣洩的出口，她在他懷裡像個小孩子似的，歇斯底里的哭。

陳妄環著她的手臂緊了緊，嗓子有些艱澀，半晌，才緩聲說：「沒事了。」

他抱著她，聲音低啞而溫柔：「沒事了，我在這。」

孟嬰寧吸著鼻子抬起頭，哭著看著他。

她臉上濕漉漉的，淚水混著灰燼髒兮兮地糊了滿臉，只有一雙眼睛是明亮的，映出他身後漫天的火光，璀璨漂亮。

她沒說話，雙手抬起捧著他的下顎，仰起下巴吻住他的唇。

「挺嚴重的？」

「你能不能別問廢話，我把你掄起來甩到地上試試？那可是水泥地面，你以為地上鋪的是棉花？」

穿著警服的女人翻了個白眼，「知道當時情況危急，但你也注意點，當扔麻袋呢，你扔得可是個女孩！還是個細皮嫩肉的。」

孟嬰寧坐在警車上看著傷口被做臨時處理，她身上沒什麼大傷，零零碎碎的小傷口卻很多。

手腕上的最嚴重，兩隻手腕被塑膠束帶磨破，鮮紅露肉，現在兩隻手腕上都被纏上兩圈白色紗布。

陳安怕自己下手沒有輕重，幫她找了個女刑警，看起來和他也是認識的，刑警姐姐這時正幫她處理手臂上的擦傷。

滲血的傷口裡混著水泥地面大顆大顆的碎石和細碎的沙，消毒棉往上一蹭，孟嬰寧原本就眼眶通紅著還沒恢復過來，這麼一下疼得眼淚直接掉下來了。

女孩始終沒怎麼說話，安安靜靜坐在那裡，疼得整個人一直縮，卻沒說話。

那麼嬌氣的小丫頭，之前稍微捏她捏重一點都能委屈得直掉眼淚，這時半聲都不吭。

陳妄看得眉頭直接擰在一起：「那妳不能輕點？」

刑警姐姐掃掉大顆的碎石塊，又澆上雙氧水，纏上紗布以後打了個俐落漂亮的結，才回頭瞥了他一眼：「我也只能先簡單弄一下以防感染，傷口裡面還有好多細碎的都要去醫院清乾淨，順便再帶她做個全身檢查，看看還有沒有別的地方傷著了。」

女人說著將手邊的紗布放進急救箱裡，啪嗒一聲扣上，塞進車椅下，直起身：「行了，帶著你的小女朋友先回吧，那邊我去說一聲，有什麼事明天再說。」

她說著回頭：「我看她也嚇著了，你好好哄哄。」

陳妄沒說話。

周圍警車圍成圈停在一旁，紅藍燈光交替閃爍，緊跟著趕過來的是消防隊。

爆炸高溫引發火勢，老式民宅雖然門窗被拆得差不多，但木造結構多，燒起來很快，滾滾煙塵直衝夜幕。

消防員穿著橘色的制服拖著工具呼啦啦從孟嬰寧身邊擦過，頭也不回衝進濃煙裡

好在火勢不嚴重，周圍又幾乎都光禿禿的，沒什麼蔓延的途徑，此時已經控制住了。

警車車門開著，陳妄站在車門前，蹲下身，抬手，指尖抹掉她眼角濕漉漉的淚痕，低道：

「先去醫院，然後回家？」

孟嬰寧低垂著的眼眸揚了揚，抿著唇看著他，點了點頭。

女孩平日裡習慣性略微彎著的漂亮杏眼此時沒什麼精神地垂著。

這個晚上發生了太多事，沒有陳妄在的時候她沒辦法，所有的事情只能自己撐著，自己思考，現在看著他站在自己面前，孟嬰寧就什麼都不想去想了。

只覺得累。

是劫後餘生，是驚慌壓抑至極，精神也緊繃到極致以後驟然放鬆下來的脫力似的疲憊。

她抬起手來，朝著他張開雙臂，蒼白的嘴唇發乾，聲音是啞的：「抱抱。」

陳妄默了默，把她從車裡抱出來，小心著不碰到她身上剛被處理過的傷，抱小朋友似的姿勢抱著她往前走。

孟嬰寧把腦袋擱在他肩膀上，能感受到他略高的體溫，鼻尖縈繞著熟悉的氣息。

她抬手，揉一下眼睛，又眨眨眼睛，腦袋側過來趴著，臉對著他的頸窩，小聲叫了他一聲：「陳妄。」

「嗯？」陳妄應了一聲，鼻音低低沉沉。

「你們抓到湯城了嗎？」孟嬰寧問。

陳妄的腳步頓了一下：「沒有。」

「那你是怎麼找到我的？他告訴你的嗎？」

「嗯，」陳妄抬手，大掌覆在她腦後揉了揉，「妳別操心這個了。」

孟嬰寧不說話了，她很小幅度地低了低頭，額頭抵著他頸側，忽然說：「我本來以為我再也見不到你了，他說你來不及了。」

她的聲音小小的，像是在自言自語：「我就在想，如果真的來不及了，那你還是晚一點過來吧，最好沒找到我。不用看著我死，你心裡是不是能稍微好受一點，就不會那麼難過了。」

陳妄的心臟猛地一縮。

「但我又特別怕，我從來沒這麼怕過，」孟嬰寧呢喃著繼續說，「怕真的再也見不到你了怎麼辦，我還有好多話沒來得及跟你說。」

陳妄唇線平直抿緊，低壓的眼睫顫了顫，忍不住收緊手臂，又小心地放鬆一些力道。

隔了好半天，陳妄才說：「我也怕。」

他嗓音艱澀：「從來沒這麼怕。」

到醫院的時候已經是凌晨，孟嬰寧被帶著做了全套檢查，除了外傷和一點輕微腦震盪以外沒什麼別的問題，休息幾天就沒事了。

從醫院回去的路上，孟嬰寧沒說話，陳妄也一言不發，就這麼一路沉默開到家門口，陳妄停車，側頭看見女孩歪著腦袋睡得很安靜。

車裡的燈沒開，陳妄就這麼借著外面社區的昏黃燈光和月光安靜地看了她一陣子。

她長長的睫毛低低覆蓋下來，秀氣好看的眉頭皺在一起，臉上花裡胡俏的，像隻髒兮兮的小花貓。

陳妄解開安全帶，將身上的衝鋒衣脫下來裹在她身上，然後下車將人抱出來。

孟嬰寧睡得很沉，稍微有些不舒服的哼唧了一聲，抬手無意識拽著他胸前的衣服。

上樓的時候，孟嬰寧睜了睜眼，眼睛霧濛濛的尋他。

陳妄拍了拍她的背：「沒事，到家了，睡吧。」

她含糊說了句什麼，陳妄沒聽清，她再次昏昏沉沉睡過去了。

孟嬰寧做了個夢。

四周昏暗安靜，聽不見半點聲音，偶爾有風聲打著旋颳過來。

遠處隱約可以看見人影，一動也不動立在那裡。

孟嬰寧覺得害怕，意識奮力掙扎不想過去，腿卻完全不聽使喚，一步一步走過去。

那個人的輪廓逐漸清晰，是個男人，他一點一點出現在視線當中，由遠及近，從模糊變得清晰起來。

等她走近，男人抬起頭來。

孟嬰寧忽然知道他是誰了，在他抬頭的那一瞬間，孟嬰寧閉上眼睛。

她蹲在地上，垂著頭，腳邊是黏稠的暗紅色液體。

有一隻男人的手從背後伸過來，繞過她的脖頸，搭在她肩膀上，冰涼的觸感穿透衣服的布料。

湯城的聲音溫和輕柔，響在她耳邊：「妳想看看嗎？陳妄就是這麼看著他的。」

不要……

「他什麼都看不見，妳怕什麼呢？」

孟嬰寧站起身，轉頭拚盡全力往回跑。

她睜開眼睛。

一片漆黑，她聽見自己很急促的呼吸聲，身上全是汗，整個人被悶在被子裡。

她閉上眼，睜開，又閉上，緩了一下以後撐著床面坐起來。

陳妄的床有些硬，床頭也是硬邦邦的木板，靠著硌著背，孟嬰寧乾脆前傾身，手臂環抱住腿，下巴擱在膝蓋上坐在床上。

她想起剛剛的夢，人有點發愣。

她僅僅只是聽著，而陳妄是親身經歷過的，孟嬰寧不知道湯城說的那些話有幾分是真，但哪怕只有一分，易陽真的像他說的那樣……那陳妄當時親眼見著這些，甚至親自動手了結這些的時候是什麼樣的感覺。

是絕望吧。

因為實在、實在沒有別的辦法了。

他近乎自虐般的生活方式，甚至連自己的生命都不覺得值得珍惜的原因變得很清晰。

他應該很厭倦，甚至憎惡自己。

所以在湯城跟她說這些的時候，在那一刻，孟嬰寧真的再也沒辦法控制自己的情緒。

孟嬰寧想起他之前跟她說的那句話。

死沒什麼大不了，難熬的都是留給活人的。

要有多難熬，才能說得出這種話。

孟嬰寧還記得十年前，她最後一次見到陳妄的時候，他走的時候的模樣。那麼驕傲的，不可一世的少年，眉眼間都是明亮的，意氣風發上九天，彷彿天下無不可勝之事。

一想到那個曾經的少年是怎麼經歷這些事情，然後一點一點變得滿目沉寂荒涼，孟嬰寧就覺得疼。

她吸了吸鼻子，掀開被子下床，赤著腳踩在老舊條紋地板上，走到臥室門口打開門，出去。

客廳也沒開燈，幽微月光順著窗外爬進來，陽臺的拉門開著，陳妄坐在陽臺上竹條編成的椅子裡抽菸，半個身子沐浴在皎潔月光下，另一半側臉烙下陰鬱的影。

聽見屋裡的動靜，他咬著菸轉過頭來，微瞇了下眼。

孟嬰寧站在臥室門口，不動。

「醒了？」陳妄開口，聲線沉啞，「還睡嗎？」

孟嬰寧搖了搖頭。

「傷口疼？」陳妄問。

孟嬰寧搖頭。

陳妄覺得女孩子真難伺候：「餓了？」

孟嬰寧還是搖頭，只是抿著唇，看著他不說話。

陳妄頓了一下，忽然笑了笑：「想要我抱啊？」

孟嬰寧眨眨眼，慢吞吞地說：「想。」

陳妄捏著菸俯身熄滅，然後直起身，抬臂朝她伸出一隻手：「那來。」

孟嬰寧張著白嫩的手臂顛顛地跑過去，爬到他腿上，縮成一團窩在他懷裡。

這時已經是後半夜了，風很涼，陳妄隨手抓了件旁邊晾衣架上剛洗過的外套，把她嚴嚴實實地裹上，他的外套大，她又縮著，能把她整個人包粽子似的密不透風地包住。

包粽子的時候掌心摸到女孩後背被汗水洇得潮濕的衣服，於是包完了就問：「怎麼了？」

「做噩夢了。」孟嬰寧說，「特別嚇人。」

陳妄沒說話，拉著外套邊緣往上拽了拽，遮住她小半張臉，然後隔著衣服輕輕拍了拍她的背：「沒事，我不是在這嗎。」

「陳妄。」孟嬰寧忽然叫他。

「嗯？」

「你跟我講個故事吧，」孟嬰寧的聲音被衣服擋了一層，有些悶，「只要你說的，我都相信，我都想聽。」

陳妄眼皮一垂，深深地看著她。

半晌。

「湯城跟妳說的那些，基本上都是真的，易陽……」陳安頓了頓，「是我殺的。」

三年前，陳安折回廣東與當地緝毒分隊和武警部隊進行緊急支援配合作業，因為他個人判斷失誤，易陽在掩護他們的時候被湯嚴活捉。

陳安再見到他的時候，易陽跟他說的第一句話是：「陳隊，你殺了我吧。」

陳安眼睛猩紅，聲音咬得幾乎聽不見：「你他媽放什麼屁。」

男人很勉強的扯了下嘴角，有乾涸的血跡在他眼角留下血痕，聲音虛弱低緩：「安哥，我撐不住了，我快死了。」

「我不後悔，我只是有點放不下。」

「我才剛訂了婚，你說她知道了以後會不會哭啊，女人挺麻煩的，特別容易哭。」

「那護身符好像沒什麼用，是不是我心不誠，它就不靈了。」

他說其實想想，我這一輩子很值，從小就有個英雄夢，長大了以後也算圓了夢，該守的都守住了。

應該還算是，挺值得驕傲的一生。

湯嚴什麼手段你也不會不瞭解，該在我身上用過的都用了，就算我命大活下來了，也不想後半輩子像隻狗一樣被那些東西吊著活著。

我這麼值得驕傲的一生，不能因為這個毀了……

秋風陰冷入骨，孟嬰寧低垂著頭，眼睛死死地壓在陳妄肩頭，吸了吸鼻子。

陳妄親了親她的頭髮，掌心在她背上一下一下捋著，聲音平靜低緩，目光落在很遠的夜裡：「我小時候挺喜歡看書，那時候我還沒搬到你們那邊，家門口有個租書和光碟的影像店，我爸媽感情不好，基本上在家就是吵架，我也不愛回家，每天放學就往那一窩，能待到天黑，看岳飛、戚繼光、楊家將。」

陳妄笑了笑：「男人嘛，總歸都有點英雄情結，那時候想著自己以後是什麼模樣，覺得男人就應該威名赫赫名揚天下。」

後來他總去那家店，一來二去和老闆熟了，那老闆大概也沒見過這麼點大的小屁孩天天裝大人，裝得還挺像那麼回事，有事沒事就逗逗他玩，和他聊聊天，跟他講些野史。

在聽到小陳妄說這些話的時候，老闆笑著說：「你覺得這些大將軍、大英雄帥不帥？」

「帥啊。」小陳妄說。

「那你覺得將軍手底下那些兵，打仗的時候衝在最前頭，穿著一樣的盔甲一個兩個長得都一樣，倒下一個立刻就有後面一個踩著他們補上，你別說名字了，連臉都不知道長什麼樣的那些小兵，他們帥不帥？」

「你都說了連臉都不知道長什麼樣，我怎麼知道帥不帥。」小陳妄不耐煩地說。

老闆：「……」

老闆「嘶」了一聲：「我發現你這小孩怎麼這麼欠教育呢？」

那老闆平時吊兒郎當很不正經，嘴上天天不著調逗他玩，這時看起來像是二十四小時全天候的笑臉斂了斂，抬手按著他的腦袋往下一壓，把他壓得一個趔趄，然後使勁揉他的頭髮：「小夥子，別天天想著能上天當美猴王，籍籍無名的也是英雄。」

小陳妄那時候還不明白，他覺得能上天當美猴王，誰會待在地下。

英雄的名號從來都是響噹噹的，叫出來敵人聽了聞風喪膽，如果連名字都不知道，那還叫什麼英雄。

直到很多年以後，小少年變成少年，又變成了男人。

那些穿著一樣的盔甲一個兩個長得都一樣，倒下一個立刻就有後面一個踩著他們補上，名字和臉全都不知道的小兵帥嗎？

帥的。

他們亦擁有很值得驕傲的一生。

籍籍無名的，也是英雄。

孟嬰寧不記得自己是什麼時候睡著的，醒來的時候人在床上，窗外天空泛著魚肚白，窗戶開了個小縫，鳥叫聲清脆。

老式社區大樓下小街上就有賣早點，一條街從頭到尾全是各式小吃，早市從清晨四、五點鐘就開始準備，這時隱約能聽見吆喝聲。

陳妄的床實在太硬了，爬起來的時候她才發現自己身下比昨晚醒的時候多了一床被子墊著。怪不得睡起來好像比之前軟了很多。

孟嬰寧翻身下床，輕手輕腳地打開臥室門，走進客廳。

太陽還沒爬上來，整個房子裡一片清寂，沙發上男人橫躺著，人看起來睡得很熟。

他特別大一個，沙發又太小，腿略曲著，手臂順著沙發邊緣垂下去，指尖碰著地面。

側著頭，側臉的線條立體而深刻，半張臉藏在昏暗的陰影裡。

孟嬰寧赤著腳小心地踩在地板上，想再稍微走近一點，結果剛邁開兩步，陳妄倏地睜開眼睛。

他看起來沒半點剛睡醒時的樣子，黑眼清冷，眼皮一抬。

孟嬰寧還保持著邁開一條腿的姿勢，腳尖墊著，就那麼停在那裡，看起來應該有點滑稽。

陳妄看著她。

她僵硬了兩秒，收腿，抬著的手臂也放下，站在臥室門口。

「睡醒了嗎？」陳妄問。

「睡醒了，」孟嬰寧腳尖踩在一起，蜷了蜷，她抬眼看一下牆上掛鐘，「你沒睡嗎？」

「睡了，」陳妄從沙發上坐起來，單手抓了把頭髮，他回來幾個月了，頭髮長了不少，現在達到了十年來從未有過的長度，髮梢刮蹭著眉骨，讓他有些不適應，「聽見妳出來，就醒了。」

「……」她覺得出來的時候差不多半點聲音都沒有，連她自己都沒聽見。

「那你進房間去吧，」占了人家的床一個晚上，孟嬰寧還挺不好意思的，她打著哈欠穿過客廳，走到窗前往下看了看，「或者你要不要吃個早飯？吃完以後再回房間睡一下。」

「不睡了，」陳妄站起身，將茶几旁的拖鞋踢到她腳邊，「穿上。」

孟嬰寧很聽話地套上鞋，大了一圈，踢踢踏踏的。

她坐在茶几扶手上晃著腿，突然想起來：「陳妄，我今天要上班的，我還沒請假。」

陳妄看了一眼時間，差五分鐘五點：「現在？」

孟嬰寧沒反應過來他指的是時間問題，還應了一聲：「嗯，但是我現在沒手機。」包、家裡的鑰匙什麼的也都還在陳想那，她垂著腦袋，一想到要要買新手機，覺得有點肉痛。一筆鉅款。

陳妄從沙發椅背上掛著的外套裡抽出手機丟給她往洗手間走：「先用我的打吧。」

他說著關上了洗手間的門，安靜一陣子以後，孟嬰寧聽見很細微的水聲響起。時間還挺長。

「……」

能不能尿的低調一點？關著門還能聽見，你的老房子的隔音有這麼差嗎？

孟嬰寧面紅耳赤的從沙發上跳起來，她撐著扶手轉了一圈，爬到沙發上撿起手機，拿起來的時候她聽見浴室門被拉上的聲音，緊接著是水流嘩啦啦地響。

陳妄的手機沒設密碼，孟嬰寧滑開以後本來想打個電話，才想起現在時間太早，不太合適。

她點開訊息，想傳個訊息給李歡。

點進去是陳妄的帳號，主頁乾淨到不行，基本上完全沒有對話欄，一共只有兩、三個人，甚至連備註都沒有，孟嬰寧憑藉著大頭照認出了第一個是蔣格，紅色小圈圈的訊息提示十三則，最新的一句話只有五個字一個標點符號：『妄哥來不來？』

孟嬰寧沒點開，看見下面一個是她——你的嬰寧。

她忍不住偷偷地抿了抿唇，想笑，退出陳妄的帳號，然後登上自己的。

只是一個晚上沒看，訊息砰砰砰地往外彈出一大堆，有同事的、有朋友的，閒聊的、也有工作上的事，幾個約拍，陸之桓問她這個週末要不要出來玩，莫大廚跟她約時間什麼時候有空，去試一下《聊齋・嬰寧》的妝和造型。

孟嬰寧先找到主管李歡的帳號，沒細說，隨口扯了個理由說自己晚上騎車出去買宵夜結果出了車禍，請了幾天假，又把約拍試妝的事情處理一下全部都推後。

莫大廚倒是秒回：『嚴重嗎？要不要緊？傷哪了？』

孟嬰寧有些意外，一連三個沉重的問號讓她在意外之餘還有微微的感動。

孟嬰寧沒想到莫北會這麼關心她的安全。

孟嬰寧虔誠地抱著手機，趕緊回：『沒什麼大事的，手臂受了點傷。』

孟嬰寧：『謝謝莫老師關心！感動！』

她這句話傳過去的時候，莫北一句話也跟著傳過來，幾乎是同時彈出螢幕：『沒傷著臉吧，妳要是現在傷到臉什麼的我可來不及臨時找模特兒了啊。』

孟嬰寧：「……」

莫北：「……」

莫北可能也沒想到孟嬰寧還感動上了，隔著螢幕都能感受到彼此即將溢出來的尷尬。

果然，莫北不說話了，過了好半天，才傳了個OK的手勢貼圖過來。

等訊息差不多都回完了，陳妄剛好從浴室裡出來，孟嬰寧打著字聽見聲音，一抬頭，就看見他穿了件長褲赤裸著上半身從浴室裡出來，水珠順著頸線咕嚕嚕地往下滾。

孟嬰寧抓著手機愣了愣，然後啪嘰一下把手機丟到一邊，腦袋埋進抱枕裡，只露出一雙亮亮的眼睛在外面：「你能不能套個衣服！」

陳妄神色平靜：「忘了拿了。」

「那你喊我啊，我可以幫你把要換的放在門口。」孟嬰寧嘴巴捂在抱枕裡，聲音悶悶的。

「哦，」陳妄正往臥室走，聞言回過頭，笑笑，「要換的都拿嗎？」

孟嬰寧剛想說不然呢。

想到了要換的都有什麼以後，耳根開始發燙。

這下連眼睛都捂進抱枕後頭了：「你趕緊去穿吧！」

陳妄笑了一聲，不再逗她，轉身進了臥室。

幾分鐘後，他套著件黑T恤出來，看見孟嬰寧還是倒在沙發裡不動，迷迷糊糊一副又有點睏了的樣子，走過來垂手敲一下她的腦袋：「去洗漱，然後下樓跟我買早餐，吃完再睡。」

孟嬰寧確實想洗澡，她覺得自己昨天在泥裡滾過一遭現在都臭了，但她沒有可以換的衣服。

於是坐起來，仰起頭看著他，老實地說：「我沒衣服換。」

陳妄看了她一眼，然後重新回臥室，拎著套衣服又回來，丟進她懷裡。

孟嬰寧抖開，是一套黑色的男式睡衣，棉質的，手感很好，而且看起來非常新，帶著衣櫃裡擱久了的淡淡木質味道。

孟嬰寧狐疑抬頭：「這是你的睡衣嗎？」

陳妄：「不然是妳的？」

「你還有睡衣啊，」孟嬰寧震驚了，她對於陳妄穿睡衣的樣子完全沒印象，這人在家裡好像一直都是T恤或者背心的，「這套你穿過嗎？」

「沒有，」陳妄揚眉，「穿什麼睡衣，娘們兮兮的。」

想法非常直男，且糙。

孟嬰寧無語了一下，抱著衣服站起來往浴室走，一邊小聲說：「穿個睡衣就叫娘了，只有你光著出來耍流氓不娘。」

一個澡洗得舒舒服服，孟嬰寧也不奢望陳妄這裡能有護髮乳之類的精緻的東西了，畢竟是穿個睡衣都覺得娘的人，她套著他的黑睡衣出來，特別大，褲管和袖口都厚厚捲了好多折才露出腳背和手。

黑色襯得她的皮膚白得跟透明的一樣，釦子扣到最上頭領口還是大，陳妄瞥了一眼。

洗完了又覺得睏，孟嬰寧揉了揉眼睛，還沒來得及說話，被陳妄拽了件大外套整個人嚴嚴實實一裹，然後拎著她出門買早餐。

「你就不能自己去買嗎？我還穿著睡衣。」下樓的時候，孟嬰寧不情不願的說。

「就在樓下，很近，在旁邊等我？」在昨天的事以後，陳妄不可能讓她離開自己半徑五公尺範圍內超過五分鐘，「豆漿油條還是豆汁焦圈？」

「都可以……」孟嬰寧低著頭跟著他，她沒穿內衣，就這麼掛著空檔穿了一套睡衣出門有點不習慣。

她拉著身上陳妄的大外套，拉鍊拉到頂，下巴藏進去。

早點鋪子確實近，買完上去都用不上十分鐘，陳妄買了好多種，包子、蒸餃、奶油炸糕、豆漿、油條，回家堆了滿茶几。

孟嬰寧吃東西慢，陳妄吃完，她還剩了大半碗豆漿，在那裡慢吞吞的咬著豬肉包子。

陳妄長腿一伸，把手機撈過來，隨手點開看了一眼。

螢幕一亮，就是孟嬰寧的聊天軟體主頁。

她剛剛忘記登出，螢幕停留在她自己的動態上。

陳妄本來想退出去，手指都移過去了，視線一掃，就這麼一眼，剛好掃見一張她的照片。

孟嬰寧挺久沒發過動態了，她開了什麼三天可見，導致陳妄每次看她的主頁都乾淨得很。

陳妄頓了頓，手指點著螢幕往下滑了滑。

他其實真的只是想看看她的照片。

結果滑下去沒兩張，後面就沒了，全是文字。

淺灰色的小框圈著兩行字，只掃了一眼，他就看見了自己的名字。

陳安低垂下眼，一個一個點進去。

──『今天又因為陳安哭了，這個人說話真的很傷人，他怎麼那麼煩。

但是他抱抱我了，和上次不一樣嗚嗚嗚，這次的抱抱是那樣的抱抱！那種抱抱！

結果每次見到他就哭鼻子，不開心。』

──『二十幾歲的人了，玩個試膽遊戲竟然還能差點被夜路嚇哭……

不過我的神明來啦。

有你在我就什麼都不怕了。』

──『又吵架了，不知道為什麼，明明之前都好好的，明明剛剛還都聊得好好的。

喜歡一個人真煩。』

──『想被抱一下。』

──『遇見他了，緊張到包都忘了到家才發現……真的好丟臉好沒出息。

快十年啦，好像還是很喜歡你。』

──『雖然你不喜歡我，不過沒關係。

我喜歡你就好了。

反正都已經喜歡你這麼久了。』

每一個下面都有一個小小的，灰色的鎖，鎖住了女孩永遠都不會說出口的，酸澀又有些卑微的祕密。

陳妄好半天，都沒能明白過來自己到底是什麼感覺，心臟脹著，又有些疼。

陳妄有點沒反應過來。

她丟了包的那天是十年後兩個人第一次遇見，陳妄一直以為是在那之後，孟嬰寧才對他有了些感覺。

可是如果是在那之前，在那之前……

孟嬰寧最後一口豬肉包子剛塞進嘴巴裡，腮幫子圓鼓鼓的，一下一下咀嚼著蠕動，眼睛滿足地瞇起來，彎彎的，心滿意足地往後靠了靠，聲音軟糯糯的，因為塞著食物，有些含糊：「吃飽鳥……」

陳妄抬起頭，沉默地看著她，好半天，動作很慢地放下手機。

孟嬰寧咽了嘴巴裡的食物，側過身來，對上他的視線，深而晦澀。

孟嬰寧愣了下，抿了抿唇：「怎麼了？」

陳妄沒說話，孟嬰寧有些不安地伸手過去，柔軟的小手拽著他的手指，輕輕晃了晃，湊過去仰著頭看著他，心裡忽然有些慌。

「你怎麼了？」她又問了一遍。

陳妄沉默著反手握住她的手，另一隻手撐著沙發傾身靠過來。

脖頸一低，額頭抵住她的額頭，鼻尖相碰：「問妳一件事。」

孟嬰寧不知道他突然怎麼了，很順從地抬手，指尖去勾他，涼涼的指尖安撫似的輕輕撓了兩下，當做回應。

陳妄抓著她的手指拉下來，按在沙發上，然後溫柔地親了親她的唇，聲音有些啞：「從小就喜歡我了？嗯？」

第二十一章　純潔的男女朋友關係

有句老話叫耳聽為虛眼見為實，老師和家長從小也都會教育小朋友，不要相信那些道聽塗說的，要相信自己親眼看到的。

可惜，大多數小朋友並不能融匯貫通，不僅小朋友，大人也不能。

陳妄特別不巧不是這個大多數。

小時候挺多人跟他說過，你媽媽其實很愛你爸爸和你。

小陳妄那時候覺得這群人真的挺瞎的，愛不愛你們自己看不出來嗎？

所以關於孟嬰寧的事，即使陸之州明裡暗裡委婉不委婉地跟他說過了幾次了，陳妄依然沒怎麼當真，他是很典型的真的只相信自己看到的那種人。

喜不喜歡還看不出來嗎？

孟嬰寧小時候哪有半點對他的正面情緒，分明是快煩死他了。

一看見陸之州就開心，籃球賽送水給他，運動會幫他加油，成天像個小尾巴似的跟在陸之州後面哥哥、哥哥的叫，這還能不叫喜歡？傻子才看不出來。

傻子才看不出來……

六點多正是早市最熱鬧的時候，窗外一片喧囂，早餐鋪子老闆的吆喝聲，小朋友上學的笑聲，自行車鈴清脆，爬了幾層樓隱約傳來。

客廳裡卻很靜。

在她昨天醒來之前，昨晚睡著的時候，陳妄其實還是有些怕的。

孟嬰寧的生活環境太簡單，家境殷實父母恩愛和諧，因為是朋友圈子裡最小的所以也算是從小被寵到大，沒吃過什麼苦也沒遭過罪，怕疼，聽陸之州說上大學的時候去拔智齒，因為發炎臉腫了疼得回家哭了兩天，最後眼睛腫得比臉還厲害。

受一點委屈都不行的嬌滴滴的小女孩，昨天晚上卻經歷了那麼大的事，因為他。

他沒保護好她，他說了那麼多冠冕堂皇的話，卻還是差一點就把她丟了。

會怕吧，會退縮，會怨他。

終於意識到如果和他在一起，面對的會是什麼。

陳妄其實知道離開他是最好的，但他很怕孟嬰寧真的會後悔。

所以當她踩著月光出來，站在臥室門口看著他的時候，陳妄覺得自己連呼吸都停了停。

像是等待著她對自己最後的審判。

而現在，陳妄說不清楚自己到底是什麼感覺。

有點茫然，茫然完了反應過來以後好像是高興的，但又好像不是。

包括孟嬰寧現在，明明不知道發生了什麼，卻依然勾他的手，用自己的柔軟方式依著他，哄他，漂亮的眼睛看著他，像是無聲的在對他說——

我是願意寵著你的，你有什麼事情都可以跟我說。

眼前這個小女孩實在是太招人疼了。

疼得讓人覺得心裡冒著酸，疼到發澀。

陳妄閉了閉眼，親她的嘴唇：「喜歡我很久了是多久？從小喜歡是多小的時候？」

他每問一句，唇瓣就上移一寸，親她的眼角、眉心、額頭，低沉的聲音壓著，顯得沙啞而耐心：「從什麼時候開始？幾歲、幾年級、二零零幾年？」

孟嬰寧傻了，指尖緊緊抓著沙發布料，好半天，才結結巴巴地發出一聲：「什、什麼啊！」

她有點慌，反應過來以後撲騰著一把把他推開，整個人蹬著沙發往後竄，拉開一大段距離，背靠著沙發扶手。

陳妄懷裡一空，就坐在那不動，不遠不近沉默看著她。

半晌，他忽然笑了。男人很淡的勾了下唇角，眉眼緊跟著略彎了彎，眼角微垂，凌厲的面部線條在那一瞬間給人一種柔和的錯覺。

他低垂下頭，舔了下嘴唇，笑出聲來：「真的是我啊……」

聲音很低的呢喃，似乎還覺得不可置信。

孟嬰寧反應再遲鈍，也不可能不明白他到底在指什麼了。

但還是迷糊，迷糊到有些傻愣的程度。

孟嬰寧瞪著他，有些說不上來的驚慌，以及無措：「你說什麼呢……」

陳妄抬了抬眼，往後一靠，唇角懶懶散散翹著：「小女孩還挺能忍，喜歡我那麼久了？暗戀啊？」

孟嬰寧被他說得臉一下子紅了，耳根發熱，幾乎炸毛，整個人差點從沙發上跳起來。

她烏溜溜的眼睜得圓圓的，抿著唇，好半天。

陳妄知道她的臉皮有多薄，以為她會說點什麼，比如死不承認，或者惱羞成怒下地就跑。

他甚至已經做好了準備，如果她往房裡躲，他肯定把人重新撈回來。

果然，下一秒，孟嬰寧紅著臉直接跳下來就要往房間裡鑽。

陳妄不緊不慢地抬起手臂，往她去的路上一擋，橫攔著她的腰把人提起來，重新丟進沙發裡，前傾過身，手臂往沙發椅背上一撐，垂下眼。

「跑什麼，又不丟人，而且妳之前不是過喜歡我了嗎。」

「那不一樣！那哪能一樣！」孟嬰寧紅著臉閉上眼嚷嚷。

喜歡，和藏了這麼多年，在這種毫無預兆的情況下不明不白地暴露出來的暗戀，這兩種是完完全全不一樣的。

孟嬰寧低垂著腦袋不看他，耳根紅得很澈底。

主要是亂，腦子嗡嗡響，像是一堆毛線球被貓一爪子拍翻，亂七八糟地纏繞在一起，怎麼解也解不開，全是同一個念頭，他知道了。

孟嬰寧有種近乎無措的無所遁形感，就像是這麼多年以來遮著她的最後一塊布也沒了，她終於澈澈底底，完完全全展露在他面前。

她甚至想不起來問問他是怎麼知道的，她想抬頭看看他是什麼表情，又不太敢。

看著長大的小孩其實從小就喜歡他，那麼她小的時候做的那些事，說的一些話，甚至對他的態度，原本好像很自然的相處都帶上一些奇異的微妙。

他知道了以後是怎麼想的？他走的時候她其實也才國三，他會不會覺得她很奇怪，會不會覺得……有壓力。

畢竟暗戀十幾年，聽起來好像還挺嚇人的。

我拿妳當妹妹妳卻想和我談戀愛。

女孩不說話，陳妄也沒說話。

男人沒那麼多花花腸子，體會不到女孩子那些細膩又敏感的小心思，卻也感受到一點她表現出來的不安。

陳妄說不出什麼好聽的情話，也不擅長這個，他現在就想抱著她，想揉啊揉，搓一搓，想摟在懷裡不放手。

想一直一直對她好。

其實兩人昨天折騰了一趟回來已經挺晚了，中間半夜又跑到陽臺夜聊了一個小時，孟嬰寧也沒睡多久，早飯吃完又跑進臥室。

剛開始確實只是因為小祕密被發現腦子有點亂，她本來以為自己睡不著的，結果沒想到躺著亂七八糟東想想西想想，就這麼靠著床頭又睡著了。

醒來十點多，人已經滑進被子裡，腦袋枕在枕頭上，陳妄坐在客廳沙發裡打電話。

她出來的時候他剛好在說話：「幾天轉院？」

孟嬰寧踢踏著大拖鞋跑到廚房倒水，捧著水杯咬著杯子邊緣回來。

陳妄側頭，看著她：「嗯，那到時候見。」

掛了電話，瞥一眼時間，手機丟到一邊：「還挺能睡。」

孟嬰寧有些不好意思，本來說讓他進臥室補個眠的，結果她自己睡得挺香，把這事忘了。

孟嬰寧舉著溫開水，遞到他面前，討好地朝他眨了眨眼：「喝水。」

陳妄接過來，也沒喝，拿在手裡：「睡飽了？」

孟嬰寧在旁邊坐下，手往腿上一放，跟小學生似的，乖巧地看著他。

陳妄：「那昨天的事，來聊聊。」

孟嬰寧瞬間一動也不動，像是靜止了。

陳妄沒發現她的異樣，淡道：「之前妳可能沒體會過，所以不覺得有什麼，現在妳明白了，也知道了。」

陳妄頓了頓，笑笑：「我當時跟妳說的不是鬧著玩的，妳跟著我就是這麼回事，我真的不是什麼好選擇。」

孟嬰寧連呼吸都屏住了。

「孟嬰寧，」陳妄低著嗓子叫了她一聲，他看了她的手腕一眼，上面還纏著繃帶，早上剛換了藥。

陳妄目光沉了沉：「我這條命不要了也會護著妳，但我現在沒辦法跟妳保證類似昨天的事不會發生第二次。」

孟嬰寧還是不說話。

陳妄就是這樣的人，完完全全澈澈底底，一點浪漫細胞都沒有的人。

他永遠說不出那些女孩子喜歡聽的漂亮話情話，哪怕彼此其實都心知肚明，這話說出來只是為了哄哄人的。

能做到就是能做到，保證不了的他一定會跟妳說得清清楚楚明明白白，讓妳自己做選擇。

他不是超人或者鋼鐵人，總能出現在最危急的關頭力挽狂瀾，他也只是一個普通人而已。

是人就會有疏漏，是人就會犯錯，是人就會有無能為力的遺憾。

他會告訴她「我這條命不要了也會護著妳到最後一刻」，卻說不出「我保證不會讓妳再受到任何傷害。」

一身反骨被現實磨得一乾二淨，他早就不是當年那個覺得自己無所不能的囂張少年。

孟嬰寧難受得說不出話，也不想聽他說下去。

她能猜到他想要說什麼，她其實一直擔心他是不是真的會跟她說這個。

陳妄緩聲說：「所以，妳要不要——」

他沒說完，孟嬰寧猛地從沙發上站起來：「我不要。」

陳妄愣了愣。

孟嬰寧抿著唇看著他：「我就知道你會說的，我就知道你肯定要跟我說這個，我不要，我死也不分手，你都知道我喜歡你這麼久了，我從小就喜歡你，我偷偷盼了這麼多年。」

她的眼睛紅了，想哭，卻死死的忍著，聲音低下來，委屈地說：「你明明都已經知道了，你怎麼還這麼狠要跟我說這些話。」

她說完扭頭就走。

陳妄叫了她一聲。

孟嬰寧完全不想聽，也不敢聽，埋著頭自顧自走進臥室，砰的一聲關上了門。

哢嚓兩聲，還上了兩道鎖。

「……」陳妄有些啼笑皆非，一時間竟然不知道要擺出什麼表情。

他站起身走到臥室門口，倚靠著破木門，好笑道：「孟嬰寧，開門。」

女孩悶悶的聲音從門後傳來，帶著哭腔：「我不開！」

陳妄好脾氣地敲了兩下：「開門，開了我跟妳說。」

「我不！我不想跟你說話！」孟嬰寧哭得聽起來有點傷心，嗚嗚著，「你是不是人，我才剛為你受了傷，我傷還沒好你就要跟我分手，你是不是人！」

陳妄忍不住，一下子笑了，他倚著門，單手撐住門框，直接笑出了聲。

「你還笑！」屋裡砰一聲悶響，孟嬰寧一個枕頭扔過來砸在門上，哭得肝腸寸斷，難過極了，開始罵他，「嗚嗚你就是條狗……你是不是人嗚嗚嗚，你還笑得那麼大聲！」

「我沒笑。」陳妄把笑憋回去了，說。

雖然她是真的哭得很傷心，但他還是有點忍不住，帶著笑意說：「妳先幫我開門。」

孟嬰寧連髒話都蹦出來了：「滾！渣男！」

陳妄：「妳不開我踹了啊。」

這破木板門，老化成這樣，他一腳就能踹開。

裡面沒聲音了。

陳妄等了一陣子，依然半點動靜都沒有，看起來也沒有要幫他開門的意思。

陳妄直起身，走到客廳電視櫃，拉開抽屜，翻了一下，翻出一串鑰匙，又走回去。

又是咔噠咔噠兩聲，臥室門鎖被打開。

陳妄進臥室，走到床邊，隨手把鑰匙往床頭櫃上一扔，垂眼看著被子裡鼓著的那小小一團。

「孟嬰寧，出來。」

被子裡那一團忽然鼓出來一塊，看起來像是想踹他一腳。

陳妄拽著被子往下拉，孟嬰寧在裡面死死抓著，她那點小力氣在他看來跟玩似的，唰一下就掀開了。

孟嬰寧側著身躺著，整個人蜷成一個小球球，抱著枕頭哭。

眼淚啪嗒啪嗒地往下砸，眼睛通紅，看起來可憐到不行。

陳妄「嘖」了一聲，坐在床邊，伸手把她提起來：「誰說要跟妳分手了？」

孟嬰寧坐在床上，哭得直打嗝：「你不用裝，我早就知道了，我昨天一回來就在想你什麼時候會跟我說，你覺得你讓我遇見這事了，你保護不了我，你以前就因為這個不跟我在一起，現在真的發生了你就害怕，是不是？」

「所以你想跟我分手，你不敢了，因為你根本不相信自己，是不是？」

陳妄靜靜看著她，好半天，忽然抬手，把她摟進懷裡。

他嘆了口氣：「到底是我不相信自己，還是妳不相信我？我要是因為這個想過分手，之前根本不會跟妳在一起。」

孟嬰寧不明白。

「平時看起來挺聰明，怎麼拗起來這麼傻，下次忙著失戀之前能先聽人把話說完嗎？」

孟嬰寧的腦袋被他按在懷裡，抽抽噎噎地。

陳妄捋了捋她的背：「我沒辦法保證昨天的事不會再發生，不是因為我不自信，而是妳不會時時刻刻跟我在一起，妳自己一個人在家的時候我不放心，妳家又離那麼遠，地段也偏僻。」

陳妄頓了頓，繼續說：「所以，妳要不要搬過來？」

他這句話說完，感覺到懷裡的女孩整個人一瞬間安靜，連嗝都不打了。

孟嬰寧抬起頭，臉上還掛著淚珠，嘴唇被她自己咬得紅了點，看起來可憐又招人疼。

水汪汪的眼茫然地看著他，像是沒反應過來。

陳妄抬手，刮掉她眼角的淚，指尖勾著她剛剛在被子裡蹭得凌亂的髮絲，別在耳後，落在紅紅的耳朵上，捏了捏軟軟的耳珠。

手感太好，終究沒忍住，湊過去含著咬了咬。

孟嬰寧嚶了一聲，縮了下脖子。

陳妄撤開一點，唇貼在她耳畔，聲音低淡，語氣裡卻帶著點不自覺的誘哄意味：「搬過來跟我一起住，要嗎？」

要，太要了。

孟嬰寧有那麼一瞬間沒反應過來陳妄為什麼要問這種顯而易見根本不需要問的問題。

她甚至沒反應過來陳妄問的是什麼問題……反正無論他說什麼，只要不分手，她都答應。

女孩抱著被子，縮著脖子，抬手捂著耳朵往後躲了躲，眨兩下眼。

智商開始緩慢地回籠，男人低沉的嗓音在腦海裡開著擴音迴盪——

搬過來跟我一起住。

跟我一起住。

一起住。

孟嬰寧看著他，指尖揪著自己的耳朵，愣愣看著他，十分沒出息的再次臉紅了。

眼淚還沒來得及收回去，哭得鼻尖眼角都紅紅的，配上一臉呆滯的表情，看起來有點傻。

陳妄思考著這女孩是不是又不好意思了。

陳妄頓了頓，沒逼得太緊，往後撤了撤，坐在床邊說：「妳上下班我可以接送，但妳自己一個人在家，總也不是辦法。」

陳妄說著，略揚了揚下巴，睨著眼打量她：「我記得妳小時候都國中了都還不敢一個人睡，怎麼，現在敢自己住了？」

孟嬰寧被他說得臉更紅，畢竟國中生了，半夜一個人睡還被嚇得往爸媽房間裡跑，這事說出來挺丟臉的。

陳妄繼續說：「結果被孟姨趕回自己房間裡去，還抱著枕頭哭著——」

孟嬰寧都不知道他是怎麼知道的。

小時候誰家有一點風吹草動，或者誰又幹了什麼被爸媽罵了，第二天整個院子裡的大人小孩保證全部都知道，孟嬰寧一直覺得這是特別神奇的事情。

任何消息和丟臉的事，他們就像是長了腿，自己就會走街串巷地往各家跑。

陳妄沒說完，孟嬰寧已經丟掉手裡的被角，撲過去捂住他的嘴。

「行了！不許說了！」女孩拔高了聲，警告跟撒嬌似的。

「行，不說，」陳妄從善如流，說回上一個話題，「主臥妳睡，我先睡沙發，次臥蔣格之前偶爾會來睡兩宿，我還沒弄。」

「……」孟嬰寧難以置信地看著他，好半天才說出話來，很努力地控制著才沒讓自己的語氣聽起來過於愕然：「我們三個，住一起啊？」

「……」陳妄也沉默了，他沉默地看了她好幾秒，才緩慢道：「想得挺美，還想跟兩個男人住一起？」

「不是，」孟嬰寧覺得他很不講道理，「是你自己這麼說的啊。」

「那房間裡，他的東西都堆著，床單、枕套都沒換，清理乾淨之前我先睡沙發，」陳妄好脾氣地解釋了一大串，「懂了？」

孟嬰寧懵懵懂懂地點了點頭。

「所以現在就是，妳不搬也行，我就找個可靠的人二十四小時看著妳，但目前為止，沒有比我更可靠的，懂了沒？」陳妄繼續說。

孟嬰寧遲疑幾秒，再次點了點頭。

陳妄所謂的搬過來和他一起住，從他目前為止的字裡行間來看，顯然和她理解的並不是同一個意思。

甚至還特別自覺地表示了自己只想睡次臥和沙發。

孟嬰寧忽然生出一點莫名其妙的心虛來，她覺得自己好像想像得過於不正經了。

有點暴露自己內心的期盼。

現在這種情況，陳妄應該也沒什麼心思去想那些有的沒的。

孟嬰寧覺得有些羞恥，並且羞愧。

「所以，」陳妄第三次問，「要不要來？」

雖然知道對方沒那個心思……

但是心思是一碼事，行為那又是另一碼事。

無論對方有沒有往這邊想，事實上這不就是……同居了嗎。

孟嬰寧點了點頭，臉有點紅，彆彆扭扭地撇開了頭，小聲說：「要的。」

這一整天要做的事情其實很多，陳妄想讓她多睡一下，沒叫她，而這段時間他一直在打電話，幾方始終在聯絡著，瞭解情況。

陳想沒事，這女孩大大咧咧睡了一覺醒了以後竟然還以為自己幫顧客畫圖畫一半累睡著了。

到這種程度，陳妄也不打算再瞞她，言簡意賅說了一下現在的情況和萬一湯城查到兩人的關係，她有可能遇見的事情，雖然兩人現在各個方面都沾不上一絲一毫的邊。

陳想看起來沒有任何驚慌失措的意思，非常清脆痛快地「OK」了一聲，然後一陣安靜。

過了幾分鐘，女孩嚼著口香糖懶聲說：『我看好回A市的機票了，你覺得夠遠嗎？不夠的話我也可以出國，但機票你要幫我報銷。』

陳妄面無表情就要掛電話，不等他掛，陳想又『欸』了一聲，語氣嚴肅了些：『我小嫂子沒事吧？』

「嗯。」

陳想輕鬆道：『什麼時候登記叫我啊。』

陳妄笑笑，沒出聲。

電話那頭，女孩有些走神。

陳妄也沒再說話。

有些時候會覺得血緣真的是一種很玄妙的東西，陳妄跟著老陳走的那年陳想也不比孟嬰寧大，之後就是一年見那麼幾面，再後來，兩個人從一年見幾次到幾年見一次，大了以後別說面了，連電話都省了。

陳妄工作特殊，兩個人唯一的溝通話題是陳妄放在她那養著的咪咪。

兄妹倆都不是會說話的類型，不會說，但感情就是意外的很好。

陳想甚至可以說是陳妄心裡唯一能夠被稱之為「親人」的角色。

孟嬰寧這次搬家搬得有點急，其實說是搬家，也只是把需要用的東西拿過來一些，孟嬰寧本來覺得應該挺好收拾的，就是帶些衣服，以及日常的生活用品。

問題就出在這一些衣服，和日常的生活用品，收拾起來好像有點多。

女孩愛臭美，再加上孟嬰寧本身工作環境還有她的小副業，她有很多的衣服和化妝品，單獨改了個衣帽間出來塞得滿滿的，左看看右看看，哪件都想帶。

陳妄坐在沙發裡，一邊跟刑警隊聯絡一邊等著孟嬰寧，就聽著屋裡叮叮哐哐一陣翻騰，女孩穿著拖鞋踢踢踏踏地從他眼前穿過，手裡捧著一堆東西。

五分鐘後再次從他眼前掠過，捧一堆東西。

又五分鐘，第三次掠過。

陳妟放下手機，抬起頭，看著她懷裡抱著一堆瓶瓶罐罐走回臥室。

陳妟跟著她回去，看著女孩撅著屁股把那些調味瓶似的瓶子罐子往皮箱裡塞。

她腳邊攤開三個箱子，其中兩個已經裝滿到縫隙裡看起來塞不下一雙襪子，而第三個看起來也快滿了。

陳妟側身，靠著門框：「妳要不要把房梁也拆下來帶過去？」

孟嬰寧站起身，看看自己的三個箱子，扭頭：「這多嗎？」

「這不多嗎？」陳妟說。

「搬家不就是這麼多東西嗎？」孟嬰寧說，「這才三個箱子，我還有好多東西都裝不下。」

陳妟掃了她的衣櫃一眼，覺得女人真的挺神奇的，即使看著她不停地塞滿了整整三個箱子，她這一屋子衣服看起來仍然和兩個小時前一模一樣，彷彿一件也沒少。

陳妟收回視線：「我搬家的時候只揹了一個包。」

孟嬰寧點點頭，繼續往箱子裡塞東西：「是啊，畢竟你連睡衣都不穿，你知道秋冬的睡衣有多厚嗎，再加上兩套換洗，能省下不少空間呢。」

陳妟嗤了一聲：「娘娘腔才穿。」

「你這人怎麼還地圖炮呀，」孟嬰寧挺嚴肅的教育他，「你自己糙不要怪別的男人精緻。」

「……」

陳妄不知道孟嬰寧對於精緻的定義是什麼，也看不出來穿個破睡衣能怎麼體現出精緻來。

蔣格平時在他家住的時候也穿睡衣，甚至還會戴聖誕老人同款睡帽，頂著個鑲白球的尖角紅帽子，陳妄只覺得他是個傻子。

陳妄不知道別的女人是不是也這麼多東西，但是他家女孩是這樣，她想裝那就裝吧，陳妄甚至還從陽臺搬了兩個大紙箱讓她裝。

直到孟嬰寧站在床上糾結了好半天，最終決定把她掛在床頭的心愛掛畫也摘下來一起拿過去的時候，陳妄終於忍不住，攔腰把人抱下來：「妳還有完沒完？」

孟嬰寧被他橫著攔腰一抱往外走，生怕自己掉下來，嚇得嗷一聲去拽他：「我還沒裝完呢！你幹什麼呀！」

「回家。」

孟嬰寧忽然不說話了。

陳妄頓了頓，眼皮子一垂：「生氣了？」

孟嬰寧低著腦袋，搖了搖頭，心裡把他剛剛說的那兩個字細細地又咬了一遍。

她挺喜歡聽他偶爾特別自然而然地說出這種話，有種簡單又微小的親近感。

孟嬰寧最後還是拖著三個行李箱和兩個巨大的紙箱過來，搬上樓以後往門口一堆。

搬家是挺累的一件事，收拾一天東西，女孩累得直接倒進沙發裡。

陳妄看了她橫在門口堆成山的東西一眼，走過去，居高臨下看著她：「把東西收拾了。」

孟嬰寧頓了頓，慢吞吞地伸出手臂，拽著抱枕唰的拉過來，腦袋往裡一埋：「不想動，累一天了，腿疼。」

她哼哼唧唧地撒嬌：「你幫我揉揉。」

陳妄默了一下，說：「轉過來。」

孟嬰寧「咦」了一聲，她其實只是說說的，並不覺得陳妄真的會幫她揉。

孟嬰寧撐著沙發墊坐起來，還沒坐穩，男人已經蹲在沙發旁，抬手拽著她的腳踝往上一拉，擱在他膝蓋上。

腳心貼著褲子有點粗糙的布料，孟嬰寧的腳趾不自覺地蜷了蜷，下一秒，男人溫熱帶著薄繭的手指已經順著褲管捏上小腿肚。

帶著不急不緩的力道，

孟嬰寧僵了僵，耳朵紅紅，腿往回收：「好……好了。」

剛動一下，陳妄捏著她的腳踝，再次拉回去了。

陳妄抬了抬眼皮子：「不舒服？」

「也、也不是……」孟嬰寧結結巴巴地說。

「那妳躲什麼？」

本來因為不想嚇著她，也怕她不好意思到直接拒絕，所以找了個恰到好處冠冕堂皇又合情合理的理由。

說沒有私心那他媽完全是在放屁，他就是為了自己的私心，陳妄其實有一百種方法不用她搬過來就能完完全全護著她。

時間合適，感情到位，人是他這麼多年唯一想要的那個。

此時半靠在沙發上，曲著腿，白嫩小腳蹬在他膝蓋上，腳踝纖細，肌膚軟軟，小臉紅紅的，是朵綻放的小玫瑰。

陳妄眼眸一暗，正打算做點什麼。

「我只是覺得自己有點戀愛腦，總覺得好像跟你同居似的，好奇怪……」孟嬰寧低下頭，小聲說，「其實我知道的，你明明只是單純的因為想要保護我才讓我搬過來的，昨天才出了那樣的事，你的壓力一定很大，結果我今天還一直想些亂七八糟的，我的心太大了。」

陳妄的動作停住了。

「我一點都不理解你。」孟嬰寧非常羞愧。

「……妳確實不理解我。」陳妄的眼神有些隱晦難辨。

孟嬰寧抬起頭，乾淨清澈的大眼睛看著他：「是我太不正經了，我從現在開始不會再想其他的。」

孟嬰寧特別真誠地說：「你放心，我們就是純潔的男女朋友兼室友關係。」

陳妄：「……」

神他媽純潔的男女朋友兼室友關係，我放個屁心。

孟嬰寧是真的覺得很羞愧。

這一天她也是看著的，陳妄確實挺忙，電話一個接著一個，就這樣，他依然沒放她一個人，連下樓買個早飯都拉著她一起去。

她卻在他提出讓她搬過來以後第一時間想到的是同居。

而在剛剛陳妄幫她揉腿的時候又生出了有的沒的旖旎心思。

孟嬰寧覺得自己實在太色了，她其實不太好意思跟陳妄說，那種羞恥感簡直就跟小時候自己偷偷看小黃書，結果被家長發現了似的。

她自顧自難堪著，腳踩在他的膝蓋上，腳趾頭不安地皺在一起。

陳妄重新低垂下頭，默默地品了一下搬起石頭砸自己的腳的滋味。

純潔的男女朋友加上室友關係。

在他的認知裡，只有純潔的男女關係和男女朋友關係，頭一次聽說男女朋友關係裡還有純潔的。

也好吧，循序漸進。

男人的大掌捏著女孩纖細的腳踝往上抬了抬，坐在沙發上，然後把孟嬰寧的腿往自己大腿上一擱，別的心思也跟著收回去，靠著沙發有一下沒一下地捏，幫她放鬆小腿肌肉。

捏了一陣子再側頭一看，女孩直接躺在沙發上摟著靠墊睡著了。

陳妄的動作停了停，俯身靠過去，叫了她一聲：「孟嬰寧。」

孟嬰寧沒反應。

陳妄抬手，捏了捏她的臉：「孟嬰寧，起來，洗個澡進去好好睡。」

孟嬰寧皺起眉，拽著他拉下去，不高興地嘟囔了兩聲不知道什麼，才睜開眼。

孟嬰寧心裡還惦記著整理行李這事，眼睛沒完全睜開，迷迷糊糊地問：「幾點了？」

「九點多，」陳妄挑眉，「怎麼，晚上還有安排？」

「沒，」孟嬰寧把腿從他腿上收回來，坐起身斜靠著沙發靠墊，揉了下眼睛，打著哈欠說：「想把東西理一理，一直放著肯定一直不想整理，明天就更不想動了。」

陳妄看她看著確實睏得不行：「洗個澡去睡，我幫妳弄。」

「……」孟嬰寧揉眼睛的動作停住了，抬起頭看著他：「你還會整理東西？」

陳妄聲音平淡：「我連被子都疊豆腐塊。」

孟嬰寧點點頭：「外套要分開掛，按照長短掛在一起，裙子和衣服、褲子也要分開，有些衣服只能掛，你不要疊起來，會皺的。」

說著，指了指門口薄荷綠的那個體格最小的行李箱：「那個不用動，放著就行了。」

又指指旁邊倒數第二小的那個：「這個裡面是化妝品和護膚品，護膚品放洗手間，你要把洗手檯整理一塊出來給我，化妝品——」孟嬰寧一頓，「你家有梳妝檯嗎？空桌子就行。」

除了這句，她剛剛說的那些陳妄一句都沒聽懂：「臥室裡有一張。」

孟嬰寧點點頭，跳下沙發，語氣輕快：「那我去洗澡了。」

陳妄看著她跑到門口，從箱子裡抽了套睡衣出來，又瓶瓶罐罐地掏了一大堆東西，然後跑進浴室。

他站起身，先回臥室，把床上的床單枕套都換了一套新的，下面多鋪了條被子墊在上頭。豌豆公主睡不了硬床。

鋪完床，陳妄把角落裡那張中間放著菸灰缸，落滿了灰塵的桌子收拾了，擦乾淨。

然後，他走到門口蹲下，打開孟嬰寧的第一個箱子。

陳妄看了裡面塞得滿滿的衣服、褲子、裙子、鞋還有包一眼，覺得有些無從下手。

孟嬰寧沒浪費這箱子的每一個角落，陳妄順著箱邊隨手一摸，從邊緣的縫隙裡拉出來了一條填充進去的白絲襪。

陳安再次刷新了對女人這種生物的認知。

等孟嬰寧洗了個有護髮、浴鹽的澡並且塗了身體乳液出來的時候，陳安正坐在沙發裡看電影，他關了客廳燈，只留了玄關一盞，門口的行李和箱子已經不見了。

孟嬰寧頭髮濕噠噠地跑進臥室，看了一圈。

陳安換了套白床單，上面還帶著格紋，看起來有點小清新的感覺，她從家裡帶來的兩個要抱著睡的娃娃放在床上，那些化妝品之類的瓶瓶罐罐被一股腦地擺在角落的紅木桌上，一排排整齊得像是在站崗。

衣櫃櫃門一邊拉開，他清了大部分的空間給她，男人自己的幾件T恤和襯衫可憐地被擠在角落裡。

就這麼看著這個衣櫃，看著這個房間裡的東西，孟嬰寧在這一瞬間莫名想到了「我們」這個詞。

孟嬰寧又噠噠噠跑出來，在他眼前晃了晃。

陳安手背撐在臉側，視線從電視上移開，懶洋洋地抬了抬眼皮。

「我的吹風機呢？」孟嬰寧看起來心情很好，像個不倒翁似的晃著，頭髮上的水珠甩到男人手背上。

她整個人帶著剛沐浴過的熱氣，還香噴噴的，玫瑰味。

穿著白色棉睡裙，到膝蓋的長度，露著一截小細腿在他面前沒心沒肺地晃蕩。

「臥室衣櫃抽屜。」陳妄淡聲說。

孟嬰寧又蹦跳著跑回去了，沒多久，房裡吹風機開始嗡嗡地響。

陳妄嘆了口氣，迫切地想知道有沒有什麼先人前輩們也跟自己的女朋友搞過這種純潔的男女朋友兼室友關係，好讓他取取經到底要怎麼能讓這種關係持續純潔下去。

孟嬰寧的假請了三天，剛好又連著週末，陳妄用了兩天時間適應了家裡多了一個身分是他女朋友的女人，剩下一天時間把次臥裡蔣格的一堆破爛全都清了出來，順便通知他來拿。

東西其實沒多少，蔣格沒有常過來住，最近一段時間都是直接住在俱樂部那邊比較多，就是之前每次過來的時候都會帶點東西，積累下來也有一袋子。

大多數是破爛，什麼花了三十塊大洋從網路上收購的周星馳用過的碗，破吉他，還有他那套搭配著聖誕睡帽穿一秒鐘秒變精緻 boy 睡衣。

陳妄也沒說什麼，只是讓他過來把自己的破爛拿回去，蔣格答應得很痛快，晚上點了一份乾鍋鴨頭、兩份小龍蝦，提著一手啤酒上來，門一開就扯著脖子嚷嚷：「安哥！一別十年你還好嗎安哥！兄弟剛發薪水，來啊，晚上喝一個——欸不是，你這屋子裡什麼味道啊？怎麼這麼香呢。」

陳安站在門口，挑眉。

蔣格一抬頭，看見孟嬰寧穿著睡衣盤腿坐在沙發上邊吃點心邊看電視。

九喜的霜淇淋，挺大一罐，孟嬰寧手裡捏著個小木叉子吃得正開心，聽見聲音轉過頭來，好奇地看著他。

電視裡放著《湯姆貓與傑利鼠》，東北話版：「湯姆！你崽那嘎哈呢，你這傻貓咋這樣嬸兒的呢！」

「我靠。」蔣格了然，這屋子裡是女人的味道。

蔣格是個能屈能伸的少年，手裡的小龍蝦和啤酒放餐桌上，拎上包朝孟嬰寧拋了個飛吻，在陳安按著他揍以前不給機會地二話不說閃了，砰一聲關上防盜門。

然後站在漆黑一片的樓梯間裡點開了俱樂部的群組開始傳語音：『我靠！我他媽想說安哥怎麼最近這段時間都不來了！』

『老大！我檢舉！安哥金屋藏嬌！』

蔣格怒吼，聲音大得感覺上下三樓以內全都能聽見：『他找到更刺激的了！』

『好看啊！那能不好看，長得跟天仙似的，還有點像一個小網紅。』

『還騙來看看，這怎麼騙，妄哥我敢騙？把我的腦殼打飛出去。』

孟嬰寧：「……」

陳妄走到門口，打開防盜門，面無表情地看著他。

蔣格正倚靠著樓梯的鐵扶手聲情並茂地講述著陳妄找到了比極限運動更刺激的事，防盜門這麼毫無預兆一開他嚇了一跳：「妄哥？你聽見了啊？」

「你再大聲點樓上樓下也聽見了。」陳妄說。

蔣格立馬收了手機，敬了個禮，走人。

腿剛邁開，又停住，扭頭，笑嘻嘻地說：「哥，哪天帶人來俱樂部介紹介紹？」

「再說。」陳妄關上門，進屋走過去，孟嬰寧咬著木頭叉子，有些難以啟齒的樣子：「他是不是誤會了？」

「可能是，」陳妄說，「誤會了我們純潔的男女朋友關係。」

孟嬰寧終於、終於察覺到男人的語氣有些不對勁，可是她又說不清楚哪裡不對。

她皺著眉，正想問問，陳妄已經岔開了話題：「週六有空嗎？我要去一趟醫院。」

孟嬰寧的注意力被吸引過去，愣了愣，瞬間坐起來，有點緊張地問：「你怎麼了？哪裡不舒服嗎？」

「不是我，」陳妄說，「我有個朋友轉院，我去看看。」

林賀然幾天前就已經脫離危險期醒了，養了幾天以後準備轉回帝都的醫院，提前打了個電話給陳妄。

陳妄也順便告訴他，要帶一個人過去。

林賀然問了好幾遍，最終得到了「我老婆」這個答案。

林賀然默默地聽著，也沒拆穿他。

陳妄這人真的是個舔狗，饑渴到拿網紅照片當女朋友，差不多過過癮就得了，林賀然不知道他為什麼要裝全套，還非得帶著女朋友來看看。

可能是為了以此來證明自己真的不是個饑渴的舔狗。

陳妄他們那裡出來的基本都是前一天還傷得快死了第二天就能活蹦亂跳的選手，林賀然也不矯情，住普通病房，一個房間裡四張床，他那個病房有兩個病人。

他跟誰都能相處得來，住了一個下午已經跟同病房那哥們稱兄道弟了。

陳妄領著孟嬰寧去的時候，林賀然正在跟病友聊天，病房淺綠色的門虛掩著，光線隱隱從裡面透出來，伴隨著說話聲。

孟嬰寧來之前聽陳妄簡單說了林賀然，知道他就是陳妄那個挺重要的朋友，一時間還有些緊張，站在門口悄悄去勾陳妄的手。

剛勾住食指，就聽見裡面像是聊到什麼追星話題。

病友說：「我還真的有一個挺喜歡的小網紅，長得特別是我的菜，真的，就是那種，簡直是照著我的審美長的，我給你看——」

林賀然身上繃帶纏得跟個木乃伊似的盤腿坐在床上：「我看看。」

安靜兩秒，林賀然「欸」了一聲：「真的巧了，你跟我兄弟喜歡的是同一個人啊，他也喜歡這個女生，前段時間還傳她的照片給我，說這是他女朋友。」

病友笑起來：「沒毛病啊，我也天天滑社群逢人就說她是我女朋友。」

「你還有別的照片嗎？」林賀然問。

「有啊，你看我的相簿，我有好幾百張，她出過的外景接的廣告和平面照片我都有。」病友說。

「厲害，」林賀然肯定了他的粉籍，「那你傳幾張給我唄，我那個朋友只有兩張她的照片。」

「只有那麼卑微的兩張照片，每天就那麼翻來覆去反覆地舔，」林賀然的語氣聽起來有些憐憫，「見不到真人你說你倒是多存點照片啊，光舔那麼兩張她就能是你的嗎？」

「舔狗，舔到最後，一無所有。」病友惆悵地說。

第二十二章　我會對你很好

陳妄抬手，推開病房門。

薄荷綠色病房門無聲無息地緩緩被推開，孟嬰寧終於看見傳說中的林賀然。

那個陳妄一聽說他出了事，反應近乎於慌亂的傳說中的好兄弟。

孟嬰寧本來以為能讓陳妄這麼在意的，這個林賀然必然有過人之處，結果未見其人先聞其聲，孟嬰寧覺得他果然是有過人之處。

這病房朝陽面，此時正是下午，陽光大好，滿身繃帶看起來像是動漫展上cos《獵人》裡的剝落列夫的年輕男人這時正坐在靠外邊的那張床上，背對著門，沉痛地憐憫著他的舔狗朋友。

「誰說不是呢，我這個兄弟以前被我們那……算是班花吧，瘋狂追過，裝得跟個不近女色的聖人似的，你知道那女孩追到宿舍樓下跟他告白，他回人家的第一句話是什麼嗎？」

「欸你找誰？」病友說。

「欸——對囉，」林賀然拖長了聲，「這你都能猜到?可以啊兄弟。」

「不是，我不是說這個，我是說——」病友看著他，往門口一指：「這是你朋友啊？」

林賀然回過頭。

臉上倒是沒纏東西，顴骨的地方貼了塊挺大的白色紗布，醫用膠帶拉得眼角微微往下垂了垂，只看半張側臉甚至還讓男人顯得有那麼些許溫柔的感覺。

陳妄挺平靜地看著他，旁邊還真的跟了一個女孩，一臉好奇。

長得還挺眼熟，怎麼跟他剛認的病友兄弟手機裡那幾百張照片有點像？

林賀然一臉空白地盯著孟嬰寧，眼睛一眨也不眨，盯得女孩稍微有些不自在地抿了抿唇，很快反應過來。

倒也沒有不好意思，大大方方地朝他一笑，帶著一點俏皮和恰到好處的羞澀，看起來又靈動又討喜。

「你好。」聲音甜軟。

林賀然沒說話。

啊，真人比照片好看。

就算是對這方面再缺根弦，林賀然也不至於覺得陳妄是真的把這小網紅請過來就為了騙騙他。

之前他根本沒往這上頭想，最開始是一因為隊裡小實習生說現在挺多人都把偶像叫成老公，二是因為陳妄這人，無論從三百六十度哪個角度看，都跟什麼網紅小美女之類的沒有關係。

他跟社群上粉絲成百上千萬的那些個漂亮女孩們根本半點邊都沾不上，林賀然甚至覺得這個之前連聊天軟體都不用的土鱉根本不知道什麼是網紅。

結果沒想到還真的是女朋友。

竟然還真的是？

我靠。

林賀然後知後覺地反應過來，脫口而出罵了句髒話。

第二句是看著孟嬰寧說的：「我們是不是在哪見過？不是照片上那種見過。」

孟嬰寧：「……」

陳妄捏了捏她的手，領著她進了病房回手關上門：「差不多就行了，你現在是一心求死？沒被湯城弄死不怎麼甘心啊。」

孟嬰寧把買的果籃放在旁邊的桌子上，一回頭，看見林賀然的病友看著他。

視線對上，孟嬰寧朝他笑了笑。

病友臉紅了。

病友機械地轉過頭來，看向林賀然：「兄弟，這就是你說的那個舔狗朋友？」

林賀然嘆了口氣：「兄弟，過去的話就別提了，提你也別當著人家的面啊。」

病友看得出來也是個自來熟的，兩句話就能稱兄道弟，甚至陳妄一句話都沒跟他說，他就能自己認親。

「兄弟，」病友轉過頭，看向陳妄，震驚之餘還有些羨慕，「你舔到真的了？」

陳妄：「……」

病房裡畢竟還有另一個陌生人在，陳妄和林賀然說什麼都不方便，乾脆也沒說什麼，倒是林賀然對孟嬰寧表現出很濃厚的興趣，再加上另外一個據說粉她很久了，一直跟她說話。

病房裡的氣氛一時間很熱絡。

孟嬰寧也屬於會聊天的類型，一屋子四個人只有陳妄話最少。

倒是林賀然聊著聊著先想起來了，他為什麼覺得孟嬰寧眼熟。

看照片的時候還沒想起來，現在面對面坐著見到真人，林賀然想起他跟孟嬰寧是真的見過。

前段時間，他開車送陳妄去酒吧接人，等了挺久，男人帶下來一個女孩。

那時天黑，光線太暗，女孩又喝醉了，黏黏糊糊地貼在陳妄身上被他扣著腦袋抱著，林賀然只是掃了一眼，沒看清楚長什麼樣子。

他側了側身轉向陳妄：「上次你去酒吧接的女孩，就是這個？」

陳妄：「不然我還有幾個？」

林賀然頓了頓，低聲：「讓我找人看著護著點的，也是這個啊？」

陳妄沒出聲。

林賀然不需要他回答，這個問題問出口的時候他心裡其實就已經有答案了，相比來講他更關心的是——

「欸，那你能不能回去幫我問問，她還有沒有認識的網紅小姐妹？單身的那種，能幫我介紹介紹的。」

陳妄看了他一眼：「不用問她，我認識一個。」

林賀然來了興致：「什麼樣的，和你這小女朋友一樣可愛嗎？」

陳妄腦子裡閃過林靜年小時候指著他破口大罵的畫面，沒正面說：「和她不一樣，性格比較成熟。」

聊了一陣子，孟嬰寧和陳妄準備走，臨走之前孟嬰寧還跟病友拍了張合照簽了個名，她簽名的時候病友站在旁邊紅著臉結結巴巴地告白：「我從妳的社群還只有幾千粉的時候就關注妳了，當時妳還在讀大學。」

孟嬰寧有點意外：「那還真的挺久了。」

「我那時候也還沒畢業，實習壓力挺大的，看妳分享的日常就覺得紓壓，覺得妳每天都特別開心，日常特別有趣，就……一直挺喜歡妳的，然後看著妳的粉絲越來越多，」男生紅著臉撓了撓頭，結結巴巴地說，「妳以後肯定能更好，會有很多人喜歡妳的，妳這麼可愛，又好看，又漂亮……」

孟嬰寧笑著，很專注認真地看著他說：「謝謝你呀。」

男生被她這麼看著，臉直接紅到脖子，聲音不自覺提高：「反正我肯定會一直喜歡妳！」

陳妄靠著病房門站在門口等著，眉梢微挑了一下。

孟嬰寧心情很好的蹦蹦跳跳出來了。

她其實一直對自己是個網紅沒有太大的感覺，一個是確實不紅，至少到現在為止，走在路上還沒人能認出她來。

最開始只是因為室友說覺得她各個方面條件還挺合適的，去做了兼職平面模特兒，幫幾家蘿莉塔服飾和網紅商店當模特兒，拍過幾套圖，再加上她大學時天天跟室友出去玩，日常之類的也算是有趣又豐富，漸漸地就積累一些粉絲下來。

遇見真心跟她說喜歡，喜歡很久了的人，這是第一次。

而且喜歡她很久了。

那種滿足感和開心的感覺其實是很微妙的，倒不是單純的因為被喜歡了，而是一種：啊，妳看，妳做的事情，包括妳這個人，其實也是被人肯定的。

至少在現在，妳是被認可的。

這種被承認的感覺產生的滿足感其實很簡單，簡單到只需要一句話。

我挺喜歡妳的，妳特別有趣。

週末上午，孟嬰寧和莫北約好試妝。

這幾天的日子過得很瀟灑自在，她每天睡到自然醒，穿著睡衣在家裡滾一整天也不用出門。

甚至可以不洗頭。

和男朋友同居，從早上起來能在浴室裡待一個小時捲個頭髮化個妝到連頭都懶得洗在被子裡窩到十點才爬起來，只需要一天。

週末早上，孟嬰寧起了個大早，坐在桌前打開瓶瓶罐罐開始收拾，陳妄穿著背心長褲倚靠在主臥室門口，看著她一層層往臉上糊：「不是去試妝嗎，妳自己還化什麼？」

「先打個底，」孟嬰寧往臉上拍化妝水，「而且我要見人的啊，難道什麼都不弄嗎？」

陳妄淡聲：「妳那個攝影師？」

「是啊。」孟嬰寧擠了點妝前乳說。

陳妄的聲音冷而淡：「我不是人嗎？」

孟嬰寧動作一頓，兩隻手擠著臉頰轉過頭來，看著他眨了眨眼，有點茫然。

她覺得男人好像有點不爽，但他的神色又很平靜，看起來沒什麼不對，所以孟嬰寧也不太確定：「你是吃醋了？」

陳妄沉默了幾秒，只問：「你們拍這個都要做些什麼？」

「就拍個照！」孟嬰寧馬上說。

「單獨拍嗎？」陳妄說。

「今天不拍的，就只是試試造型什麼的，」孟嬰寧說到一半，頓了頓，笑瞇瞇地看著他，「你真的吃醋了嗎？你們直男在意的點這麼奇怪的嗎？」

陳妄好笑：「我說什麼了？」

「你要是想看也行，反正我現在也離不開你，」孟嬰寧說著轉過頭來，繼續拍粉底，「為了不讓某個人被醋罈子淹死，我保證距離莫老師五公尺遠，避免產生除了拍照以外任何接觸。」

孟嬰寧只上了個底妝，別的沒弄，不然試妝的時候還要卸。

按照莫北給的地址，陳妄的車直接開到他的工作室。

工作室三層樓，開在據說是網紅打卡聖地的一條街，裝潢風格低調壓不住奢華，一推門正對著的牆上就是一條鎏金裝飾掛毯，讓孟嬰寧一瞬間想起第一次見到莫老師時男人高級訂製亮片西裝配球鞋的前線穿搭。

氣質確實很相符。

前臺一個女生帶他們上了二樓，莫北正蹲在攝影棚電腦前，聽見聲音抬起頭：「來了。」

男人穿了件襯衫，粉色的，釦子開著好幾顆，自信露肉，氣質很騷。

陳妄無聲一哂。還是孟嬰寧喜歡的類型？

莫北一邊站起身一邊說：「今天時間有點趕，妝面我腦子裡現在有十幾套構想，但不知道哪個更適合妳，這個東西就像衣服，一定要在人身上穿上了才能看出效果，光想沒用。」

莫北全程沒理陳妄，這其實是挺不禮貌的，但是這個人是莫北，莫老師性格乖戾目中無人幾乎是圈內眾所周知，喜歡的他就多說兩句，不喜歡的看都不會看一眼。

陳妄也不在意，無關緊要的人他也懶得理，更別說主動打招呼這種在陳妄的世界裡根本不存在的事。

上了三樓化妝間，孟嬰寧坐在鏡子前，莫北箱子一開，嘩啦展了一排刷子出來。

直到他抽出刷子，躬身彎腰觀察她的皮膚狀況，整個人直接湊到孟嬰寧臉上，臉對著臉距離拉近到二十公分以內，小指碰到她的臉的時候，孟嬰寧才反應過來。

孟嬰寧下意識往後躲了躲：「老師？」

莫北：「嗯？」

「你幫我化嗎？」孟嬰寧問，「沒有化妝師嗎？」

「沒有，我就是最好的，」莫北揚眉，「不行？」

孟嬰寧下意識回頭看了陳妄一眼。

男人靠著牆站在門口，腦袋頂住牆面，唇角低低垂著，垂著眼皮看著她，神情淡淡。

孟嬰寧卻總覺得在裡面看出某種類似於「行妳就死了」之類的威脅意味。

她後脖頸一涼，縮了縮脖子。

孟嬰寧回過頭，有點猶豫，又看了莫北一眼。

莫大佬這時已經不耐煩得有些明顯了。

孟嬰寧在金錢和愛情之間猶豫了半秒之久。

然後到嘴邊的話瞬間咽回去了。

她閉了閉眼，小臉往前一仰，視死如歸道：「有什麼不行的，來吧！」

莫北是個完美主義者，他的工作室裡化妝師、造型師是都齊備，但他自己的想法，除了他以外沒人能完美的詮釋。

妝面換了六、七個，又開始弄頭髮，等莫老師終於覺得滿意的時候孟嬰寧的屁股已經坐麻了，感覺臉上已經被化妝刷和各種工具刷掉了一層皮。

站起來回過身，陳妄已經不在房間裡了。

孟嬰寧怕他是真的不開心了，想下去看看，但莫北沒說話，她也不方便動。

莫北抱著臂看著鏡子裡的人，挺滿意：「妳笑一個我看看。」

笑她太會了，平面模特兒的第一課就是笑。

孟嬰寧扯了扯嘴角，露出一個很標準的職業假笑。

莫北顯然不太滿意：「妳知道聊齋裡的嬰寧最喜歡的是什麼嗎？」

「王子服。」孟嬰寧說。

「花，」莫北手一抬，說，「妳想像一下，現在眼前出現一大捧玫瑰，妳挺喜歡的，給我一點滿足歡喜的感覺，特別純真的那種。」

「老師，我花粉過敏。」孟嬰寧特別純真地說。

莫北：「……」

下樓的時候陳妄倒是沒走，坐在一樓窗邊的沙發上看雜誌。

女孩站在樓梯臺階上回頭，跟莫北說了幾句話，然後蹦蹦跳跳地小跑過來，牽起他的手，拽了拽指頭：「走吧？」

陳妄抬眼：「好了？」

「嗯。」孟嬰寧點點頭。

她是卸了妝下來的，小臉素淨，鬢邊的髮絲還掛著小水珠，睫毛很長，帶著點毛絨絨的柔軟感覺，杏眼圓滾滾看著他，乖巧又討好，看起來狡黠可愛。

陳妄起身，將雜誌隨手塞回旁邊書架裡，邊往外走邊說：「妝怎麼卸了？」

「不是怕你不高興嗎，」孟嬰寧裝得特別乖地眨眨眼，「你真的不高興了嗎？可是這就是我的工作呀。」

「所以我不是沒說什麼嗎？」陳妄說。

「可是你不沒陪我了，你不看著我。」孟嬰寧委屈地說。

陳妄腳步沒停，垂眸：「看妳什麼？看那男的都快趴到妳臉上幫妳塗口紅？」

孟嬰寧顛顛地跟著他：「陳老闆，吃醋也要講基本法，你這大男子主義的想法要不得，人家莫老師又不喜歡我。」

陳妄嗤笑了一聲：「妳懂個屁男人。」

喜不喜歡不知道，但至少不是完全沒興趣。

同性生物，有些話不用說，一個照面、一個眼神、一個態度就能看明白一半。

也只有孟嬰寧在這方面是遲鈍的，他喜歡她十年，她到現在都沒發現，她能看出來才有鬼。

孟嬰寧確實看不出來，她想都沒往這方面想過，只覺得陳妄吃醋的點讓人無法理解，男人小心眼起來，還挺嚇人的。

不過想想也行吧，畢竟快三十歲的男人了，可能多少會有點敏感，孟嬰寧很寬容地決定包容他理解他一下，也不介意主動哄哄他。

從工作室出來的時候已經下午了，一上午不知不覺耗進去，連午飯都沒吃，這時才後知後覺察覺到餓。

兩人找了家據說懷石料理非常好吃榜單排行第一的日本料理店吃了個午飯，陳妄去結帳回來，就看見孟嬰寧兩眼放光地看著他：「陳妄。」

陳妄揚眉。

「我們還沒有約會過，」孟嬰寧說，「別的小朋友談戀愛都是要跟男朋友約會的。」

這話說出來，就是有計劃了。

「約，」陳妄坐回椅子裡，往後一靠，「妳想怎麼約。」

「我們去看個電影！」孟嬰寧早就想好了，她眼睛亮亮的，「我們一步一步來，你要買爆米花給我。」

「不買，」陳妄說，「多大的人了還吃爆米花？」

「看電影就是要配爆米花，」孟嬰寧說，「而且她們約會都要吃爆米花的。」

女孩語氣和表情裡的嚮往很明顯，陳妄看著她，忽然往前靠了靠，手肘撐著桌邊：「沒約過？」

孟嬰寧已經開始翻手機看電影票了，「我又沒談過戀愛，到哪裡約去啊，不像你，經驗豐富，」孟嬰寧撇撇嘴，「林賀然還說你以前被你們那的什麼班花追過噢？」

她抬了抬眼，陰陽怪氣地說：「挺漂亮的吧，人家是班花呢。」

陳妄瞥她。

「身材肯定也好，班花呢。」孟嬰寧拖腔拖調地說，「肯定是我們陳老闆喜歡的類型。」

陳安伸手，越過桌子揉了把她的腦袋：「別皮，都不記得長什麼樣子，班哪門子的花。」

孟嬰寧「噢」了一聲，低頭繼續看電影票。

這個商場的電影院很大，場次電影都很多，孟嬰寧挑了個新上映的商業片，最近的一場還有很多空位。

她看電影喜歡坐最後一排，但最後一排已經被選完了，孟嬰寧沒辦法，選了個倒數第二排靠右邊的位子。

坐手扶梯上了兩層樓，孟嬰寧扯著陳安一路小跑著進電影院，一進門就看見右手邊的自助取票機。

她跑過去取票，兩張買好，一回頭，陳安不見了。

孟嬰寧拿著票，視線掃了一圈，看見了人。

男人站在不遠處售貨檯前，略低著頭，身子前傾和穿著影院制服的女孩說了句什麼，然後抽出皮夾，拿錢。

沒多久，女孩裝了滿滿一大桶爆米花遞給他。

陳安拿著爆米花走過來，遞給她，沒什麼表情說：「吃吧。」

孟嬰寧抿著嘴，忍不住笑，她沒接，略踮了踮腳湊過去小聲說：「我看人家約會爆米花都是男朋友幫忙拿著的。」

陳妄「嘖」了一聲：「麻煩。」

他一邊說著一邊換了手拿爆米花，另一隻手空出來，孟嬰寧特別自覺地蹭過去牽他，拉著他檢票進場。

他們進去的時候放映廳裡坐了差不多一半，還有幾個人陸陸續續地往裡進，孟嬰寧選的位子左邊的座位空著，右手邊也是一對情侶。

剛坐下沒多久，電影開始。

孟嬰寧本來也不是來看電影的，約會嘛，誰家約會正經看電影呢，不都是藉著看電影的機會幹點約會的時候應該幹的事情？

她心裡是藏著小盤算的，佯裝若無其事的樣子一邊從陳妄懷裡的爆米花桶裡掏吃的，一邊偷偷摸摸地瞥他。

陳妄看得非常認真。

男人靠坐在位子上，目不斜視地，專注而認真地看著電影，螢幕上的光在他眼裡晃動跳躍，跳得孟嬰寧心裡還有點急。

隔了幾分鐘，她忍不住又偷偷看了他一眼。

依然看得非常認真。

孟嬰寧不怎麼開心地鼓了鼓嘴巴，鬱悶地吃爆米花，剛塞進去兩顆，身邊的男人輕笑了聲。

孟嬰寧鼓著嘴巴轉過頭去。

陳妄依然沒看她，視線向著前，落在面前的電影螢幕上，身子略往她這邊靠了靠，低聲說：「想幹什麼？」

孟嬰寧：「……」

孟嬰寧瞬間有種被抓包的感覺。

「想牽手？」陳妄問。

她的耳根有些燙，低著頭小聲：「我才不想。」

「哦，」陳妄的聲音更低，幾乎藏進電影的聲音裡快要聽不見了，「那想接吻？」

孟嬰寧瞬間覺得臉都發燙了，她忍不住扭過頭看過去。

陳妄不知道什麼時候轉過頭來，看著她。

四目相對，有光影明明滅滅跳動。

孟嬰寧有些慶幸現在周圍環境暗，應該不太看得出她臉紅了。

她垂下眼睫，視線躲閃開，人卻往陳妄那邊靠了靠，聲音特別輕，細細弱弱的：「有點。」

陳妄看著她，沒說話。

「但是電影院裡是不是有監視器，都能看見的。」孟嬰寧又說。

「嗯，」陳妄緩聲，「有。」

「那……」

陳安本來以為孟嬰寧會說那就算了吧。

畢竟是個臉皮比紙薄的女孩，雖然他其實覺得有沒有攝影機無所謂。

孟嬰寧卻不說話，忽然伸過手去，手臂勾住了陳妄的脖子，往下壓。

男人在她伸手過來的那一瞬間反應過來，不動，任由她摟住他的脖頸，把他整個人上半身完全壓下去，躲到前面一排椅背後面。

光線被完全遮住，孟嬰寧緊跟著彎下身去。

兩個人就這麼撅著趴在一起，像是在地上撿什麼東西似的。

陳妄剛轉過頭。

女孩已經收回手，拽著他的耳朵往前拉了拉，湊過去，親了親他的唇，然後分開。

孟嬰寧滿足地舔了舔嘴唇，笑得像隻剛剛偷了腥的貓：「這樣是不是就拍不到了？」

陳妄點點頭：「是。」

「但妳旁邊那兩個人剛剛一直在看著。」陳妄繼續說。

孟嬰寧：「……」

直到電影散場，孟嬰寧還在不好意思，旁邊那對情侶走的時候孟嬰寧的腦袋都快低到地上去了，生怕視線和人家對上。

週末最後一天，快一週的好日子過到了頭，孟嬰寧明天要上班，沒在外面待到太晚，逛了超市採購一堆零食以後就回了家。

吃完晚飯，孟嬰寧早早洗了個澡敷好面膜滾進臥室，看時間差不多了，準備去洗手間就進入夢鄉。

她翻身下床打開臥室門出去，客廳裡只開了盞小夜燈，光線幽微，對面陳妄的臥室房門緊閉。

孟嬰寧停住腳步看了幾秒，才回過頭。

陳妄從睡夢中驚醒。

天花板霧濛濛的暗，眼睛有點花，視線裡似乎還有大片的猩紅刺激著視網膜，在天花板上蔓開一片，鼻尖有鐵銹的味道。

陳妄平靜地躺了一陣子，沒動。

哪怕是日復一日地已經重複了不知道多少遍，應該早就習慣的事，還是緩了好久。

陳妄撐著床坐起來，習慣性抬手摸上床頭櫃，摸了個空。

差點忘了換了個臥室。

他起身下床，開門走出房間。

客廳裡掛鐘的聲音靜謐清晰，陳妄走到茶几前，俯身拿菸，走到陽臺，敲了一根出來含著，點燃。

煙霧彌漫著融進鐵灰色的天空中，凌晨三點多的空氣冷，帶著潮氣，涼意能鑽進骨頭縫裡。有聲音在屋裡響起，極輕極細，像是貓咪的長尾巴掃在地上。

陳妄咬著菸回過頭。

主臥室的門不知道什麼時候開的，孟嬰寧穿著睡衣光著腳站在門口，腦袋倚靠在門框上看著他，目光很靜。

陳妄頓了一下，摘了菸垂手掐了，聲線沙啞：「怎麼醒了？」

「你每天晚上一直都是這樣嗎？」孟嬰寧低聲說。

陳妄把抽了一半的菸摁滅在旁邊煙灰缸裡，抬眸：「嗯？」

「沒什麼。」孟嬰寧深吸口氣。

風從陽臺灌進來，鼓起客廳的窗簾，臥室木門哐當一聲輕響，在她身後關上。

「沒什麼。」孟嬰寧重複一遍。

眼眶泛紅，她吸吸鼻子，又抬手掩飾般地揉了揉眼睛，聲音軟糯糯的，帶著些啞：「我只是突然一個人有點睡不著。」

孟嬰寧的睡眠算是比較輕的，據說是小的時候睡覺的環境太靜，她一睡著，一家人連走路都輕手輕腳的，導致她現在聲音稍微大一點就會醒。

尤其之前受了點驚又突然換地方，她這幾天其實也沒怎麼睡好。經常睡著睡著就醒了，迷迷糊糊辨認一下自己在哪才接著睡。

也是無意間聽見陽臺門被拉開的聲音才發現，她在陳妄家住了四天，每一天晚上，他幾乎都不怎麼睡，卻每一天都一副若無其事的樣子。

她的謊話說得實在是太蹩腳了，在陳妄沒說話之前孟嬰寧就已經意識到了，她垂手，朝他走過去。

走到陽臺門口，陳妄站起身：「別出來了，外邊涼。」

他走出陽臺，回手拉上門，身上還帶著潮濕的冷意和一點沒散盡的菸味。

「想說什麼？」陳妄靠著陽臺玻璃門，垂眸看她。

孟嬰寧坐在旁邊沙發扶手上，往下滑了滑，滑進沙發裡，腿彎搭著扶手，說：「我們來聊聊天。」

陳妄看了看鐘：「三點了，明天不上班？」

「我睡不著。」

「怎麼睡不著。」

「那你怎麼睡不著？」

「……」

陳妄看著她。

孟嬰寧隨手拽過來一個抱枕，腦袋一歪靠著沙發，乾脆直接說：「連著四天，你每天的睡眠時間有三個小時嗎？」

孟嬰寧在這的時候，陳妄其實改掉了好多壞習慣。

他不怎麼抽菸了，頻率很克制，偶爾一、兩根，都會在陽臺上等味道散得差不多了才進屋。酒也很少再碰，來的時候冰箱裡是那些，現在還是那些。

他的行為都在向孟嬰寧傳達一個「變好」的信號，好像所有的事情都可以過去了，可以在他這裡翻篇。

孟嬰寧本來也是這麼以為的。

她看著他，眼眶還紅著，剛剛被她揉了揉，顯得更紅，陳妄以為又要哭了，她卻沒哭。

陳妄嘆了口氣：「三個小時還是差不多有的吧。」

孟嬰寧看著他，不說話了。

「唉，」陳妄無奈笑了笑，「姑奶奶，別又哭啊，我又不是沒睡，高三考生考前衝刺也只睡兩、三個小時，不也沒事嘛。」

「那怎麼能一樣，那不一樣，他們是不能睡，你是睡不著，睡不著感覺多難受，」孟嬰寧腦袋往抱枕上蹭了蹭，問，「會做夢嗎？」

陳妄沉默一下：「嗯。」

孟嬰寧咬著嘴唇看著他，忽然把抱枕丟到一旁，朝他張開手臂：「抱抱。」

陳妄往前走了兩步，俯身低垂下頭，抱住她。

孟嬰寧額頭抵在他肩膀上，聲音悶悶的：「你要是實在睡不著就發洩一下，我可以陪你聊聊天，你想說什麼就說什麼，我聽著，或者你想幹什麼都行，我都陪著你，可以嗎？」

陳妄抬手拍了拍她的腦袋，低頭：「怎麼都可以嗎？」

孟嬰寧腦袋依然靠著他，點了點。

陳妄側過頭，在她耳邊問：「我想怎麼發洩妳都陪著啊？」

「……」孟嬰寧不動了。

陳妄能感覺到女孩抱著他的手臂僵了僵。

好幾秒，孟嬰寧抬起頭，眼裡還憋著難過，又有點羞惱的樣子：「欸，你這人怎麼這樣，我的意思是，你要是願意的話有什麼就說出來，能好受點。」

陳妄瞧著她終於有點精神的樣子，笑了笑：「其實也沒什麼，那次的事……我是那次行動的總指揮，我是隊長，要為所有人負責，這種時候，你的每一個決策，每一個命令都必須也只能是對的，一步都不能錯。」

「但你走錯了，而你犯的錯別人幫你拿命擔了，你只能看著他，彌補不了，」陳妄指尖纏著她的頭髮，繞了兩圈，儘量平靜簡單地說，「這感覺其實讓人不是那麼舒服。」

他都不太記得上一次睡了好覺是什麼時候，有些時候他自己都覺得自己好像已經習慣了。

黏稠的水泥地面，男人空洞的眼，陳妄低下頭，看見自己沾滿鮮血的手。

每一幀都在提醒他是個劊子手的事實，提醒他曾經做錯的事，犯下的罪。

很長一段時間裡，陳妄甚至覺得自己只配這麼活著，沒有誰犯了錯能不付出代價。

深秋的夜很長，沒開暖氣的時候，屋裡有些冷。

孟嬰寧猶豫一下：「你有看過醫生嗎？」

「看過，」陳妄大大方方地承認，「以前在隊裡的時候有心理諮商師，沒什麼特別好的辦法，慢慢來吧。」

孟嬰寧依然抿著唇看著他。

陳妄垂眸，忽然說：「妳有沒有覺得不太舒服？」

孟嬰寧愣了愣：「沒有啊。」

「我有，」陳妄說，「妳是不是沒發現我為了抱著妳時一直是撅著的？」

孟嬰寧：「……」

她是坐在沙發上的，陳妄站著，這個高度為了能讓她抱著他，他就只能彎下腰。

也虧他能撅這麼長時間……

孟嬰寧連忙鬆開了手，陳妄終於直起身來後退了一步，他抬頭看了眼時間，四點多。

他家這邊離孟嬰寧公司比她自己家近，大概還能睡四個小時。

陳妄回過頭：「聊完了？」

孟嬰寧點點頭。

「滿意了？」

孟嬰寧再次點點頭。

「行，」陳妄也點點頭，「睡覺去吧。」

孟嬰寧這次遲疑一下，抬眼，沒說話。

陳妄揚眉：「怎麼了？」

孟嬰寧忽然牽起他的手，二話不說拽著往臥室走：「睡覺。」

陳妄跟著她走了兩步：「嗯？」

「我怕黑，」孟嬰寧頭也不回說，「我一個人睡不著。」

她說著已經扯著他走到主臥室門口了，陳妄愣了愣，在被拉進臥室的瞬間反應過來，一把扶住門框，站在門口不動。

孟嬰寧回過頭，認真又一本正經地看著他：「你要不要回你房裡把被子拿過來？」

陳妄一隻手被她拉著，另一隻手撐住門框，低頭垂眸：「我要是真過來，也用不著拿那床棉被了。」

他的聲音低沉，帶著警告意味。

孟嬰寧耳朵紅了紅，不過她今天打定了主意，完全不為所動，掰著他的手指頭把他另一隻手從門框上摳下來，兩隻手拉著他往屋裡拽：「今天不行，你今天必須睡覺。」

陳妄垂著眼任由她拉著，紋絲不動。

孟嬰寧毫不氣餒，使出吃奶的力氣拔河似的把他往屋裡拽，小臉都憋紅了，說話一字一頓的：「你、太、重、了。」

陳妄一下子樂了。

想著她八點多就要起來上班，陳妄也不跟她鬧了，兩步走過去拎著人抱起來往床上一丟，然後在她反應過來之前走出臥室。

孟嬰寧被他摔進被子裡，剛掙扎著爬起來，陳妄那邊已經折回來了，手裡拎著床棉被，還有個枕頭。

他把枕頭、被子丟上來，站在床邊，睨她：「行了？」

孟嬰寧跪在床上，仰著腦袋朝他笑得彎起眼：「關門呀。」

陳妄回身關門。

孟嬰寧把自己的枕頭從床中間拽到邊上去，又把他的擺在旁邊，緊接著鑽進自己的被窩裡。

等陳妟關門回來，女孩已經藏在被子裡看不見了，長髮披散在枕頭上，被邊露出一雙圓滾滾的眼睛和腦門。

陳妟頓了頓，翻身上床。

孟嬰寧清晰地感覺到身邊的床墊微微往下陷了陷，是男人的重量，伴隨著無法忽視的存在感。

孟嬰寧側頭看過去。

門一關，光線暗下來，孟嬰寧只能看見男人側面的輪廓，黑黑一團影子。

心跳有點快，這難道就是純潔男女朋友之間同床蓋著被純聊天的滋味？

好像還挺美的。

孟嬰寧美滋滋地裹著被子，小心地稍微往他那邊滾了滾，腦袋枕在枕頭邊，輕聲說：「陳妟。」

「嗯？」男人鼻音低沉。

「你要睡覺知道嗎？」孟嬰寧教育他，「你要是睡不著，我可以唱搖籃曲給你聽。」

陳妟哼笑了一聲：「哄小孩啊？」

孟嬰寧真的開始唱起來了。

她唱歌其實不是走調，是根本沒有，小的時候上音樂課，讓她唱歌跟念臺詞似的。

但聲音也是真的好聽。

放輕了聲線，像柔軟的羽毛，一下一下輕飄飄的撓。

孟嬰寧不知道這搖籃曲對陳妄有沒有效果，反正她唱著唱著自己把自己唱睏了。

於是從唱變成了念，最後又從念變成了呢喃，她閉著眼睛迷迷糊糊地唱完了最後一句，小手隔著被子在他身上一下一下拍著，最後搭在他被子上，停住了：「陳妄。」

她嘟囔著叫他。

陳妄聽著她快睡著了似的黏糊嗓音，抬手將她的手臂塞回去，然後靠過來，側身隔著兩床被子把人撈進懷裡抱著，下巴抵著她的腦袋，輕輕蹭了蹭：「嗯。」

「我也不是心理醫生或者特別會開導人的那種，沒辦法幫你解決問題，我都不知道能說什麼，感覺說什麼都沒用，勸你都是站著說話不腰疼。」孟嬰寧仰起脖子來，費力地睜了睜睏倦的眼，眼睛適應了黑暗，能看清男人下頷和鼻梁的輪廓線，「我只是希望你能別總往回看，我想讓你能多看看前面，看看以後，看看我。」

「但你要是覺得現在還是暫時邁不過那個坎，覺得對自己不好能讓你心裡稍微好受一點，也沒事的，我們就慢慢來，你現在有我了，你對自己的那些不好我都可以幫你補上。」

睡意一股接著一股，層層疊疊，孟嬰寧再次閉上眼，腦袋不自覺往枕頭裡埋，在他懷裡蹭了蹭，小聲嘟囔：「我會對你很好的，我可以陪你睡覺。」

第二十三章　來去孟家住一晚

不知道是不是身邊突然多了個人的原因，還是因為怕陳妟又沒睡，孟嬰寧這一晚上睡得也不怎麼踏實，斷斷續續醒過幾次，確實摸到身邊有人，才又放心地閉上眼睛繼續睡。

第二天一早是被鬧鐘吵醒的，閉著眼摸手機關掉，再睜開眼，看見旁邊的人。

他只占了邊緣，枕半個枕頭，睡得很熟。

她昨天晚上到後來就不知道他有沒有睡了，信誓旦旦說要哄人家睡覺，結果唱了個搖籃曲自己把自己唱睡著了，想想還覺得挺慚愧的。

不過反正陳妟現在睡著了。

孟嬰寧的腦袋塞在兩個枕頭之間的縫隙裡，把屬於陳妟的那半邊空間壓榨了一半。

孟嬰寧夾著被子往旁邊滾了滾，腦袋從枕頭縫裡滾回到自己的枕頭上，臉朝著枕面趴在床上，不動。

睡同一張床了，啊！

孟嬰寧抬手捂住臉滾進被子裡，縮成一團轉了一圈，又鑽出來。

她撐起身子，手支著腦袋側頭，看著男人熟睡的側臉。

濃眉挺鼻薄唇，山根非常高，顯得眼窩漆深，即使是睡著，都沒能稍微柔化一點他給人的那種凌厲肅冷。

一看就是那種，性格差脾氣硬，很不好說話的臭男人。

孟嬰寧歪著頭，有些不解，不知道自己到底是為什麼會喜歡他，她還記得小時候的自己，最開始是真的很怕他，怕到時刻注意他的出現，他一出來她就躲。

目光和注意力長久地放在一個人身上，等意識到的時候莫名其妙好像就移不開了。

他看書的時候，他打球的時候，他皺著眉一臉不耐煩地問她要不要吃個蘋果派的時候。

下課他跟著幾個朋友一起穿過操場去福利社，手裡捏著瓶水敞著腿坐在福利社門口臺階上，聽著朋友聊天，垂下頭笑得漫不經心的時候。

無論最開始會注意到他的初衷是好是壞，都是一種吸引。

孟嬰寧抬起手來，指尖落在他高挺的鼻梁，從山根往下滑了一點，動作輕輕的。

「怎麼長這麼高的，是不是整過了……」孟嬰寧小聲嘟囔。

「沒有。」陳妄說。

「……」孟嬰寧靜止了：「你沒睡啊？」

「剛醒，」陳妄閉著眼睛說，「幾點了？」

孟嬰寧翻了個身，摸過手機又看了時間一眼：「七點二十五，還早，你可以再睡一下……」

她說到一半，被攬著腰往後拖回去，背撞上男人堅硬的胸膛，溫熱的手臂有力地箍在她的腰際。

陳妄微微低了低頭，臉從後面往她頸窩裡埋了埋，聲音懶洋洋的，頭一次帶上點惺忪的睏倦睡意：「那抱一下。」

女人真的是神奇的物種，身體是軟的，氣味是香的。

像讓人忍不住想要一層層地剝開來，再一點點細細品嘗的好吃食物。

有人送不用擠地鐵的喜悅沖淡一點假期結束又要上班的惆悵，孟嬰寧到公司的時候時間還早，辦公室裡沒幾個人，幾個平時比較熟的看見她進來主動打了招呼，關心一下她的身體情況。

聊了幾句，孟嬰寧回到自己的座位上，先打了一個長報告給李歡。

她這個病假休得太爽了，甚至在看到熟悉的人仰馬翻忙碌景象的時候孟嬰寧覺得自己爽到有點心虛，她處理完之前在攝影棚盯著的照片，又兢兢業業地校了一上午的封面人物專欄採訪稿，連水都沒喝上幾口，等終於忙完再一抬眼，已經午休了。

孟嬰寧站起身準備去餐廳，剛出了辦公室門，接到孟母的電話。

孟嬰寧接起來，本來準備先聲奪人。

奈何孟母的速度比她快，幾乎是電話剛一通的那一瞬間，那邊的聲音就傳過來了：『一個禮拜沒打電話給我了。』

孟嬰寧：「……」

『我前天打電話給妳，怎麼還關機了呀？』孟母慢悠悠地說。

「之前手機丟了，昨天才買新的，」孟嬰寧趕緊說，「本來打算告訴妳一聲的，結果最近工作太忙，一直加班，就忘了。」

『什麼工作忙又加班的，就是心裡沒有我和妳爸，』孟母『嘖』了一聲，『小孩長大了，越來越沒心沒肺了，我那天還跟妳爸說，生個女兒費盡力氣的好不容易拉拔大了，結果想見一見跟探監似的，還要看季度，一個季度只能見著一面。』

孟嬰寧：「……我什麼時候一個季度只能見一面了。」

『不是啊？』孟母說，『我還以為再等到妳回家一趟要等到冬天呢。』

孟嬰寧：「……」

算算她好像確實有幾個月沒回過家了。

之前老孟休假，老兩口報了個什麼夕陽紅中年團歐洲遊去了，天天比利時、德國的飛，上個月才回來。

他們回來的時候孟嬰寧正滿心都是陳妄的時候，也沒回家看看，只打了個電話過去聊了兩句。

這麼一想，她忽然又覺得自己好像有點久沒有回去了。

孟嬰寧想了想，哄她：「媽媽，我其實特別想妳。」

孟母說：『想我想到一個季度回一趟家，那妳一年就見我四面好了，每次回來拍張照片，湊齊春夏秋冬，跟集郵似的。』

「……」孟嬰寧忍不住笑：「那我今天晚上得回去一趟了，秋天都快過了，我們要趁著冬天還沒來趕緊拍張秋天的。」

孟嬰寧撒嬌道，「妳做點好吃的給我唄，媽媽？」

孟母也被她逗笑了，繃著聲音罵她：『別回來了！不幫妳開門！』

電梯叮咚一聲響，孟嬰寧笑瞇瞇地說：「妳不幫我開門我自己回去了，我有鑰匙！」

答應孟母的時候孟嬰寧其實沒想到陳妄，當時只是覺得真的挺久沒回去過了，這麼久沒見老孟他們還有些想。

等晚上終於下了班，孟嬰寧爬上陳妄的車的時候，才想起來。

她坐在副駕駛座上，縮著肩膀「啊」了一聲。

陳妄側頭：「怎麼了？」

「有個事。」孟嬰寧轉過頭，看著他說，表情看起來挺嚴肅的。

陳妄也轉過頭來：「什麼？」

「我今天不回家了。」孟嬰寧說。

陳妄：「……什麼？」

「就是，我今天要回家去，陪老孟吃個飯，好久沒回去了，今天終於忍不住，打電話來跟我發火了。」孟嬰寧小聲說。

陳妄看了她一眼：「吃完就在家裡住了？」

孟嬰寧有些猶豫，沒說話。

她要是吃完飯拍拍屁股說自己要走人，孟母大概會把她按在茶几上揍一頓。

但是如果她住在家裡，陳妄不是就要一個人了。

前一天剛信誓旦旦地說會對人家好，又明知道他睡眠那麼差，一個人的話醒了又不會睡了。

孟嬰寧糾結好一陣子，垂著頭有點走神的時候，聽見陳妄叫了她一聲。

她抬起頭來：「唔？」

「你們家搬去哪了？」陳妄重複問了一遍。

「新安區那邊，長安路上，」孟嬰寧頓了頓，眨了下眼，「陳妄。」

陳妄沒說話，視線還看著前面，頭微微往她這邊偏了偏。

「你跟我一起回家吧。」孟嬰寧說。

陳妄定住了。

前面十字路口，紅燈，行人匆匆穿過馬路，陳妄一腳剎車踩下去，孟嬰寧的身子因為慣性跟著往前閃了閃。

陳妄的手搭在方向盤上，轉過頭來，以為自己聽錯了，第三次問：「什麼？」

孟嬰寧不知道他為什麼會有這麼大的反應：「你跟我回去一起吃個飯，然後直接住我家就可以了啊，反正空房間也有，而且你跟我爸媽又不是不認識，本來就很熟了，我記得我媽特別喜歡你。」

孟嬰寧仔細回憶一下：「老孟是不是也挺喜歡你的？我記得那時候你好像常陪他下棋。」

陳妄側眸：「這一樣？」

「哪不一樣啊？」孟嬰寧說。

陳妄看著她：「我以什麼身分過去？還要住下？」

「我男朋友啊。」孟嬰寧理所當然地說。

說完，她又「啊」了一聲，往前湊了湊，說：「你是不是覺得第一次正式登門就留宿挺不自在的，怕我爸媽覺得你不矜持？」

「……」陳妄差點沒氣笑出來，他甚至都不知道自己現在有沒有生氣，緩聲重複一遍：「我不矜持？」

孟嬰寧安慰他：「沒事的呀，到時候我跟老孟他們說，你是工作剛調回來，這邊的房子還沒收拾好，沒地方睡，臨時來住一晚。」

孟嬰寧又仔細地思考一下，甚至還完善了說辭，想讓它聽起來毫無漏洞令人信服：「然後你也沒什麼錢，沒錢住酒店。」

陳妄：「……」

孟嬰寧拽著陳妄上了電梯。

老孟家在頂樓，當時買的時候因為頂樓送一個閣樓，外面帶個露天小花園，孟母在外面種了一堆花花草草，角落還圍了小小的迷你小菜園，旁邊放了張茶桌，沒事就坐著曬曬太陽喝喝茶，呼吸一下二十一樓不怎麼新鮮的新鮮空氣。

門是孟母開的，看見孟嬰寧的時候翻了個白眼，話還沒來得及說，又看見旁邊的陳妄。

「這位是……」孟母愣了愣，一下子不敢認，就這麼站在門口，好半天才把眼前這個高大的男人和十幾年前那個有點沉默的小少年連想在一起。

孟嬰寧看了陳妄一眼，剛要介紹一下：「媽，這是……」

「我男朋友」四個字還沒說出口，孟母先開口了：「是陳妄吧？」

陳妄提著一堆東西站在門口，點了點頭：「阿姨好。」

「欸，你好，」孟母反應過來，趕緊側了側身，「快進來，都是大男人了，長這麼帥了，我剛剛都不敢認。」

「怎麼了，說誰啊。」老孟在客廳裡問了一聲。

「反正沒說你。」孟母說。

「欸妳這人——」

「陳妄！以前住在我們家旁邊的那個，老陳他兒子，跟寧寧關係挺好的，」孟母回頭說，「你忘啦，你那時候天天跟老陳下棋，下不過就耍賴，還讓人家兒子也陪你下。」

孟母悠悠地說：「結果連人家兒子你都下不過，就這個智商非要學別人下什麼棋。」

「……」老孟覺得很沒有面子，尤其是還當著當事人的面，連忙強調道：「那是我沒認真下，我還能跟個小孩計較非要贏他一盤棋？」

「是，」孟母點點頭，「你一盤也沒計較過。」

「……」孟靖松的眼睛睜大了一點：「我生氣了啊。」

陳妄勾了勾唇角。

孟嬰寧趕緊去哄他，踢掉鞋小跑過去聲音提高了點：「爸爸！」

老孟的注意力轉移過來，跟著從沙發上站了起來：「女兒！想爸爸沒？」

「特別想！」

父女倆擁抱在一起，好幾秒。

孟母和陳妄站在門口，面無表情地看著這感人肺腑的一幕。

「你瞧瞧他，都五十多歲的人了，」孟母忽然偏過頭，小聲對陳妄說，「像不像缺心眼？」

陳妄：「……」

孟母廚藝很好，沒多久一桌子菜都上了桌，基本上都是孟嬰寧愛吃的，幾個人坐下，孟母笑道：「寧寧也沒說你要來，也不知道你愛吃什麼，有沒有什麼忌口。」

「他不挑食，什麼都吃的。」孟嬰寧說。

老孟今天看起來挺高興，還從酒櫃裡翻出自己珍藏的自釀出來，幾杯下肚，話開始明顯多了：「不挑食好，男人這個不吃那個不吃哪能叫男人。」

孟母掃了他一眼，笑著說：「不過我是沒想到，都這麼多年了，你跟寧寧還有聯絡呢。」

老孟再次端起酒杯：「從小一起長大，我們家寧寧可是陳妄看著長大的，感情能一樣嗎，那種感情就跟親哥哥和親妹妹是一樣的，除了沒有血緣關係以外也沒什麼區別了。」

「……」孟嬰寧放下筷子，聲音有些弱：「那個，爸……」

老孟沒聽見，嘬了兩口酒以後繼續道：「而且陳妄這個孩子也好，他小時候那群小夥子裡頭我最喜歡他，沉穩，不張揚，跟現在那些個小女生喜歡的油嘴滑舌的不一樣。」

孟嬰寧抬了抬手，表情為難：「爸、爸爸……」

「爸什麼爸爸的，我說的就是妳，」老孟放下酒杯，說，「妳們現在的年輕小女生，見著那些會說話的一張嘴都能把妳們哄得迷迷糊糊的，我告訴妳啊孟嬰寧，沒有我的把關，談戀愛這事妳想都別想，妳才幾歲啊？才剛畢業，我女兒這麼好，可不能被人這麼騙跑了。」

老孟說著視線一轉，看向陳妄：「小陳啊，寧寧跟你關係好，你們平時也常接觸，很多事她肯定告訴你也不會告訴我們。她就是你妹妹，你幫叔叔看著點。」

「她要是敢談戀愛！」孟靖松尾音一揚，頓了頓，說，「你就替叔叔把那男的揍一頓。」

陳妄：「……」

孟靖松一拍桌角：「聽見沒？往死裡打！」

陳妄一時之間有點不知道這話該怎麼接。

他沒想到自己有一天竟然會在這種場合下感受一次這種進退兩難的局面。

孟嬰寧也很尷尬。

老孟這句話說完，孟嬰寧覺得有點沒辦法開口。

原本一進門她就想介紹了，結果孟母想起陳妄這人，她當時想著吃飯的時候再說，正式一點。

第一次談戀愛，孟嬰寧心裡有點那種，要跟家長說過了，才不算是玩玩的的想法。

結果幾次開口，都被孟靖松打斷了。

老孟大概是真的覺得小時候看著長大的小孩來看自己，還挺有心的，下了這麼多年的棋沒有白下。

這種被人惦記著的、還能被人想著的感覺讓他覺得很高興，如果這時候孟嬰寧再告訴他不是，那種感覺應該不會很痛快。

老孟不痛快，那陳妄恐怕也不會太痛快。

更何況老孟本來就會對「女兒的男朋友」這個身分產生微妙的敵意，以前孟嬰寧年紀小，還能光明正大的抵觸，現在她虛歲都二十五了，老孟沒了反對的理由，於是說辭變成了「必須要我把關」。

要是沒把關就談了男朋友，那男朋友就要被揍一頓……還要由陳妄來揍。

我揍我自己，卑微到土裡。

孟嬰寧想像一下那個畫面，忍不住，一下子笑了。

她連忙垂下頭，偷偷地對著面前的一碗白米飯笑，肩膀一抖一抖的。

飯桌上孟靖松先生還在興致勃勃地和陳妄談心，孟嬰寧覺得按照這個趨勢，可能這頓飯吃完孟靖松就會想認陳妄當乾兒子什麼的。

她一邊笑一邊動了動，往旁邊側了側，伸手去夾餐桌另一邊放著的那盤糖醋小排。

結果身子一斜，腿碰到旁邊男人的腿。

陳妄提筷子的動作倏地頓了頓。

孟嬰寧筷子上夾著的小排差點掉下去，臉一紅，第一個反應是下意識要去看陳妄，結果視線一側，男人的表情平淡冷漠，看上去沒有半點波瀾。

也不知道是出於什麼心態，孟嬰寧想要收回腿的動作頓了頓，不動。

不僅不動，膝蓋甚至還往旁邊靠了靠，貼過去。

男人的體溫要比她高出很多，溫熱的。

孟嬰寧抿了抿唇。有種隱祕的，小小的奇異滿足感。

這一頓飯吃了挺久，到後面大家已經吃飽了，只剩下老孟和陳妄還在那裡，兩人你一杯我一杯，邊喝邊聊，大多數時候是孟靖松在說話，陳妄話不多，但也不冷場。

孟母早就離桌了，孟嬰寧坐在那聽著他們說了一陣子，都是男人喜歡聊的話題，什麼時事、政策、國防，像是在聽科學教育頻道似的，有點無聊。

孟嬰寧差點沒聽睡著了，打了個哈欠起身準備回房間。

出了餐廳想起陳妄今天要住這，又轉身上了閣樓。

閣樓只有一個臥室，面積還挺大的，有個獨立的衛浴，平時沒人，有的時候家裡來人了會當客房睡。

孟嬰寧上去的時候，孟母正在幫陳妟換新的床單被套，聽見她上來，頭也不回：「妳爸還聊呢？」

孟嬰寧：「嗯，興致特別高漲，連腦門都喝紅了。」

「平時沒人陪他喝，挺久沒見妳了，妳回來他也高興，」孟母說，「等一下拿妳爸的睡衣和貼身穿的給小陳，剛好我前兩天才買新的給他，還沒穿過。」

孟嬰寧應了一聲，遲疑一下，走過去坐在床尾，看著孟母套枕套。

孟母看了她一眼：「幹什麼呀？」

孟嬰寧朝她眨兩下眼，叫她：「媽媽。」

孟母：「別撒嬌，有話說話。」

孟嬰寧腮幫子鼓了鼓，討好地看著她，笑嘻嘻地說：「我其實交了一個男朋友。」

孟母神色平靜：「哦，然後呢。」

「然後您怎麼不問問我男朋友是誰呀？」孟嬰寧說。

「妳幾個月不回家，一回來就帶著小陳，還左一包右一提的帶了一堆東西來，然後還要我問妳男朋友是誰，」孟母慢條斯理地套著枕套，「妳是想換一個了？」

孟嬰寧笑嘻嘻地湊過去：「我就是覺得妳肯定已經看出來了，才想跟妳交代一下。」

比起老孟，孟母這邊能稍微好說一點。

畢竟孟母從她畢業以後對她找男朋友這事一直還挺積極的，前段時間還想介紹她老同學家的兒子給她認識。

孟嬰寧仔細想了想，現在她和陳妄誰主動去跟老孟說都不太合適，好像只有孟母好一點。

而且她也忍不住。

高興的事情是藏不住的，會很想跟親近的人分享，讓親近的人知道。

孟母把套完的枕頭擺在床頭，「哼」了一聲：「妳一開門我就知道是怎麼回事了，我就說妳這丫頭好幾個月影都見不著肯定是又搞什麼了。」

孟母繼續說：「妳以為妳爸是真傻呢？他雖然有點缺心眼，但畢竟也五十多的人，你們在他眼裡就是兩個小孩，只要一眼，從頭到腳都能看得透透的，這麼多年沒見了，結果一退伍回來就跟著自己女兒回來陪他喝酒了，有這個可能？」

孟嬰寧想了想：「那還是有的，陸之桓不也沒事就來看你們，陪我爸喝酒嗎？」

「那能一樣？陸之桓明眼一看就跟妳擦不出什麼火花，妳跟他在一起的時候就跟個傻子似的，外面那個陳妄，你們站在一起一看就知道是怎麼回事。」

孟母頓了頓，說：「而且我看他也沒有想瞞著，看妳的眼神那麼明顯，妳爸不可能沒看出來。」

孟嬰寧鼓著腮幫子：「那他還說讓陳妄去打我男朋友，他怎麼故意欺負人呢。」

「不高興唄，這是耍脾氣呢，」孟母低道，「妳爸應該是挺喜歡陳妄這小孩，但是又不想讓妳交男朋友，還不跟他說。」

孟嬰寧瞬間就懂了，連忙湊過去幫孟母捏了捏胳膊：「那，媽媽，妳看老爸那邊我要怎麼跟他說說？」

「妳就不用提這個事，」孟母教她，「在妳爸眼前的時候跟陳妄保持距離，別湊在一起，不理他最好。妳爸現在就是吃醋呢，心裡不舒服，妳越不理陳妄，對他不好，妳爸就越高興。」

「……」孟嬰寧覺得男人有的時候扭曲起來還真的挺嚇人的。

孟靖松本來卯足了勁想把陳妄灌趴，結果最後趴下的是自己，腦袋往桌子上一磕睡過去了，還是被孟母叫起來，夢遊似的回了臥室。

孟嬰寧湊過去看了陳妄一眼，男人看起來和平時沒什麼區別，連呼吸都沒亂。

之前只聽陸之桓說這人喝酒跟喝水似的，還沒什麼直觀感受，今天算是澈底見識到了。

但還是有點擔心，畢竟喝了不少。

「你還行嗎？暈不暈？」孟嬰寧湊過去問。

「嗯？」陳妄抬了抬眼，「稍微有點。」

孟嬰寧看著他，從清明的眼神到平靜神情，然後搖了搖頭：「看不出來。」

陳妄笑笑：「哪能讓妳看出來？」

行吧，你厲害。

「那就趕緊去睡覺，」孟嬰寧說著拽著他的手把他拉起來，「你睡閣樓那個房間，衣服什麼的都幫你放床上了，都是新的，你洗個澡早點睡。」

陳妄也沒多說什麼，「嗯」了一聲，起身上樓，眼皮略微垂著，看起來沒什麼精神的樣子。

孟嬰寧也回了房間，洗了個澡敷著面膜出來，想去冰箱裡拿優酪乳出來喝，進了廚房打開冰箱拿了一盒草莓味道的，就這麼靠著冰箱門把吸管戳進去，吸了兩口，安靜下來。

她跑到廚房門口，撅著屁股往樓梯那邊瞅了瞅。

閣樓上悄無聲息。

孟嬰寧想了想，把優酪乳放在檯子上，跑回廚房拉開冰箱門從裡面拿出來一盒牛奶，倒了一杯出來塞進微波爐裡，叮一下以後想加點蜂蜜，結果手一抖，倒進去一大塊。

她端著一杯溫牛奶輕手輕腳地穿過客廳，走到走廊口的時候做賊心虛地往老孟和孟母臥室方向看了一眼，才小心翼翼地踮著腳尖上了閣樓。

閣樓裡光線幽微，只開了一盞小地燈，陳妄不在臥室裡。

孟嬰寧端著牛奶杯站了一下，也沒聽見浴室裡有水聲什麼的。

她走到床邊，把牛奶放在床頭櫃上，正要走，轉身的同時嘩啦一聲響，洗手間門被拉開，陳妄走出來。

他老老實實地穿著孟母給他的睡衣，淺灰色的柔軟棉質料子，顯得他意外的非常居家。和本人氣質很不相符，但又奇異地不怎麼矛盾。

孟嬰寧很新奇地上上下下看著他：「你不是也精緻起來了嗎？」

「在妳家我還能光著睡？」陳妄抬手抓下腦袋上頂著的毛巾丟到旁邊椅子上，抬眼，「怎麼上來了？」

「送杯牛奶給你，」孟嬰寧側身往後指了指，「加了點蜂蜜，都是能解酒的，你不是說你稍微有點暈嗎，喝了能睡得舒服一些。」

陳妄側頭，看了床頭櫃上放著的那杯牛奶一眼。

「欸，你現在喝吧，喝完杯子我直接拿下去。」孟嬰寧說。

陳妄沒說話，走過去俯身端起來，咕咚咕咚幾口喝了，他仰著頭，頸線拉長，喉結的滑動鮮明而突出。

孟嬰寧看著他喝完了，她剛剛蜂蜜放太多了，就隨口問了一句：「甜嗎？是不是有點太甜了啊？」

陳妄沒回答，端著杯子走過來。

孟嬰寧抬手去接。

陳妄沒給她，一手拿著杯子，另一隻手穿過她還有些潮濕的髮絲，扣著後腦往上壓了壓。

孟嬰寧被迫仰起頭，陳妄俯身吻上去。

男人的舌尖帶著牙膏的薄荷味、奶香，還有蜂蜜的甜。

幾種味道被他攪開，混合在一起，然後在她的唇齒間均勻地塗抹開。

良久，陳妄放開她，垂眸看著她紅腫的唇瓣，低聲回答她剛剛的問題：「沒這個甜。」

臉上的面膜液還沒乾透，有點黏，好像沾了一點點在陳妄臉上。

唇齒間留著些微薄荷味，混著甜滋滋的牛奶，還有點草莓優酪乳的清香。

畢竟確實喝了不少，吐息間帶著淡淡的，幾不可查的酒氣。

孟嬰寧還是第一次感受這種，這麼多種食物的味道混合在一起的吻。

房間門只是虛掩著帶上的，沒關，即使知道孟母和老孟兩個人不會在這個時間上樓到陳妄房間裡來，孟嬰寧還是沒由來地有些緊張。

大概也是因為這種緊張，導致了感官和神經好像比平時更敏銳一些。

陳妄的舌頭和嘴唇好像更軟？

動作卻非常強勢……

孟嬰寧在反應過來以後第一時間跑到門口，關上房門，猶豫了一下，不知道出於什麼心態，又落了鎖。

鎖完跑回來，抬手捂住嘴，聲音從指縫裡壓低了小聲溢出來：「欸，你這人突然幹什麼呢……」

「要提前打個報告？」陳妄說。

房門一鎖，孟嬰寧頓時就有安全感了，又忍不住想皮一下：「爸媽還在樓下呢。」

孟嬰寧倒退好幾步，看著他憂傷地說：「哥哥，我們可是沒有血緣關係的親兄妹啊，我們不可以這個樣子的。」

「……」陳妄一下子有點反應不過來。

頓了頓，他嗤笑了聲：「神經。」

孟嬰寧久違地有點上癮，也不在乎陳妄配不配合，自顧自地進入了角色：「你不懂，我們這樣是不對的，我們這種感情是不能被世俗接受的，你不能、不能……」

嘴皮子太快，孟嬰寧腦子裡一時間詞有點接不上，就沒說完。

陳妄反而非常有耐心地問：「不能什麼？」

孟嬰寧認真想了想，說：「不能親我？」

陳妄瞅了她兩秒，長臂一伸，勾著她的後頸把人扯回來，孟嬰寧往前趔趄兩步，一腦袋撞進他懷裡，堪堪穩住。

她撞上來的一瞬間，陳妄沒有別的感覺，就是軟。

十月多的天，女孩穿著件吊帶睡衣和家居短褲就跑上來了，毫無顧慮肆無忌憚的，就跟腦子根本不往這方面轉似的。

這要是在家，要不是人家父母還都在樓下睡著……

陳妄低著頭看著她，壓著燥，淡聲說：「哥哥就親了，怎麼了？」

地燈幽微，男人的眼黑得很純粹。

孟嬰寧愣愣看著他，好幾秒，才回過神來，紅著臉別開眼，結結巴巴地說：「沒、沒怎麼。」

這就不好意思了，還非要皮。

陳妄笑著放開手，人往後撤了撤，靠在牆邊櫃子上笑：「妹妹，道行有點淺啊。」

孟嬰寧沒好氣地瞪了他一眼，杯子也不拿了，扭頭就走。

走到門口，又轉過身，眨兩下眼：「陳妄。」

陳妄抬眼：「嗯？」

「我們今天晚上可以開個語音什麼的睡，」孟嬰寧說，「你要是醒了睡不著的話，就叫我一下。」

陳妄愣了愣。

「我房間就在你下面，你又能聽見我的聲音，」孟嬰寧指了指地板說，「這樣也勉強可以算是我陪著你睡了。」

孟嬰寧不知道陳妄這個晚上有沒有醒過，也不知道他有沒有叫她，反正她睡著了以後什麼都沒聽到。

第二天早上醒來的時候看了手機一眼，是陳妄的聊天畫面，語音通話已經掛了。

通話時間七個多小時。

才剛剛掛斷了十幾分鐘。

孟嬰寧將手機丟到一邊，掀開被子下床進了洗手間，洗漱完出來的時候餐桌前已經坐滿了，老孟已經吃完早餐了，用平板看新聞，孟母和陳妄在聊天。

「退了也行，不同的選擇也有不同的路，以後有什麼打算？」孟母問。

孟嬰寧頓時心下一緊。

「嗯，跟朋友弄了個極限運動方面的俱樂部，國內這方面最近幾年也熱起來了。」陳妄說。

……嗯？嗯嗯？你不是無業遊民嗎？

孟嬰寧顛顛跑到餐桌前，在陳妄旁邊坐下，陳妄隨手把自己面前那碗還沒動過的粥推給她。

孟嬰寧在陳妄家這段時間天天跟他一起吃飯，也習慣了，接過來以後看著陳妄拿起空碗掀開旁邊裝粥的小瓷鍋，幫他自己又盛了一碗，順手從桌邊拿起乾淨的瓷勺子塞進他碗裡。

整個過程兩人一句話都沒說，甚至連眼神交流都沒有，動作一氣呵成無比自然。

孟母和老孟對視一眼。

孟靖松唇角垂著，喝了口咖啡繼續看平板電腦，看起來不是很高興。

他不高興，看得孟母還覺得挺有意思的。

一頓早飯吃完，四個人裡三個準備去上班，分道揚鑣之前孟母特地囑咐孟嬰寧兩句，末了又說：「以後每個禮拜週末記得回來吃個飯，再敢幾個月不回家我就直接去妳家抓人了啊。」

孟嬰寧哪裡敢告訴孟母她現在已經搬到陳妄那裡去了，答應得很乖巧。

孟母頓了頓，又說：「帶上小陳一起，他喜歡吃什麼下個禮拜我做給你們。」

『所以妳覺得妳媽是什麼意思？』劈哩啪啦的鍵盤聲音中，林靜年的語氣有點不可思議，『就接受了？瞬間就接受了小時候村裡的惡霸長大以後和自己女兒談起戀愛這個驚悚的事實？』

「……」

「我媽好像接受得還挺流暢的，我媽倒沒什麼，關鍵是我爸比較難搞……」又是死亡截稿期將近，編輯部電話鈴聲此起彼伏，一片混亂之中孟嬰寧單手拿著手機，一手抓著滑鼠一邊快速瀏覽著螢幕上的PDF檔：「不是，什麼叫小時候村裡的惡霸？再說這事哪裡驚悚了？這難道不是水到渠成……」

她說到最後，聲音弱下去。

『是吧，妳自己也覺得挺驚悚的。』林靜年嘲笑她。

「是挺驚悚的，」孟嬰寧嘆了口氣，「這感覺其實跟追星也差不了多少吧，喜歡這麼多年以為永遠遙不可及的那麼個人，那種感覺，妳懂嗎？」

『我不懂，雖然陳妄上學那時也確實挺多小女生喜歡，天天前仆後繼地追，但我一直覺得她們近視有八百多度，』林靜年冷漠地說。

孟嬰寧：「……」

『結果沒想到，我閨密竟然是度數最高的那個，妳有一千二了吧？』林靜年涼涼地說。

看看，多麼刻薄又可愛的女人。

孟嬰寧一點也不知道林靜年為什麼到現在都沒談過超過兩個月的戀愛，絕對不是因為她嘴巴太毒。

兩個人又聊了幾句，各自掛了電話幹活，孟嬰寧最近忙得昏天暗地，公司這邊天天加班也就算了，莫北那邊的活動也提上了日程。

正式的拍攝時間定在週日，孟嬰寧當天起了個大早。

孟嬰寧因為自己名字的原因，《聊齋》從小到大被翻來覆去的滾，每次一說名字，對方肯定會提上一嘴，雖然對那隻小狐狸嬰寧已經很熟悉了，但還是把故事又完完整整地看了幾遍。

既然主題是《聊齋‧嬰寧》，而不是《一套古風照》，那這個東西其實就跟 cosplay 一樣了，多多少少也要瞭解角色。性格、神態、小動作，都要揣摩。

不然拍出來的人物會顯得很假，特別浮，純粹是看起來美，跟那種個人寫真照沒什麼區別。

雖然之前已經見識過工作狀態下的莫北有多麼變態而龜毛，但那時候孟嬰寧並沒有很直觀的感受，因為他拍的是別人。

直到孟嬰寧自己站在他的鏡頭下，三個小時後，她忽然明白當初影棚裡那些模特兒被折磨得差點集體罷工的感受。

莫大廚何止變態，他簡直不是人。

甚至一點點小細節，轉頭時的角度，跳起時的高度他都要摳。

連他媽裙擺飄起來的弧度不好看都不行。

一整天拍下來，直到夜景結束，孟嬰寧已經絕望到爆粗口了，

而莫北的狀態跟她完全相反，他看上去很興奮。

時間已經挺晚了，團隊跟著跑了一天也已經筋疲力竭，要不是化妝師直接抱著化妝箱歪在旁

邊睡著了，不然這個人還沒有停下來的意思。

而孟嬰寧在看到陳妄來接她的那一瞬間，感覺自己差點哭出來。

男人下車關上車門，剛轉過身，就看見孟嬰寧朝他跑過來。

女孩身上的衣服和妝都還帶著，水粉色的長裙子，長長的袖子和飄帶在夜色裡兜著風揚起，皺著張小臉，直接撲進他懷裡。

陳妄抬手攔著腰把人接住。

孟嬰寧像癱了一樣，一點力氣都不想使，掛在他手臂上黏黏糊糊地撒嬌：「我累。」

陳妄其實很吃她這套，抱著她塞進車裡，抬手拍一下她的腦袋：「累就回家睡覺。」

從這邊開回家有一段距離，孟嬰寧在車上睡了一覺，到家的時候又被陳妄叫起來，迷迷糊糊地上樓，卸了妝洗了個澡又吃了個宵夜，不知道是不是因為累過頭了，雖然不想動，但反而精神起來了。

孟嬰寧趴在床上晃著腿滑社群，嘩啦一下，剛好看到莫大廚上傳的新動態。

一套九宮格的圖，少女的髮髻、眼角、唇，袖口的弧度，指尖輕翹，裙擺蕩起，每一張照片都是一個放大的細節特寫，卻看不出整張圖完整的樣子，鬧得人抓心撓肝的心癢。

配字：『放個圖透。我的 Muse @嬰寧。』

還@了她。

雖然莫北今天只用了一天時間就讓孟嬰寧有點想要拉黑他，但是……

孟嬰寧一張一張點開那九張圖重新看了一遍，雖然只有細節，但是……

嗚真好看，正片已經出了嗎？已經修完了嗎？嗚嗚嗚我長得真好看。

孟嬰寧對於莫北所有的哀怨一瞬間都沒有了，能把女人拍得美的人就是神，他不會有任何錯。

她很愉快地點了個讚，然後分享。

剛分享完，臥室門被打開，陳妄洗好澡進來。

孟嬰寧美滋滋地抬起頭來，對上陳妄的視線。

孟嬰寧一頓，想起這個對莫北不怎麼喜歡，甚至人家幫她化個妝都不太樂意的老醋缸，忽然莫名有一點點忐忑。

她看著陳妄走過來，俯身從床頭拿起手機，滑開螢幕，忍不住叫了他一聲：「陳妄。」

陳妄沒抬頭：「嗯。」

孟嬰寧清了清嗓子，問：「你有社群帳號嗎？」

「沒有，弄那個幹什麼？」

對嘛，一個之前連聊天軟體都沒有的男人，一個幾個月前還覺得網紅和明星不都一樣的男人。

孟嬰寧鬆了一口氣，重新栽回枕頭裡，腦袋往枕頭縫一埋，放心地說：「沒有用，特別無趣的。」

陳安抬起頭來，瞇了下眼：「妳又幹什麼了？」

孟嬰寧扭過頭來，很無辜地看著他：「我什麼都沒幹，我只是問問。」

陳安看了她一眼，才收回視線，點開一直在往外彈訊息的聊天軟體。

最上頭一個是自從上次吃過飯以後一直很安靜的陸之桓，這人不知道忽然發什麼瘋，傳了六、七則給他，時間就在幾分鐘前。

陳安點開了。

陸之桓：『安哥！』

陸之桓：『哥！』

陸之桓：『哥你睡了嗎？你醒醒啊，你監守自盜看著長大的老婆在社群上跟別的男人官宣了。』

陸之桓：『（圖片）。』

陸之桓：『你看！』

過了一陣子。

陸之桓：『哈哈哈哈哈哈哥！！』

陸之桓：『狐狸點讚了，還分享了。』

陸之桓：『（圖片）。』

「……」陳妄沉默地點開那兩張截圖，看完，退出來，剛好下面跳出了陸之桓的新訊息。

陸之桓：『哥您別他媽睡了！你老婆沒了！』

第二十四章　不是妹妹

陸之桓非常替陳妄焦急，真心的焦急中還透著幾分看熱鬧不嫌事大的興奮。

孟嬰寧的分享其實沒什麼問題，既然有工作上的合作，那肯定是要分享的，問題在於這個攝影師說的話。

我的繆斯什麼的，說正常也正常，說不正常，也真的還挺容易讓人遐想連篇。

尤其是陳妄那種從來不接觸這些的。

陸之桓別的方面不敏感，在感情上還是有點經驗的，上次在會館遇見易開罐以後，他對陳妄談起戀愛是什麼樣也多多少少有了一點瞭解。

他確實挺瞭解的。

陳妄點開那兩張截圖，平靜地看了一眼。

他沒玩過社群，但之前在俱樂部的時候也看別人滑過，蔣格經常每天泡在上面，看到什麼好玩的東西也都會給他看，倒也不至於完全不瞭解。

@嬰寧：『今天一天超級開心，莫老師人特別好，專業又厲害！期待成片！』

超級開心，人特別好。

陳妄回憶一下去接她的時候孟嬰寧委屈地看著他的樣子，沒什麼情緒地哼了一聲。

趴在床上的女孩絲毫沒有感覺到任何危險臨近，還美滋滋地玩著手機，長睡裙裙擺翻到膝窩的位置，細細白白的小腿啪嗒啪嗒拍著床面。

陳妄把手機丟在旁邊床頭櫃上，發出一聲響。

孟嬰寧聞聲抬起頭，扭過頭看了一眼，又重新轉過頭去。

陳妄站在床邊，居高臨下地垂著眼：「今天拍得怎麼樣？」

「唔？」孟嬰寧的指尖飛快點著手機螢幕打字，注意力沒放過來，「特別累，超級累。」

陳妄點點頭，平靜問道：「我英語不太好，Muse 是什麼意思？」

孟嬰寧：「……」

孟嬰寧打字的動作戛然而止。

孟嬰寧扭過頭，表情先是一片空白，然後在對上他的視線後莫名一慌。

女孩瞬間從床上撲騰著爬起來，飛速竄到床邊，陳妄眼疾手快，幾乎在她爬起來的同時動了，孟嬰寧的反應也快，二話不說直接蹦下床跳出老遠，站在床的另一邊驚恐地看著他。

兩人隔著床互相瞪著對方，孟嬰寧委屈地嚷嚷：「你不是說你沒有社群帳號嗎！你怎麼騙人！」

陳妄看著她：「躲什麼？回來。」

「你要抓我我幹嘛不跑！」

「妳先跑我才抓妳的。」

「我不是怕你打我嗎？」孟嬰寧撇撇嘴，「你剛剛那個表情看起來像是又要打我。」

「……」陳妄差點又被她氣笑了：「我什麼時候打過妳？」

「你有的，」孟嬰寧很認真地說，「你以前打過我手心。」

「……」陳妄完全不記得還有這麼一回事，他沒事還能打小女生手心？

陳妄揚眉：「我打妳手心幹什麼？」

孟嬰寧看著他，目光定了好幾秒，表情看起來有點哀怨：「你忘了，你打過我就忘記了，那時候關於我的事你根本不在意。」

她撇撇嘴，慢吞吞小聲地說：「我就都記得。」

陳妄愣了愣，看著女孩不自覺有點委屈的樣子，心窩一軟。

他頓了頓，放低了聲：「過來。」

「不，」孟嬰寧靠著牆邊站，瞪著他，「你讓我過去我就要過去，你叫小狗呢。」

陳妄繞著床邊往前走了兩步。

孟嬰寧連忙跟著後退了兩步，背貼著牆，道：「你再過來我叫了啊！」

陳妄勾勾唇，沒聽見似的朝她走過去。

孟嬰寧二話不說，拔腿就往臥室門口跑。

男人三兩步追上去，攔腰把她撈回來，輕輕鬆鬆往床上一丟，孟嬰寧剛撐著床面掙扎著爬起來，陳妄緊跟著壓了上來。

孟嬰寧手臂一軟，重新摔回床單裡。

光線幽暗，很近的距離下，兩人的視線直直撞在一起。

陳妄撐著手臂垂眸看著她，有些無奈：「往哪跑啊？我還能真的打妳？」

孟嬰寧眨兩下眼：「好像不能。」

男人的身子往下壓了壓，眼一瞇：「幹了什麼對不起我的事，把自己心虛成這樣？嗯？」

孟嬰寧忽然有些不好意思，別過頭躲開視線，小聲說：「這樣不是挺有情趣的嗎……」

陳妄：「……」

陳妄完全不明白她這種詭異的愛好，也不知道這東西情趣在哪，但……

女孩側過腦袋平躺著，耳尖害羞泛著紅，脖頸拉長，側頸皮膚細膩，線條很漂亮。

陳妄沉著眼，手臂一屈，低頭吻上去。

女孩轉過頭來，發出很細微地一聲，像受了驚的小鳥似的下意識縮了縮往後躲，下一秒，在意識反應過來的時候又不躲了。

甚至略微抬了抬下巴，讓他親得更方便一點。

沒有任何抗拒的意思，一副完全任由他宰割的乖巧模樣。

陳妄抬起頭，聲音有些啞：「這麼乖啊。」

孟嬰寧不敢看他，睫毛直顫，手指搭在他手臂上。

陳妄笑了一聲，垂頭輕輕咬了咬她的脖子，低問：「社群上是怎麼回事？」

「還Muse，妳是誰的女神？」

「還敢分享點讚，知不知道自己有男人？」

孟嬰寧仰著頭嗚咽了聲，指尖往他手臂肌肉裡掐了掐，連忙說：「知道、知道。」

陳妄抬頭，親了親她的唇：「知道還敢，怎麼回事啊小女孩。」

孟嬰寧已經不太行了，漂亮的眼睛霧濛濛地看著他，眼神順從又無措。

陳妄默了默，忽然抬手捂住她的眼睛，長長的睫毛掃過掌心，然後含著她的唇瓣，挺重地咬了一下。

孟嬰寧疼得縮了一下，可憐地叫喚：「疼……你別咬我。」

「刪了。」陳妄說。

孟嬰寧存留著最後一點理智：「我都分享了，怎麼刪。」

又咬了一下：「刪不刪？」

「這不能刪……」

「怎麼不能刪？」

孟嬰寧的眼睛都紅了，實在忍不住，抬手推了他一下：「你能不能講點道理？我都分享了，莫名其妙刪掉不是挺奇怪的。」

陳安被她推開一點，垂著唇角，不是很開心地說：「怎麼補償我？」

孟嬰寧之前完全不知道這人對莫北突如其來的敵意是怎麼回事，陳安不是那種「除了我以外別的男人妳一眼都不能看」的類型，孟嬰寧也有男性朋友，竹馬、同學還有工作上認識的，陳安對這些向來不太會干涉。

這次是真的挺在意的，也不知道是哪裡戳中了他的點。

孟嬰寧勾著他的脖子往下拉了拉：「還能怎麼補償，我都帶你見家長了，」她抬起頭主動親他，紅著臉小聲說，「我這麼喜歡你，我愛你呀。」

「我喜歡你」和「我愛你」這兩句話對於女人來說，完全不是同一個層次的情話。

男人不一樣，他們其實不太能理解這兩者之間對於女孩子的意義差別在哪，他們甚至不太在意這句告白，相比起言語，事實和行為要更重要一點。

你可以不說這些話，我不需要聽，也不怎麼太在意這個，有沒有其實不會有很大差別，因為比起「說」，「做」的意義要重得多。

陳安一直以為自己是這樣的。

直到他親耳聽到女孩抱著他的脖頸，羞澀又大膽地在他耳邊說愛你。

胸腔裡的滿漲感一點一點清晰起來，那種讓人無法形容的陌生感覺讓他好一陣子都沒能反應過來。

等他終於回過神來的時候，孟嬰寧已經快睡著了，手臂摟著他的脖子，腦袋埋在他頸窩，感覺到他動了，撒嬌似的蹭了蹭：「你還生氣嗎？」

「本來也沒生氣，」陳妄嘆了口氣，人一塌，翻身躺下，把人撈過來，揉了揉她的頭髮：「是不是傻。」

「本來不想讓你知道的，就是覺得你肯定會小心眼，」孟嬰寧嘀咕，「你不是沒有社群嗎？怎麼消息這麼靈通啊。」

「陸之桓告訴我的。」陳妄毫不猶豫把陸之桓賣了。

孟嬰寧：「……」

陸之桓第二天中午接到孟嬰寧的電話。

剛接起來，那邊劈哩啪啦把他一頓叨：『陸之桓你跟我說實話，你是年年派來的吧，或者你是不是暗戀陳妄挺多年啊？看我失戀對你有什麼好處？』

陸之桓嚇了一跳：「分了啊？不可能吧。」

『分個屁！』孟嬰寧呸他，『你到底跟誰是一夥的！』

「我當然跟妳一夥啊，沒分那不就是沒什麼事嘛，」陸之桓直樂，「不過妄哥動作夠快的啊，昨天晚上的事他今天就找妳了？」

「……」他昨天晚上就找我了呢。

想起昨天晚上，孟嬰寧不太自在地摸了下耳朵，一段時間內都不太想再理陸之桓，掛電話，打開社群，拉黑，一氣呵成。

十月底最後一場雨後，氣溫陡然直降，眼看著年底，月刊送廠緊接著就要準備新春特輯，中間閒不過一個星期的時間。

莫北在時隔一週後再次用訊息找孟嬰寧，孟嬰寧當時正跟陳妄窩在沙發裡看電影。

看了螢幕上的名字一眼，孟嬰寧忽然正襟危坐，轉頭看向陳妄，一臉嚴肅：「我要跟你說一件事情。」

陳妄揚了揚眉。

孟嬰寧舉起手機，象徵性地問道：「我想回訊息給莫老師，行不行？」

「行，」陳妄眼睛看著電視，漫不經心說，「回一個字親一下。」

「……神經病。」

孟嬰寧翻了個白眼，重新靠回沙發裡，滑開手機。

莫北：『通知妳一下，正片修好了。』

孟嬰寧瞬間坐直了：『想看！莫老師！好人一生平安！』

莫北：『沒用，參賽的，官方公開出來之前就算是妳也看不著。』

孟嬰寧：『……那麻煩您下次這種情況就不要提前通知我了。』

莫北：『不過可以稍微跟妳透露一點點消息。』

莫北：『妳不是喜歡我之前拍的那組《花木蘭》嗎？』

莫北：『妳應該會比她火。』

孟嬰寧對莫北的話不怎麼在意，依舊是每天上班的時候跟個陀螺似的轉，下了班以後等陳妄來接她回家。

兩個人吃個飯，飯後有的時候一起看個電影，在沙發裡膩一下，然後睡覺。

孟嬰寧現在已經很習慣陳妄半夜什麼時候睡得最不安穩，什麼時候會醒，幾乎是每天凌晨他剛一睜開眼，稍微動一下，她就會緊跟著迷迷糊糊地睜開眼。

女孩明顯還茫然著，在意識沒反應過來的時候手會下意識伸過來，穿過手臂抱住他的腰，在他背上輕輕緩緩地捋一捋，一下一下，動作輕柔，然後仰起頭來親親他，往他懷裡鑽。

然後有時候陳妄就真的能安安穩穩地睡到天亮，孟嬰寧對此很滿意，覺得自己功不可沒。

說不太在意是一回事，結果孟嬰寧還是挺關注的，畢竟當初會接莫北這個約拍本來也是因為有錢拿。

莫北這方面非常大方，約拍的錢第一時間就匯過來了，如果這組照片能拿到特等獎，獎金又是一筆入帳。

評審過後是網路投票，孟嬰寧在這個階段作為模特兒本人終於看見了自己的照片，她當時妝髮拍了很多套，莫北最後選的是一套夜景。

是上元節的那天，嬰寧第一次遇見王子服。

弦月如勾，古舊屋簷下籠燈光線明亮，少女站在街邊的花燈攤子旁，梳垂髫分肖髻，長髮軟軟地垂在肩頭，拈花含笑，杏子眼彎成笑弧，眼尾微挑勾出一點勾人的嫵媚，氣質嬌俏。

每一張左下角都有漂亮的毛筆字寫著「聊齋．嬰寧」，羅裙少女穿梭在街燈巷口，明昧光影裡彎起的眼角眉梢都是天真爛漫的嬌嗔，純而媚。

彷彿百年前聊齋裡那隻單純不諳世事的小狐狸精真的穿越時光而來。

孟嬰寧確實是沒想到這組照片會有這麼多人喜歡。

甚至因為新年賀歲刊每天催命似的忙，她根本不太關注這個，也只有剛放出來的時候欣賞一天自己的美色，儲存相簿分享貼文。

直到她某天跑到樓下宣發部核對資料，正比著表格一行一行看的時候，接洽的那個女生忽然問她：「那個，妳是嬰寧嗎？就是拍聊齋那個的嬰寧？」

孟嬰寧愣了愣，她還是第一次在公司裡被人認出來：「啊……對。」

「欸，妳一進來我就認出來了，妳最近好紅，」女生有些臉紅，一直盯著她眼都沒眨，「妳真的好好看啊，本人比照片還好看。」

孟嬰寧笑了笑，很實在地說：「沒有吧，照片還是要修過的。」

「不是那種，就是感覺，動態比靜態的好看的感覺，特別靈動，」女生說完，又趕緊補充，「不過妳的照片也很有靈氣，妳拍的那組聊齋嬰寧簡直是嬰寧本色出演。」

孟嬰寧摸了摸鼻子，臉有些紅，被誇得有點不好意思。

她一個從小被誇到大的人，竟然有一天會因為這個不好意思。

被這麼一提醒，孟嬰寧終於想起來這事，晚上下班以後上車，拉上安全帶久違地打開了社群。

結果一開，孟嬰寧嚇了一跳。

密密麻麻的紅色阿拉伯數字從各個角度跳出來，被@數好幾萬，粉絲數像是被人買了粉劈哩啪啦地翻著倍數蹦上來。

她的社群從大學到現在用了四、五年，粉絲數還沒這幾天漲得多。

孟嬰寧眨兩下眼，好半天才反應過來。

網路投票的時間是一個星期，截止日期公佈結果的那天剛好在雙十一光棍節，孟嬰寧戳到投票網頁去看了一眼，目前票數最高的兩個人，一個是《聊齋．嬰寧》。

另一個票數要比她稍微高一點，是小有名氣的一個coser，一套《女帝．則天》又帥又美，隔著螢幕都能感受到那股睥睨眾生的霸氣，底下全是女友粉為自己老婆玩命拉票。

和她完完全全是不同類型。

最關鍵是就連孟嬰寧自己都覺得人家這個更帥一點。

孟嬰寧猶豫了三十秒，最終決定跟隨自己的心，忍痛投了一票給女帝。

投完，她皺著臉轉過頭，可憐兮兮地：「陳妄，我跟人比賽，現在可能要輸了。」

「嗯？」陳妄側了側頭，「比什麼輸了？」

「美色，比我的臉。」孟嬰寧憂鬱地說。

陳妄：「……」

陳妄覺著這女孩有時候可真有意思。

等紅燈的時候，孟嬰寧哀怨地把手機舉過去，給他看：「你看，我的對手長得這麼能打，她甚至勾引得我都甘拜下風把票投給她了。」

孟嬰寧沮喪地嘆了口氣：「長得好看就是可以為所欲為。」

陳妄沉默一下，說：「妳也把票投給她了？」

「對啊，」綠燈亮起，孟嬰寧收回手機，手肘支在車窗框上撐著臉，「我也覺得她這個比我好看呢……」

「妳的是什麼？」陳妄問。

孟嬰寧點開來，把手機再次遞過去。

陳妄抽空側頭看了一眼：「妳這是什麼眼光。」

孟嬰寧瞪著他：「你是嫌我這個衣服不好看？」

「……」陳妄頓了頓，嘆了口氣：「妳是不是傻啊，我是這個意思？」

孟嬰寧像個小怪獸似的朝他呲牙咧嘴：「那你是什麼意思！」

「不明白妳為什麼會覺得自己沒她好看的意思。」陳妄懶洋洋說。

「哦，」孟嬰寧舔了下嘴唇，瞬間毛就被順平了，拖長了聲，「噢……」

「好吧。」她沒忍住彎了彎唇角，美滋滋地晃了晃腦袋，繼續垂頭看手機。

這次評選規模其實不算小，漢服主題元素，又有大佬參與，在圈內引起了不小的小熱潮。

C站和某直播平臺合力舉辦，有不少都是平臺簽約的主播和小網紅什麼的，之所以會合作也是為了捧新人。

孟嬰寧沒簽公司，沒簽任何平臺，甚至連直播都不玩，頂多在影視網站上偶爾上傳個種草影片或者錄個小日常，社群上以前各種照片什麼的還挺多的，最近十天半個月都不發一則。
粉絲幾十萬，留言四、五百則，真的就是淹沒在眾多社群美少女當中的小透明。
小透明忽然之間收穫了這麼多人的注視，還有些不習慣。
孟嬰寧偷偷摸摸地點開留言區，裡面全是鋪天蓋地叫她老婆的小姐姐們，有點受寵若驚。
再往下滑，發現當她老公的小姐姐都算是正常的，下面還有當她媽的——
『嗚嗚嗚嗚我女兒為什麼這麼好看。』
『女兒給我衝！』
『寶貝媽媽愛妳！給我出道！出道！』
孟嬰寧：「……」
孟嬰寧再次抬起頭：「陳妄，你已經不是我唯一的摯愛了，我現在有好多老公。」
陳妄面無表情地轉過頭來，看著她：「妳找打嗎？」
「你怎麼這麼嚇人，」孟嬰寧縮了縮脖子，「你這種人現在都是要上社群頭條被輪成熱搜的，家庭暴力威脅女朋友。」
「你不用威脅我，我已經不怕你了，懂嗎？我現在不僅有好多老公，」孟嬰寧底氣很足地說，「我還有好多媽媽！」
陳妄：「……」

孟嬰寧這小孩皮起來會自己幫自己加戲，還演得津津有味，就算沒人配合也能自娛自樂。

陳妄習以為常，也不理她，就看著她不知道為什麼整個人都異常興奮地從公司開心到家。

一回到家，孟嬰寧進屋洗澡，陳妄去廚房做飯。

兩個都不會煮飯的人在一起，又不能真的天天點外賣，結果就是必然要有一個人妥協，陳妄的廚藝水準成功從只會烤個蘋果派、煮個粥到現在還能弄個紫菜蛋花湯。

前天他還對著菜譜搞出了陳氏炸雞翅，雖然賣相看起來不怎麼樣，但是味道意外的還不錯。

晚飯弄好，孟嬰寧也洗好澡出來，女孩捧著手機叼著筷子，盤腿坐在餐桌前不知道在看什麼，陳妄都吃完了，她的飯還沒動幾口。

陳妄放下筷子：「孟嬰寧。」

孟嬰寧捧著手機傻笑，沒抬頭：「唔？」

「吃飯。」

孟嬰寧「噢」了一聲，拿起筷子放下手機，美滋滋地跟他說：「陳妄，我現在有論壇話題了，有好多人說我的嬰寧拍得好看。」

陳妄看了她一眼：「妳那個投票？」

孟嬰寧點了點頭，挺認真地說：「怎麼說呢，其實我還是挺想拿第一的，不過這個東西也不是我想就能有的，所以也不強求吧，順其自然，反正第二的獎金也挺多的。」

陳安懶洋洋靠進椅背上，嗤笑：「這有什麼好比的，也只有妳們女生會弄這些無聊的東西。」

孟嬰寧睜大了眼：「這可是榮譽之戰。」

陳安語氣淡淡，挺不屑的：「幼不幼稚，小孩啊。」

孟嬰寧撇撇嘴，不想理他了。

飯後，孟嬰寧趴在沙發上繼續搗鼓手機，陳安坐在旁邊撐著臉一邊看電視，一邊有一搭沒一搭地回著林賀然的訊息。

林隊在醫院養了一身肥肉，終於回歸工作崗位，每天拄著拐往刑警隊跑，非常敬業。

幾則訊息看完，陳安沒回，手背撐著臉看一下電視，重新垂下頭，滑開手機桌面，點開最後面那個社群APP。

畫面對陳安來說還有點陌生，他點進唯一關注，女孩的大頭照是她自己的照片，微仰著頭的側臉，色調有些冷。

陳安點進去，看見那個投票網頁，孟嬰寧是二號，票數和第一名還差挺多。

竟然差挺多？為什麼會差挺多？

陳安隨手投了一票給孟嬰寧。

投完頓了頓，又把那個投票的網址複製一下，點開林賀然的訊息，貼上。

啪嗒一個網址甩過去。

林賀然：『這什麼，幹什麼的？』

陳妄：『兄弟。』

陳妄單手慢吞吞地打字：『投一下二號。』

林賀然：『我靠，我他媽還以為你傳什麼有色小網址，這邊剛要截圖傳給你老婆。』

林賀然：『你這是什麼中老年人標準拉票姿勢，我看看。』

兩分鐘後，林賀然傳了則語音過來，真誠地說：『陳妄，你女朋友為什麼能看上你？』

陳妄：『？』

林賀然：『唉投完了，真是一朵鮮花插在牛糞上。』

票投完，多餘的話陳妄一句都不想跟他說，退出聊天軟體重新打開社群上那個網址。

孟嬰寧和第一的票數還差了不少。

陳妄覺得現在的人審美真的是不怎麼樣。

剛要退出來，想起剛剛吃飯的時候女孩鼓著嘴巴有點小失落的樣子。

陳妄頓了頓，側過頭看了她一眼，重新點開聊天。

他略略坐直了身子，撐著臉的那隻手放下了：『兄弟。』

林賀然：『？』

『你同事有沒有社群帳號？』陳安問。

林賀然：『……』

雖然不想承認，但這麼多年林賀然跟陳安這點默契多多少少還是有的，一時間有些無語：『陳安我他媽是老大，老大天天正事不幹湯城跑半個月了沒抓著，一出院就攛掇手裡的人幫美女投票是怎麼回事？我臉不要了？』

陳安：『二號，別記錯了』

「……」林賀然很無語，一邊無語一邊隨手甩了個動態，上面放網址，下面打字：『二號，別記錯了。』

陳安回手又傳了個訊息給陸之桓。

陸之桓算是孟嬰寧的粉頭，頭號鐵粉，從孟嬰寧只有幾千粉默默無聞的小透明時期就每天在留言區裡充當不要錢的水軍為女神瘋狂打call，不過這次的事，他還真的沒關注。

這人最近新加了八個妹子好友，正忙著在裡面找出一位新的真命天女，每天都很忙。

陸之桓回了一句『我靠我竟然不知道』然後二話不說，非常夠意思的放下他的真命天女投身於幫狐狸妹妹拉票的的大業之中。陳安一看，社群、聊天軟體、動態一條龍，竟然還他媽有熱門話題。

一看就是專業的。

陳妄看著女孩的票數漲幅比起之前以肉眼可見的速度加快了不少，對自己這一晚的進展挺滿意，懶洋洋地重新靠回沙發裡，長腿一伸，剛要放下手機，通知開始瘋狂往外彈。

陸之桓正在群組裡洗版。

陸之桓：『（圖片）。』

陸之桓：『若這個世界陷入一片黑暗，只有一處是可以有色彩的，那一定是我們狐狸的這張照片。』

陸之桓：『星光不及妳眉眼燦爛。』

陸之桓：『雨後初霽的彩虹不及妳笑容明媚。』

陸之桓：『如果明天是世界末日，上帝說可以滿足我最後一個願望，我會說，送狐狸出道。』

也不知道是都在默默無語偷窺還是沒看見，一片寂靜裡，最後還是林靜年實在忍不住跑出來說了一句：『都世界末日了，還出個屁道。』

陸之桓：『哦，我這是傳給水軍的臺詞，等等上傳社群用的，先存個檔。』

「……」

孟嬰寧想順著手機螢幕爬過去給這傻子一錘：『行了，太超過了啊，你最近不是忙著追求真愛嗎，怎麼又有時間搞這些了？』

陸之桓傳了則語音在群組裡。

孟嬰寧點開：『本來沒有啊，但陳安哥剛才傳了個網址給我讓我投票，我他媽才知道妳現在紅了啊，可以啊狐狸，放心，哥哥一定送妳上去，我們也不玩陰的不作假好吧？就單純拉票還不行嗎？』

語音擴音放出，陸之桓的聲音在安靜的客廳裡迴盪。

然後整個客廳陷入一片沉默之中。

孟嬰寧扭過頭，看向陳妄。

男人靜止了幾秒，然後把手機丟到一邊，抬起頭來，唇角往下垂著，表情很冷酷。

孟嬰寧開始笑，陳妄「嘖」了一聲。

孟嬰寧撅著，頭埋進沙發靠枕裡，腦袋一埋，笑得整個人都在抖。

陳妄就這麼看著她笑了一陣子：「孟嬰寧。」

孟嬰寧抿著唇，表情繃著抬起頭。

「差不多得了。」陳妄平靜地說。

孟嬰寧一下子沒憋住：「哈哈哈哈哈哈哈哈哈哈。」

哈哈了好半天，她捂著發疼的肚子：「你不是說我幼稚嗎？還說我小孩。」

孟嬰寧眼睛彎彎看著他：「陳妄哥哥，怎麼還偷偷幫我拉票啊？」

陳妄站起身走過去，把人從沙發裡揪出來，拎著就往臥室裡走：「睡覺。」

孟嬰寧撲騰兩下，小臉笑得紅撲撲的：「欸，現在就睡嗎？」

「那什麼時候，明天？」

「拉完票再睡啊！」孟嬰寧興高采烈地說。

「孟嬰寧，妳找打吧。」

「你這人真的好暴力哦。」

「自己看看幾點了？上不上班？」陳妄冷淡說。

孟嬰寧八爪魚似的纏在他身上：「不上了！先上你吧。」

話音落下，孟嬰寧一瞬間反應過來，兩個人同時定住了。

陳妄走到臥室門口，腳步一頓，身上掛著胡言亂語的女孩，笑容也僵在臉上。

兩人就跟被按了暫停鍵似的站在門口。

陳妄垂著眼皮，看了她一眼。

孟嬰寧覺得自己大概是被陳妄願意幫她拉票這種匪夷所思的事情沖得頭昏腦脹，大腦已經停止思考，就這麼直捷了當又光明正大地說出這麼多天以來兩個人彼此都心照不宣的祕密。

確實是心照不宣的祕密。

男女朋友關係，住在一起，同一個房間，同一張床，雖然是兩床被子兩個枕頭，這麼多天也確實沒擦槍走火過。

雖然……但怎麼可能不動點什麼歪心思。

孟嬰寧甚至在搬進來的第一天就動過了。

她那時候覺得陳妄沒想那麼多，覺得自己這樣像個滿腦子黃色想法的女變態，後來就算兩個人睡在同一個房間了，孟嬰寧最開始也真的是抱著完成任務單純的陪他睡個覺的想法的。

但時間久了，總會生出那麼點旖旎心思，只是這種話，孟嬰寧是說不出口的。

男朋友，你看看我們都同一張床睡這麼久了，你什麼時候有興致跟我睡個覺？

這也太不矜持了。

她矜持，陳妄比她還矜持，男人真的每天就是心無旁騖地睡覺，最多睡前隔著被子抱抱她，揉揉腦袋。

孟嬰寧把被子蒙過頭頂，整個人在角落裡團成一團，一動也不動。

臥室房門發出啪嗒一聲輕響，有人走進來，緊接著又是一聲，門被關上了。

隔了幾秒，床墊一塌，陳妄的聲音在旁邊響起：「孟嬰寧。」

沒聲音。

羞恥和尷尬讓她希望今天晚上能跟快轉一樣飛速過去，陳妄最好識相的一句話都不要說，不然她可能會因為一時的惱羞成怒直接離家出走和他分居。

但陳妄完全不識相，在叫了她兩聲依然得不到回應以後，男人直接拽著她的被子一把掀開。

孟嬰寧拉緊被子抵死掙扎，奈何並不是陳妄的對手，在頑強地堅持了一秒鐘之久以後，女孩一張小紅臉露出來，不知道是因為尷尬還是憋在被子裡悶的。

孟嬰寧瞪著他。

檯燈開著，光線說不上暗，男人垂著眼看了她幾秒，然後俯下身，毫無預兆地吻上來。

嘴唇、耳珠、脖頸。

睡衣領口鬆散。

嗯……？嗯嗯？

孟嬰寧睜開眼睛，垂頭，淚眼朦朧地看見男人低垂著的腦袋。

感官被支配，他的頭髮又剪短了，摸起來有點疼。

孟嬰寧咬著下唇，因為緊張整個人不自覺地緊繃。

陳妄抬起頭來，眼底是濃郁的黑，他舔了舔嘴唇，嗓音沉啞：「寧寧。」

孟嬰寧嗚咽似的應了一聲，帶著哭腔，很嬌。

「結婚吧。」陳妄說。

「……」孟嬰寧呆呆地看著他，上一秒還糊成一團迷迷糊糊的腦子一瞬間被清得一乾二淨。

孟嬰寧：「啊？」

「本來想著後面要幫妳留條路，免得妳以後後悔當初的選擇的時候回頭都不知道該怎麼走，」陳妄淡笑了下，「還能真的讓妳守寡啊。」

孟嬰寧愣了愣。

「但那是之前，」陳妄繼續說，「現在覺得有妳，我就怎麼都能活下去，妳跟了我，我不會丟下妳。」

陳妄手指捏上她的睡衣領子，不緊不慢地幫她把釦子一顆顆扣上了：「我沒什麼錢，但這麼多年也沒怎麼花，沒什麼花錢的地方，再加上最近投資的俱樂部還可以，婚房錢倒是賺出來了，只是可能要小一點。妳要是覺得可以，看什麼時候合適，我去跟孟叔談談，我們去登記。」

陳妄頓了頓，手指停在領口，往前拉了拉，直直地看著她的眼睛：「嫁給我，要嗎？」

他話說完的瞬間，孟嬰寧的眼淚毫無預兆地啪嗒一下落下來。

連表情都是呆的，她自己都沒反應過來，就像個小傻子似的看著他，在反應過來以前眼睛就紅了。

孟嬰寧覺得自己太丟人了，慌亂地垂下頭，抬手抹了一把眼睛。

陳妄嘆了口氣：「怎麼了，不想嫁？」

孟嬰寧搖了搖頭，埋著腦袋：「我只是沒想過。」

她抹著眼淚含含糊糊地說：「我以前都不敢想喜歡的人能喜歡我。」

更沒想過有一天，他會很認真地問她願不願意嫁給他。

先喜歡的那一個，暗戀的那一個本來就是要卑微一些的。

孟嬰寧不在乎這個，他現在喜歡她，能跟他在一起她就覺得開心。

陳妄：「妳傻嘛，有什麼不敢想的。」

「因為，」孟嬰寧吸了吸鼻子，「因為我以前喜歡你的時候你只是把我當妹妹那樣的。」

陳妄笑了笑：「妹妹啊。」

「妹妹我會想著妳愛吃學個破派學了好幾天嗎？妹妹我會為了讓妳送瓶水給我絞盡腦汁的跟妳講條件嗎？」

「妳被欺負了來找的是誰？有男生追妳的時候誰幫妳趕跑的？數學考試沒考好哭著敲我家門，老子第二天模擬考，還是通宵教了一個晚上的題目。」

孟嬰寧掛著眼淚呆愣愣的抬起頭，有些反應不過來。

陳妄看著她這副反應遲鈍的樣子，瞇了下眼：「孟嬰寧，除了妳，妳看我對哪個妹妹這麼好過了？」

第二十五章　準備賣鞋墊

孟嬰寧整個人處於一種完全混亂的狀態之中。

本來以為這個世界上最開心的事情莫過於妳暗戀的青梅竹馬也能喜歡上妳，直到妳聽他的意思，好像還不只這樣。

雖然沒有明確說出來，但是就算是反應再遲鈍的人，也能聽出陳妄話裡的另一層意思了。

——我也挺喜歡妳的，不是青梅竹馬那種喜歡，不是鄰居家的哥哥看小妹妹的那種喜歡。

而剩下的那兩成聽不懂，很大程度上是因為沒反應過來。

孟嬰寧也不知道自己有沒有反應過來，跟個小呆子似的看著陳妄，腦子裡閃過的第一個念頭是：男人都是騙子，你明明喜歡大波浪。

想到這一點，孟嬰寧從一片混亂之中回過神：「你還有幾個妹妹？」

「……」這反應有點出乎意料。

陳妄：「嗯？」

陳妄好笑地看著她：「重點在我有幾個妹妹上？」

「那在什麼上？」孟嬰寧說，「你們男人說一套做一套，聽起來都很好聽，其實這一套說辭已經不知道用在多少女生身上了吧？」

孟嬰寧繼續道：「你的妹妹們是不是全是大波浪？」

女孩長髮凌亂坐在床上，表親有些哀怨。

「妳為什麼一直在意大波浪？」陳安問，「妳喜歡？」

孟嬰寧不知道這人為什麼能這麼一臉無辜的問出這個問題：「我喜歡什麼？難道不是你喜歡？」

陳安揚眉：「妳又聽誰說我喜歡了？」

「你自己說的！」孟嬰寧的聲音拔高了一點，瞪著他，「你高中的時候說過，我都聽見了！你這人怎麼還耍賴呀？」

陳安「嘖」了一聲，往前探了探身：「老子到底什麼時候說過喜歡這種的，我剛才說得不夠明白？」

孟嬰寧看著他，沒說話。

陳安耐心地等了一下子。

孟嬰寧忽然低下頭，小聲說：「挺明白的，我只是有點不敢相信，因為你很突然呀。」

陳安：「哪裡突然了？」

「就是很突然，」孟嬰寧抬起頭來，「因為你以前從來沒有說過喜歡我啊，連喜歡我都沒說過。」

「妳那時不是還小嗎？」陳安擰著眉，嘆了口氣，「我他媽哪能想到我能喜歡上一個小屁孩，真的說出來了妳還不把我當變態？」

孟嬰寧看了他好半天，沒說話，然後忽然「噗嗤」一下，笑出來了。

陳妄眯了下眼，表情看上去有些危險。

孟嬰寧現在不太怕他這樣，完全沒有被嚇住，露出了今天晚上的第一個笑容。

孟嬰寧手撐著床面，眼睛笑得彎彎的看著他：「那你從小就喜歡我嗎？」

她的聲音裡有些難以察覺的緊張。

陳妄沒什麼表情：「啊。」

「那是喜歡還是不喜歡呀？」孟嬰寧身子往前探了探，抿著唇，很執著地問。

陳妄最不擅長說這種話。

陳妄頓了頓，語速很慢地開了口：「那時候我其實也不知道什麼是喜歡。」

「我只知道，我打球的時候希望能在旁邊送水給我的是妳，比賽的時候幫我加油的是妳。」

男生聊起好看的女生的時候第一個想到的，想對她好的，想一直對她好的，在想到「未來」這個遙遠又抽象的詞的時候腦海中浮現出的那個小身影，都只有那麼一個人。

「結果妳還一直不理我，」陳妄說著，低頭笑笑，「就總想逗逗妳——」

他還沒說完，孟嬰寧猛地靠過來，手臂勾著他的脖頸整個人往前一撲，撲進他懷裡。

陳妄措不及防，下意識張開雙臂，把人抱了個滿懷。

孟嬰寧仰著腦袋親了他一下，一臉傻笑的看著他：「真的喜歡我嗎？」

陳安抬手捏一下她的臉：「傻不傻？」

孟嬰寧也知道自己現在笑的一定很傻，但她顧不上那麼多，也收不住。

太開心了，像在做夢一樣。

她覺得現在的情緒像啤酒泡沫似的不停的膨脹，她急切地想做點什麼，來作為能讓滿腔的飽滿情緒都釋放出來的宣洩口。

她再次仰頭親他，男人的唇溫潤，帶著不符合他這個人氣質的柔軟觸感，含著咬咬，像在吃軟糖，帶著淡淡的牙膏的薄荷味，有點澀的味道。

接吻是最能釋放出你的情緒的信號給對方的方式，你僅僅只是想接個吻，還是以接吻為目的想要順便幹點什麼，對方幾乎在一瞬間就能感受得出來。

所以在孟嬰寧嘀嘀叭叭釋放出自己愛的小雷達，打算進一步發展一下的瞬間，陳妄動作一頓，緊接著非常熱情地回應了她的小雷達。

兩個雷達嘀嘀叭叭地對著響了一下，就在孟嬰寧已經準備好開始害羞的時候，名為陳妄的小雷達抬起頭，抬手，拇指刮蹭掉她唇邊的液體，然後扯著她按進枕頭裡，拉上被子，裹好，最後隔著被子抱住。

「……」上一秒還被親得暈頭轉向的孟嬰寧有些茫然。

她整個人被裹得像顆粽子一樣，連手都伸不出來，聲音裡還帶著黏糊糊的喘息：「唔？」

陳安隔著被子拍了她兩下：「睡覺。」

孟嬰寧：「……」

「我思來想去，除了這一個原因真的想不到其他理由，」孟嬰寧撐著腦袋坐在辦公大樓落地窗前心不在焉地攪拌著面前的咖啡。

「就，一切還，挺好的……」孟嬰寧紅著臉，有點艱難地說，「我覺得我的身材也沒有不好到讓人沒有興趣吧？」

白簡看了她襯衫胸口一眼：「妳大到我已經被妳掰彎了。」

孟嬰寧一言難盡地看著她：「白簡姐，這種事我也只能跟妳說說了。」

跟林靜年說，大概會被她罵死。

白簡清了清嗓子，才說：「我覺得妳男朋友應該就是這種類型的，妳可能覺得，他歲數大了點，不可能會沒有經驗，但是人家萬一真的沒有呢？萬一就是那種一定要考完廚師執照才會開火的男人，那……」

她都沒說完，孟嬰寧自己已經想像出一場大戲。

一個三十歲沒有過性生活的老男人，即使是談了戀愛也不會嘗試更進一步的發展，因為沒結婚，狂野的外表下藏著一顆保守又古板的心。

快三十歲了……

結婚以後每天晚上準備做那事的時候會不會中途叫停，然後把結婚證書掏出來擺在床頭再重新開始。

就跟開車的時候要隨手備著駕照一樣，要時時刻刻提醒自己。

「……」這畫面讓孟嬰寧不自覺打了個哆嗦。

想想還挺可怕的呢……

登記結婚的事孟嬰寧沒有馬上答應，她準備這個週末回家的時候旁敲側擊地問一下，看看老孟現在是什麼態度，陳妄也沒再提，兩個人很有默契地暫時把這件終身大事擱置了。

而在隱晦地跟林靜年說了這件事情以後，暴躁年總出乎意料的並沒有炸毛而是很冷靜地問：

『鑽戒呢？』

「……」

『紅酒、香檳呢？』

「……」

『單膝下跪浪漫燭光呢？』

「……」

林靜年冷笑了一聲：『什麼都沒有就想娶老婆？妳不如讓陳安去睡一覺願望能實現得快一點。』

「……」

孟嬰寧無話反駁。

一邊默默地關掉了年總的訊息，打開了社群，關注一下自己的顏值大賽。

孟嬰寧也是沾了攝影師比較有名的光，在幾天前莫北拉票宣傳拍了她一番馬屁以後，孟嬰寧的身價一路水漲船高，票數暴漲，現在和《女帝》幾乎相差無幾。

網投截止日期在週五，週五這天，陸之桓甚至還特地在群裡一個一個@，順便開了個群組視訊，一群人像看坎城電影節明星提名一樣開著視訊等結果。

孟嬰寧最後竟然真的拿了第一，逆風一路追上去，只比《女帝》多了十八票。

孟嬰寧的社群下一片歡聲雀躍，論壇話題像在過年，其中最興奮的是陸之桓，火速約了明天晚上的局，順手把群組名改成了「狐狸出道慶祝會」。

地點約在一家新開的酒吧，陳妄當天下午俱樂部那邊臨時有事，等他到的時候已經是晚上了，包廂裡酒氣彌漫，氣氛很熱。

孟嬰寧拿著骰盅坐在沙發裡，她喜歡坐角落，整個人懶洋洋地窩在裡面，看起來小小一團。

陳妄進來她根本沒看見，還在叫四個六。

陳妄走過去。

陸之桓提高嗓門：「五個六！」

孟嬰寧拍案而起：「五個七！」

陳妄：「……」

骰子一共一到六，哪有七。

這是又喝得差不多了，意識已經開始模糊了。

陳妄走過去，孟嬰寧剛好迷迷糊糊抬起頭，剛看過去，額頭就被人輕輕敲了一下。

男人的聲音很淡，沒什麼情緒：「酒鬼。」

孟嬰寧不滿地捂住腦袋，瞪他：「我都快贏了！」

陳妄哼笑：「用七個點的骰子贏？」

男朋友一過來，孟嬰寧就拋棄了她的小夥伴們，慢吞吞地拱過去，在一片起鬨聲中揚起手臂：「抱。」

陳安冷漠地睨著她：「不抱。」

孟嬰寧不開心地皺著眉頭：「你對我不好了。」

「怎麼不好了？」陳安配合地說。

「你都不關心我，」孟嬰寧湊過來，可憐地看著他說，「剛剛你不在的時候，他們梭哈贏了都要敲我腦袋，特別疼，結果你來還敲我。」

陳安看著她明顯已經發直的迷蒙的眼，沒說話，半晌，俯身靠過去：「現在還疼嗎？」

孟嬰寧跟他撒嬌：「疼的，你親親。」

「那手指現在疼不疼了？」陳安低聲問。

陳安對於孟嬰寧這毛病印象很深。

他剛回來見到她那時，第一次見她喝醉，孟嬰寧折騰著演了一個晚上的娘娘，演累了到家，女孩縮在角落裡憋著嘴嗚嗚咽咽地開始哭，委屈地看著他說疼。

再後來，只要她喝醉，就都會這樣。

陳安甚至還問過自己之前的心理醫生，這種情況一般可能會是什麼樣的原因造成的。

沒見到本人並不好判斷，但是孟嬰寧的情況很輕，不算是什麼毛病，大概是以前或者小時候受過什麼傷，給她留下了很深的印象，以至於直到現在這件事情對她還有些影響。

她特別怕疼，倒也有可能，陳安還仔仔細細地回想了一遍，也沒想起來孟嬰寧小時候受過什麼特別嚴重的傷。

孟家人一直把她保護得挺好的，在學校的時候也有人護著，沒怎麼被欺負著過。

再後來那幾次陳妄也試探性問過，女孩嘴巴嚴得跟什麼似的，一句都問不出來。

陳妄直到現在都不知道她到底是因為什麼疼。

包廂裡熱鬧得很吵，音浪混著燈光鼓點似的晃蕩，都不是沒眼力的人，亂哄哄地起鬨鬧了一下以後大家見好就收，該玩的玩、該鬧的鬧。

陸之桓湊到林靜年旁邊跟她搶麥克風，角落裡一張圓沙發全為兩人空出來了。

孟嬰寧歪著小腦袋瓜看了他好一陣子，似乎是在反應他剛剛說了什麼。

陳妄伸手過去拉她的手，捏著指尖輕輕揉了揉，放緩語速，又問了一遍：「這裡還疼嗎？」

孟嬰寧眨了下眼，搖搖頭：「不了。」

「不疼了？」陳妄說，「那以前為什麼疼？」

孟嬰寧看著他，沒說話，安靜幾秒，拱著腦袋小貓似的往他懷裡鑽。

女孩喝多了以後簡直小黏人精附體，黏黏糊糊軟趴趴的，酒精蒸得整個人體溫偏高，像一團燃燒著的小火爐。

應該也沒醉，只是喝得有點多，意識看起來至少還是清醒的。

陳妄抬手，換了個姿勢側過身坐著，好讓她鑽得更舒服點：「以前是為什麼，跟我說說？」

孟嬰寧癟著嘴巴搖了搖頭，含糊地嘟囔：「不能說。」

「怎麼不能說？」

「這是我的小祕密，」孟嬰寧從他懷裡挪開，蹭遠了點，堅持地說，「誰都不能說。」

「我不告訴別人，」陳妄湊近一點，「妳只跟我說，行不行？」

孟嬰寧眉眼無精打采地垂下來，有些沮喪地說：「你會笑話我的。」

陳妄看著她的表情，忍不住笑了一聲，「不會的，不笑話妳，妳看我的祕密妳不是都知道了？」

他聲音低沉溫柔，誘哄似的說：「不過妳真的不想說，我也可以不知道。」

孟嬰寧面露難色，很糾結地看著他，有些猶豫。

「好吧。」女孩勉為其難地說。

說完，就又不說話了。

陳妄也沒催她。

他不是一個特別有耐心的人，但跟孟嬰寧在一起，她總是能讓他拿出自己全部的耐性，好脾氣地哄著。

好半天，孟嬰寧終於開口說了：「我那時候以為你是喜歡那種成熟的，就，大波浪，很漂亮的那種，我就……」

孟嬰寧覺得有些難以啟齒：「我就也想變成那樣。」

陳妄怔了怔。

孟嬰寧低垂著眼，似乎覺得丟人，完全不看他，委屈地說：「可是我不會用，我弄不好，還把捲髮棒摔壞了，被罵了，還燙了手，好久好久才好。」

陳妄看著她，沒說話。

好半天，他才勉強找回自己的聲音，嗓子有些啞：「疼不疼？」

孟嬰寧吸了吸鼻子，抬手揉了一下眼睛：「特別特別疼，一直疼。」

「陳妄，我就是我，就算你不喜歡，我也只能是我，我試過了，但我……變不成，我不能為了讓你喜歡，就拋棄自己，那樣不對，」孟嬰寧紅著眼睛抬起頭來，看著他，「我變不成你喜歡的樣子，我當時覺得，我要是不能變成那樣，你是不是就永遠都不會喜歡我……」

她還沒說完，陳妄伸手，拽著她的手臂扯進懷裡。

男人的胸膛硬邦邦的，像塊鐵板，孟嬰寧鼻子撞上去，有點酸，她想抬手揉揉，發現根本動不了。

男人的手臂收得很緊地抱著她，勒得孟嬰寧覺得自己的骨頭都有點疼。

「誰告訴妳我喜歡那樣的？」陳妄的聲音沉沉地在她頭頂上方響起。

「我看到的，」孟嬰寧說，「那時候你總跟那個學姐在一起，我看到好幾次了，你還買了杯子給她。」

女孩的腦袋在他胸口蹭了蹭，聲音悶悶的：「她們都說她是你女朋友。」

頓了頓，又補充：「她不喜歡遊戲機，覺得幼稚，你就把咪咪給我了。」

聲音很哀怨。

陳妄的手臂終於鬆了鬆，垂眸瞅她：「是不是傻？那個就是給妳的，老子跑了六、七家店。」

「我現在知道了呀，」孟嬰寧仰起腦袋，「那時候又不知道。」

「知道了也沒了。」陳妄說。

「有的。」

陳妄沒聽清楚，垂頭：「嗯？」

「我撿回來了……」孟嬰寧小聲說。

陳妄看著她。

孟嬰寧別開眼，有些不好意思地說：「你走了以後，我偷偷撿回來了。」

孟嬰寧坐在沙發上晃著腿，聲音特別輕：「就，有點捨不得丟……」

陳妄沒說話，忽然站起身，緊接著把她也拽起來。

孟嬰寧腳上的高跟鞋是掛著的，剛踩上，就被他扯著往前走。

喝得有點多，腦袋昏昏脹脹的，突然站起來有些站不穩，孟嬰寧趔趄了兩步，另一隻手拽著他的衣服堪堪穩住沒摔，跟著他走。

男人拉著她走到門口，在一片起鬨聲中推開包廂門，出去。

「欸，」孟嬰寧在後面跟得很艱難，腳步也有些飄，「幹什麼呀？」

陳妄沒說話，轉進裡面更深的走廊，沒什麼人，一排排的包廂空著。

他隨手推開一間，把人扯進去，甩上門，碰的一聲。

孟嬰寧迷迷糊糊地被按在磨砂玻璃門上，被迫抬起頭，封住唇。

唇齒交纏，有輕微又很清晰的聲音，不知道是不是酒精把所有的神經和觸感都無限放大，總覺得好像比哪次都激烈。

發麻的舌尖有些招架不住地往回縮，孟嬰寧無意識咽了下口水，剛躲開一點點距離，瞬間就被撈著後頸重新按上去。

陳妄低下頭，吻著她耳根，低沙喑啞：「不想等登記了。」

孟嬰寧本來被他親得迷迷糊糊的，瞬間嚇得整個人都清醒了，抖著手推他：「現在不行……」

陳妄以為她在不好意思，含住她肉嘟嘟的耳珠咬了咬，扣著纖細腰肢的手向下，翻起裙擺：「回家。」

孟嬰寧一哆嗦，縮著身子顫聲：「回家也不行……」

男人的指腹帶著薄繭，有些粗糙的觸感帶起一陣顫慄，氣息燙著耳廓：「怎麼不行。」

孟嬰寧站都站不穩了，靠在他身上，快哭了：「就……」

她沒說下去。

陳妄一頓。

厚的……厚的？

陳妄沒談過戀愛，但男人嘛，片子不可能沒看過，甚至在血氣方剛的少年時期，男生只要湊到一起不是聊遊戲就是聊這些有的沒的，還觀摩欣賞過不少。

就怎麼，也不應該是厚……的？

陳妄垂頭，孟嬰寧看起來羞恥得下一秒就會哭出來，她抬手捂住臉，嗚了一聲，露在外面的耳朵在昏暗的燈光下是紅的，連著脖頸都是粉紅的。

「我今天……不太方便。」女孩用蚊子似的音量說。

甚至聽起來還有些失望和懊惱？

陳妄沉默幾秒，剛剛那點心思全沒了，聲音重新恢復成冷漠的低沉：「妳不方便還喝酒？」

孟嬰寧：「……」

孟嬰寧茫然地抬起頭來，顯然沒反應過來他重點為什麼能跑偏的這麼快。

男人的臉色不是特別好，唇角垂著。他臉一板，氣勢就上來了，無形的威壓擴散。

陳妄後退半步，眼一瞇看著她，訓人似的：「還敢加冰，孟嬰寧，妳的命不想要了？」

「……」好嚇人噢。

孟嬰寧縮了縮脖子，氣勢被他壓得半點都沒剩下：「我不怎麼疼。」

陳妄冷笑了一聲：「妳就作死吧。」

孟嬰寧自知理虧，其實她本來也沒想過真的要喝多少，但畢竟是陸之桓幫她開的慶祝會，就喝一點意思意思，結果一玩起來這些也忘了。

她抬手去拽他的手指，又想到剛剛這手指碰過哪裡，忍不住又臉紅了：「那我們回去？」

陳妄垂著眼睨她：「回去接著喝？」

「我喝果汁吧，還有椰奶，」孟嬰寧想了想說，「大家因為我才聚的，我們提前走了不太好。」

孟嬰寧是挺喜歡熱鬧的性格，也確實很久沒跟他們出來玩，陳妄沒說什麼，領著她回去。

點歌機放著一首挺舒緩的英文情歌，包廂裡正在熱火朝天地討論，青梅竹馬一群人撅著屁股背對著門，腦袋湊到一起，聊得很專注，誰都沒有注意到包廂門被推開了。

孟嬰寧和陳妄一進來，剛好聽到陸之桓說話：「我覺得不能，看陳妄哥那體格，一個小時？你們瞧不起誰？」

陸之桓是陳妄腦殘粉，堅定地搖了搖頭：「不可能，起碼兩個吧，五千。」

「兩個小時？」二胖說，「陳妄一個女朋友都他媽沒交過。一個都沒有，天天跟五指姑娘一起玩的你指望他第一次上戰場就兩個小時？換你你能嗎？你想想你當年，有兩分鐘嗎？」

二胖言之鑿鑿。

陸之州在旁邊悠悠然說：「但陳妄的體力確實好，一個小時吧，一萬。」

陸之桓回過頭，看著他：「哥，我以為你是個正經人。」

說完又回頭，從口袋裡掏出皮夾往桌上一拍，高聲道：「我跟我哥！兩萬！」

「你們行不行啊，體力好沒用，這事情不是靠體力的，」二胖摸著下巴想了想，說，「二十分鐘吧，兩萬五。」

陸之桓沒說話。

二胖嘆了口氣：「不能再多了，不是我不給妄哥面子，二十分鐘我感覺都是高估了。」

他說完一抬頭，剛好看見一首歌放完螢幕暗下來的點歌機上倒出來的兩道人影。

二胖回過頭。

孟嬰寧還沒反應過來，一臉茫然地站在門口。

陳妄懶洋洋地靠著玻璃門框，面無表情地看著他們。

二胖的表情凝固了，所有人都跟著回過頭。

「哇，」㖞噠一聲，林靜年點一下手機計時器，抱著臂靠進沙發裡。

「有十分鐘呢。」林靜年愉悅地說。

手機計時器上的數字停在一個令人尷尬的十三上。

準確地說是——十三分四十五秒。

林靜年很多天以來堆積下來的憂鬱一瞬間一掃而空，林靜年忽然之間就快樂了。

林靜年仗著陳妄不會跟女生計較這些，就算要死肯定也是二胖、陸之桓他們替她死所以十分肆無忌憚，她翹著腿，指尖在螢幕上戳兩下，慢條斯理地說：「來，支持現金、刷卡、手機支付啊，自己多少錢都記清楚了嗎？痛快點別讓我催你們啊。」

陸之桓還有些難以置信，再次看了手錶一眼確定一下時間，扭過頭來看著陳妄：「哥，你真的完事了？」

話音剛落，二胖在桌子底下一腳狠狠踹在他小腿上。

陸之桓疼得差點沒跳起來，卻也反應過來了，馬上閉嘴。

陸之州若無其事地吹了聲口哨站起身，往點歌機那邊走，離這一片遠遠的：「哎呀好不容易放個假明天又要回部隊了唱首歌吧。」

二胖反應特別快，飛速拿起另一個麥克風，站起來高聲道：「州哥，讓我們為妄哥演唱一首〈梁山伯與茱麗葉〉！祝狐狸和妄哥的愛情能長長久久，攜手共白頭！」

陸之州一頓，僵硬地回過頭，臉上的笑容有點掛不住，眼神裡透著五個字：兄弟你害我。

二胖回頭，陳妄冷漠地看著他，唇角很不明顯地略勾了一下，看起來有些陰森。

二胖扭過頭，視死如歸地閉上眼，催他：「快點啊！」

陸之州猶豫了一下，有些痛苦的點了。

不知道多少年前的卓文萱和曹格的歌，而且是情歌對唱。

陳妄看著兩人一個站在點播機前，一個站在沙發這，有點不滿，朝著二胖略揚了揚下巴：「站前面去。」

「……」二胖緩緩地邁開了沉重的步伐，每一步都彷彿有千金重。

他比陸之州稍微矮了一點，陸之州此時又站在臺子上，二胖拿著麥克風，仰著頭看著他。

陸之州恍惚之中覺得自己在二胖臉上看到了一絲絲嬌羞。

陸之州一哆嗦，趕緊邁下臺。

兩個男人在歡樂又甜蜜的對唱情歌前奏中相對而站，互相對視著，都是一臉菜色。

前奏結束，陸之州舉起麥克風，遲疑地開口唱了第一句：「我的心想唱首歌給你聽，歌詞是如此的甜蜜……」

「可是我害羞我沒有勇氣，對你說一句我愛你……」

孟嬰寧嗷嗷叫著鼓掌：「好聽好聽！」

林靜年：「哈哈哈哈哈哈哈哈哈哈哈哈！」

二胖的表情特別痛苦，可是他能感覺到陳妄正看著他，視線完全不敢移開，只能絕望的看著陸之州的眼睛唱道：「為什麼你還是不言不語！難道你不懂我的心！」

字字鏗鏘，歌聲裡飽含著濃烈的絕望情感，十分符合歌詞。

「我愛你你是我的茱麗葉！」

「我願意變成你的梁山伯！」

「把愛！」

「永遠！」

「不放開！」

「I LOVE YOU！」

「我他媽認輸，」二胖癱在車子後座裡一臉生無可戀，「陳安這個狗東西報復心太強了，我以後再拿他打賭我就是孫子。」

「重點不是你拿他打賭，是你拿他打賭就算了，還不說好話，」陸之桓在副駕駛座上回過頭，「還有，你別以為我哥脾氣好你就總拉他下水啊，我哥生起氣來很嚇人的，睚眥必報那種。」

陸之州握著方向盤，笑得一臉無奈：「我什麼時候睚眥必報了，而且這點小事有什麼好生氣的。」

幾個人裡只有他沒喝酒，車也只能他開，這時把林靜年送回家了，車上剩下三個男人，說話開始不正經。

二胖安靜了一陣子，最後還是沒擋住嘴賤的誘惑，遲疑道：「安哥真的十分鐘啊？」

頓了頓，他嚴謹地說：「十三分四十五秒。」

陸之桓：「你能不能別像個純情處男一樣？十分鐘能夠幹什麼？找個地方脫個衣服的時間十分鐘就過去了。」

二胖「啊」了一聲，往後座椅背裡一靠，開始笑：「那就剩三分鐘了啊。」

他今天喝的有點多，作為平時最有眼力，無論是什麼危險情況都能最先反應過來的男人，今天被酒精沖得一時之間有點沒反應過來，拍著車後座笑：「三分四十五秒啊！」

安靜了幾秒，沒人說話。

陸之桓嘆了口氣：「兄弟，我提醒過你了啊。」

二胖不明所以：「啊？」

陸之州沒回頭，平靜地舉起手機，螢幕往他眼前一亮。

正通著電話，聯絡人「陳安」兩個大字，通話時間八分鐘。

二胖：「……」

孟嬰寧喝了一堆果汁和椰奶，到家的時候酒也醒得差不多了，就是腦袋昏昏沉沉地犯睏，並且後悔。

後悔之前醉的時候把捲髮棒的事告訴陳妄了。

孟嬰寧覺得還挺丟人的。

她不知道男人的思考方式能不能明白，陳妄會不會認為她矯情，就被那麼燙了一下，竟然到現在還有陰影，但其實並不是因為被燙了疼，而是當時，那種，每當想起這一幕，就會想起喜歡的人永遠都不會喜歡自己的感覺，對於沒吃過什麼苦情竇初開的小女孩來說，這簡直是這輩子最讓人酸澀和難過的事情。

而這種難過會觸碰一切感知，一旦理智被麻痹就會不受控制地翻湧上來，牽連起痛覺神經。

孟嬰寧那時候覺得真的太疼了。

她剛洗過澡，半濕著頭髮坐在床上發呆。

陳妄洗澡一直很快，結果今天感覺等了好久，陳妄都沒有動靜。

孟嬰寧玩一下手機，覺得有點無聊。

她又等了一陣子，抱著被子在床上翻滾好幾圈，人還沒進來。

這也太久了。

看了一眼時間，她跳下床踩上拖鞋，打開臥室門走出去。

浴室裡水聲在響，還沒停，孟嬰寧抬手正想敲門催他一下。

一片嘩啦啦的水聲裡，她很隱約地聽見了男人悶悶哼了一聲。

低緩沙啞，有些說不出的性感。

很沉，幾乎被水聲掩蓋住的一點點聲音，不仔細聽完全聽不到。

孟嬰寧卻不知道怎麼回事，聽著那動靜感覺無比清晰。

她的手臂僵硬地懸在半空，臉瞬間紅了，後退兩步，原地愣了兩秒，然後趿拉著拖鞋慌亂地跑進臥室。

十分鐘後，陳妄從浴室裡出來，開門進來的時候，孟嬰寧已經睡了。

女孩整個人蒙在被子裡占了一邊，小小一團鼓著，連腦袋都沒露出來，只留下一個腦袋尖和一枕頭的頭髮，看起來有點詭異色彩。

陳妄走過去，翻身上床，抬手就去勾她，想把人抱過來。

被子裡的一團蠕動了一下，躲開他伸向自己的手，往旁邊挪了挪。

陳妄一頓。

幾秒後，女孩的腦袋慢吞吞地從被子裡露出來，只探出一雙眼睛，看著他，小聲說：「你的手洗乾淨了嗎？」

「……」陳妄明白過來她在說什麼，慢悠悠揚起眉梢：「嗯？」

孟嬰寧別開視線：「就……」就了半天，也沒就出來。

陳妄語調懶散：「嫌我髒？」

孟嬰寧有些心虛：「沒……」

陳妄直接把她連著被子撈過來，拽過她的手，暗示似的親了親女孩細細嫩嫩的手指：「嫌髒也沒用，早晚要碰的。」

「……」孟嬰寧也不知道明明是這男人在耍流氓，為什麼她被逗得羞到恨不得鑽床底下去。

她用力抽一下手，沒抽動：「你這人怎麼這樣……」

陳妄捏她的指尖玩：「妳勾引完我就撒手什麼都不管了，還不准我自己解決一下？」

孟嬰寧睜大眼睛看著他：「我什麼時候勾引你了？」

「跟我說特別疼的時候。」陳妄說，「還有遊戲機捨不得丟，所以撿回來的時候。」

孟嬰寧抿了抿唇，說：「陳妄，我不是因為被燙傷了疼，才會這樣。」

她不知道該怎麼跟他說。

「我知道，」陳妄垂眸看著她，低聲說，「就是因為知道，才說妳勾引我。」

女孩子乾淨漂亮的眼睛看著他，委屈地說因為你不能喜歡我，所以特別特別疼。

低著頭說有點捨不得丟掉，所以偷偷撿回來了。

陳妄在那一瞬間什麼想法都有，也什麼想法都沒有。

沒有什麼能比她那樣向他表達出自己純淨稚嫩的喜歡更讓人觸動和心疼。

祕密的共用好像確實能發生一些變化，孟嬰寧總覺得這幾天和陳妄之間的關係和之前相比，又有哪裡不一樣了。

具體不同在什麼地方也說不上來，陳妄倒是沒什麼變化，她自己卻總覺得，跟他更親近一些。比起之前，又多了那麼點莫名其妙的肆無忌憚了。

這種感覺讓孟嬰寧連著好幾天都覺得心情舒暢，每天上班都是哼著歌去的，再加上之前拍的那組照片的獎金也很快匯過來了。

因為靠著這套《聊齋．嬰寧》粉絲翻了幾倍，迅速被很多人知道，又拿了第一，孟嬰寧這幾天接連不斷收到好幾個直播平臺的私訊，問她有沒有意向簽約做主播。

孟嬰寧對這個沒什麼興趣，也確實沒那個時間，就通通拒絕了。

她本來以為最多就是這種直播平臺會找她問問，沒想到竟然還真的收到了幾則不同娛樂公司的經紀人和星探的私訊。

孟嬰寧飄了。

孟嬰寧截圖傳給陳妄，打了一串驚嘆號：『我要當明星了！！！！』

十分鐘後，陳妄：『哦。』

好沒意思的男人。

真不知道以後的日子要怎麼過下去。

孟嬰寧撇撇嘴，返回社群，一個一個拒絕了。

孟嬰寧生理期的時間一直不長，基本上四、五天，一直沒吃什麼冷的東西，結束的那天她終於解放了，買了一大堆冰棒和霜淇淋回來。

晚上吃好飯，陳妄去陽臺接電話，孟嬰寧躺在沙發裡滑社群。

最近一段時間她的私訊和留言一直很多，每次點開都是一片紅圈圈，但今天格外多。

孟嬰寧嚇了一跳，隨手點開私訊，看到第一則，點了進去。

『寧寧啊！媽媽的寶寶！我剛剛看到美娛官方！妳是不是要跟美娛簽約了啊！妳火了以後是要出道了嗎！』

簽個鬼約，出個鬼道喲，我男朋友這小心眼，真出道了皮還不被他扒掉一層。

孟嬰寧咬著冰棒懶趴趴地靠進沙發裡，隨手打字回覆瞎扯道：『不，我準備開個網路商店賣鞋墊。』

第二十六章　餘波

陽臺上。

陳妄背靠著欄杆，單手搭在上頭，咬著根菸垂著眼。

電話裡，林賀然蹲在辦公室裡一邊呲溜著泡麵一邊說：『……和你上次車上的那個差不多，應該是自己做的，他上學的時候科系就是這個吧，他哥在的時候幫著製毒，單幹了終於找回了自己的愛好。』

資料翻得嘩啦啦響，林賀然口齒不清地說：『沒想到還是個地達羅。』

「地達羅是誰？」陳妄問。

『靠，』林賀然有些震驚，『你小時候沒看過《火影忍者》嗎？』

「沒。」

『動漫人物啊，一個藝術就是爆炸的炸彈狂人，你這人有沒有童年？』

「我他媽以為是哪個恐怖分子呢，」陳妄有些不耐煩，「說正事，忙。」

林賀然翻了個白眼，完全不想問他忙什麼：『上次你報警及時，高速公路各個路口都有我們的人守著，湯城差點就栽坑裡了，他那麼謹慎的人，這段時間都不會再冒頭，應該會安靜一陣子，一邊安靜著一邊思考怎麼把你按進土裡。』

『不過膨大海的老婆孩子倒是找到了，我讓小陳去接了。』林賀然說。

陳妄撣了撣菸灰：「你能不能找個可靠的去？」

『繼承你姓氏的小孩，怎麼就不可靠了，』林賀然喝了一口鮮蝦魚板口味的湯，『湯城那邊也在找她，肯定是知道點什麼，她自己也明白湯城不會放過她，不然不會跑，人有軟肋，為了孩子她也知道該怎麼選。』

人有軟肋……

深秋近冬漸冷，夜風寂靜。

這個時候還早，社區裡家家都透著亮，明白暖黃的光被切割成一塊塊明亮的小格子，老式的公寓社區，有些樓間距近的能看清人影從窗前晃過去。

——你看這萬家燈火。

陳妄忽然想起了幾個月前，半醉不醉的女孩不知道聽蔣格說了些什麼，緊張地拉著他的手臂，費力地把他拽到窗邊，滿臉認真地對著漆黑一片的窗外鼓勵他。

明明當時什麼都不知道，什麼都不清楚，就只是很單純的希望他能好。

而那時他對孟嬰寧的態度其實很差，現在想想完全就是個王八蛋。

他舉著手機回過頭，目光穿過陽臺玻璃門，看向躺在沙發上晃著腿叼著冰棒玩手機的女孩。

不知道是不是看到什麼好玩的事情，她忽然倒進沙發靠枕裡笑起來，一個人抱著靠墊笑得眉眼彎彎，自娛自樂了一下，重新直起身來。

孟嬰寧就是這樣性格的人，從小到大她始終是這樣的，無論面對什麼樣的事，都能以最快的速度走出來，什麼樣的生活她都能自己幫自己找樂子。

她身上有種很積極的樂觀，帶著韌性，柔軟又堅硬。

以為他不喜歡她的時候，她想的是「我不是你喜歡的樣子」，而不是「我是不是哪裡不夠好」。跟他說著手指疼的時候，她會特別認真地告訴他，我沒辦法強迫自己變成你喜歡那樣，我就是我，如果我變了，就算你喜歡那也不是我了，這沒意義。

她有無往而不勝的自信，有純粹又明亮的灼熱靈魂。

這樣的一個人，對於陳妄這種被灰暗泡透了的人來說，吸引力是很致命的。

客廳釣魚燈的燈光從女孩身後照過來，將她半個人籠罩在一團暖黃色的光團裡。像個會發光的小太陽，源源不斷地向身邊的人傳輸自己的熱量和光。

——總有一天，總有一盞會為你點亮。

陳妄無聲勾勾唇角，冷硬的五官在黯淡光線下顯出幾分柔和。

電話那頭林賀然一碗泡麵吃完，靠進辦公椅裡：『就連湯城都有他哥這麼個軟肋，我以前本來以為你是刀槍不入從頭到腳連裡子都是硬的那個，結果你他媽現在也有老婆了……』

陳妄語調懶散：「說話就說話，別開車啊。」

林賀然愣了愣，反應過來：『靠，你要點臉吧。』說到這，一頓，忽然又坐直了身，興致頓時就上來了：『對了，我聽陸之州說，你前幾天十幾分鐘就——』

陳安把電話掛了。

林賀然：「喂？喂！」

美娛雖然不算是很老牌的娛樂公司，但確實是最近兩年勢頭最猛的一個，現在娛樂圈裡幾個新生代流量明星一半都是他們家的。

老闆不知道是什麼背景，影視綜藝廣告各種資源都很硬，挖了經驗老道的老牌經紀人，包裝打造一條龍，公關團隊八面玲瓏，至今從未出過什麼岔子。

孟嬰寧回憶一下自己收到的私訊裡，好像是有這家傳過來的。

她搜一下美娛的官方社群，這官方帳號關注了她，還點讚好幾則貼文。

點進去置頂往下第一則分享就是她《聊齋》的那一組圖，配上拍馬屁，在他家眾多知名度很高的流量小生、小花裡顯得很默默無聞。

孟嬰寧點進去看一眼留言，果然，前面的幾則都不知道她是誰。

『我靠這個小姐姐是誰！我愛了我心動了我又可以了！』

『我戀愛了，這是我的初戀。』

『新簽的素人嗎，可以。』

『作為媽粉我必須來跟大家介紹一下，我們寧寧又美又甜真的是國民初戀本戀了，影片比照片好看一百倍真的特別有靈氣，求求你們點進原文看看吧看看我的寶寶！真的可愛會愛上的！這麼好看的小姐姐我不允許有人不知道！寧寧啊妳出道媽媽所有的錢都為妳花啊寶貝妳看到了嗎！』

再往下滑。

『別誇了，長得也就那樣，我身邊的姐妹化個妝都比她好看，這樣的都能行，背後金主是誰啊？』

『只有我一個人覺得不好看嗎，真的挺醜的，而且看起來有點綠茶的感覺。』

『別了吧，國民初戀清純型，美娛現在不是已經有瞳瞳了嗎，又來一個這個路線的那我們瞳瞳的資源……走後門的嗎……』

孟嬰寧回頭看了還在陽臺的陳妄一眼。

男人已經打完電話了，正夾著半根沒燃盡的菸，垂頭看手機。

陳妄現在抽菸的頻率減少了很多，偶爾菸癮上來會去陽臺抽，等味道散得差不多了才進來。

其實這種話孟嬰寧早就已經聽得耳朵長繭了，心裡不怎麼在意，那些一個個長得跟畫出來似的女明星也會有人說不好看。

這種人哪裡都會有，內心這麼陰暗現實生活可能過得很苦吧，總要有發洩的管道。

雖然這樣的發洩方式她這種每天都很快樂的小仙女不太能理解，但也不耽誤孟嬰寧同情他們，甚至如果有一天能出現什麼「現實生活不幸網路檸檬精慈善公益協會」之類的機構，孟嬰寧還想捐點錢給他們。

孟嬰寧樂顛顛地爬起來，正對著陽臺門盤腿坐在沙發上，截圖，傳訊息給陳妄，很誇張地又是一串驚嘆號：『有人說我不好看！長得醜！！！！！』

她傳完抬起頭，隔著玻璃拉門看著他，結果陳妄頭都沒抬，半點反應都沒有。

她的視線都這麼灼熱了，這狗男人看都不看她。

孟嬰寧撇了撇嘴，正要趴回去，手機訊息響了一聲。

孟嬰寧點開。

陳妄：『妳也說她。』

孟嬰寧笑起來，抬頭看了他一眼，陳妄把菸重新叼進嘴裡空出手來，低頭看著手機。

孟嬰寧繼續打字：『我怎麼說！我又不能跟她們一般見識，我要注意禮貌。』

陳妄：『那妳有點禮貌。』

孟嬰寧：『陳妄哥哥教我！』

陳妄：『謝謝，妳也很醜。』

兩人就這麼隔著一扇陽臺拉門，很有情趣地聊著天。

孟嬰寧笑到重新倒回沙發裡。

一連幾天，孟嬰寧的社群下面被浩浩蕩蕩地掃蕩了幾番。

美娛最近人氣最高的小花周怡瞳，剛出道走的就是國民初戀路線，作為女主角又剛上了兩部網路劇，每一部都紅得家喻戶曉，每天人氣榜上的名次跟踩了彈簧似的往上爬。

孟嬰寧沒想到美娛分享個貼文能帶來這麼大影響，其實還是因為她的氣質跟周怡瞳走的路線有點像。

一個娛樂公司同一類型的兩個人，實力派也就算了，尤其是流量明星，資源就只有那些，如果兩個人都合適，就要爭，而且會被分流，人氣勢必會降。

——『我們妹妹正處於事業上升期！公司裡的資源全是我們的！一個不乾不淨的十八線野雞小網紅哪來的臉還好意思來跟我們爭！人要有自知之明，就妳家還想跟我們瞳瞳平起平坐當姐妹，網紅就算長得再好看在我們妹妹這種真明星面前氣質瞬間 low 爆！也只是個土鱉！』

孟嬰寧自己本身也是有粉絲的，大家一路撕過來什麼大風大浪沒見過，當即披荊斬棘為自己女兒而戰。

——『放妳的月光電纜屁吧！我女兒不爭不搶從來不惹是生非是不是就以為我們好欺負！我女兒只是沒有上進心！妳以為人人都像妳家一樣為了點資源斤斤計較！她現在連業配廣告和影片

都不接了我們找誰哭！每天就只能翻翻半個月前的自拍度日！網紅怎麼了！我女兒現在就是要出道了！不僅要出道還要取代妳們家的位子！自己打開影片睜大妳的狗眼看看妳家的長什麼樣再來說話吧！我女兒就是仙女！』

孟嬰寧覺得總這麼吵下去，好像也不是一回事。

最重要的是，她根本沒簽美娛，跟周怡曈完全不存在任何競爭關係，就這麼白白被罵了好幾天，挺委屈的。

於是決定息事寧人。

周怡曈畢竟是流量明星，孟嬰寧就算最近火起來了知名度和她也不在同一個等級上，就在兩家吵得熱火朝天並且眼看著孟嬰寧這邊已經是被壓制住的趨勢的時候，粉絲發現女兒發文了。

@嬰寧：『最近閒著無聊想開個網路商店！不知道賣什麼好！要不然就賣個鞋墊吧！』

正在電腦手機前瘋狂混戰的粉絲：？

粉絲快哭了：『女兒妳不可以這麼沒上進心啊！我們要出道的啊寶貝！』

孟嬰寧發完，也不管別的，手機丟到一邊吃飯去了。

再回來點開社群想看看效果如何，熱門留言第一則：

『哎呀這篇文我來幫大家翻譯一下啊：不用自作多情，妳們家妹妹的那些個資源我看不上，白給我我都不想要，也不想出道不想進圈不想跟妳家扯上任何關係，妳家也不用扒著我瘋狂炒作了。我就是餓死，從這跳下去，餓到賣鞋墊，也不願意跟妳家搞什麼的姐妹花設定。』

熱門留言第一則這個妹妹的ＩＤ很眼熟，平時經常會在留言區和她互動，特別可愛的女孩子。

這時一則留言幾千個讚，下面回覆蓋了上百則了，大多數全是哈哈哈哈。

人類的本質是哈哈怪。

「……」

雖然這樣不太好，但孟嬰寧在看到這個翻譯的時候，還是一下子跟著笑出來了。

她發這篇文的本意真的只是想開個玩笑，順便表達一下她真的沒有想要簽什麼娛樂公司的意思，並沒有打算要開個店什麼的，然而這個解釋一出來，聽起來好像還有點氣人。

爽是挺爽的，高貴冷豔又不屑。

果然，周怡瞳的粉絲就像是被點著了火的炮仗，瞬間跳起來三公尺高。

對家很生氣，對家覺得自己被羞辱了。

但孟嬰寧這篇文發的又沒有任何明朝暗諷的意思，甚至這件事連提都沒提還撇清了關係，她們如果死抓著不放反而顯得不大氣，還斤斤計較。

畢竟看起來本來就是個誤會，孟嬰寧甚至都沒關注美娛。

除了一些比較偏激氣不過的，大多數粉絲還是理智有腦子的，孟嬰寧的社群下終於平靜了許多。

她吃好飯回來得早，還是中午午休時間，辦公室裡沒什麼人，孟嬰寧設了個鬧鐘，趴在桌子上睡了一下。

再睜開眼辦公室裡人已經回來大半了，鬧鐘鈴聲還沒響，她拿起手機關了鬧鐘，看到有好幾個未接來電。

一個陌生號碼。

孟嬰寧猶豫一下，拿起來回撥過去，響了兩聲對面接起來了。

「喂，您好，請問您哪位……」剛睡起來，女孩的聲音有些懶，帶著點啞，有點拖。

『妳簽了美娛？』女人的聲音很清脆，她都還沒說完話，那邊就劈頭蓋臉地問，帶著強勢的傲慢。

「唔？」孟嬰寧愣了愣，「沒有啊。」

『妳不是為了資源的事跟周怡瞳撕起來了嗎？』

「啊，那個是誤會，」孟嬰寧打了個哈欠，「我志不在此，而且工作也挺忙的，確實沒空簽娛樂公司之類的。」

『妳以為進娛樂圈這事還能兼職？』女人的聲音聽起來有些不可思議。

「不是，我是想表達我挺喜歡現在這份工作的呀。」孟嬰寧耐心地說。

『妳這工作有什麼好的？一個月薪水還沒我家兩隻貓的貓糧錢多，』女人有些鄙夷，『本來我還想著妳要是真的打算進圈就提醒妳兩句，這地方水深得很，結果妳這人怎麼這麼沒上進心。』

「欸，那還是謝謝妳了，」孟嬰寧趴在桌子上，特別真誠地說，「不過妳是誰啊？」

電話對面一片寂靜。

孟嬰寧聽她的聲音確實有點耳熟，聲音嬌而不軟，語氣也很熟悉，像個囂張跋扈的大小姐，但她一時間沒想起來這人到底是誰。

像個囂張跋扈的大小姐……

孟嬰寧「啊」了一聲，試探性問：「陸小姐嗎？」

『呸！』陸語嫣完全火了，沒有什麼事情會比沒記住她是誰更讓驕傲的大小姐生氣，『妳裝什麼裝？妳會不記得我？』

陸語嫣氣急敗壞地說：『我可是妳的情敵！』

孟嬰寧椅子一轉，仰著腦袋望天：「妳說是就是吧。」

陸語嫣是一點就著的性子，最煩她這種軟綿綿的，一拳打在棉花上，撕都讓人撕得爽不起來，憋氣憋得能厥過去。

陸語嫣深吸口氣，儘量讓自己也平靜下來：『你們只要沒在一起——』

「我們在一起了。」孟嬰寧說。

陸語嫣差點跳起來：『我怎麼不知道？』

「談戀愛要跟情敵報備嗎？」孟嬰寧好奇地說。

『行……妳以為妳現在跟陳妄在一起就贏了？』陸語嫣冷笑了一聲，『只要沒結婚還不能分手嗎？你們根本就不是同類人，完全不合適。』

午休時間過了，整個編輯部重新投入工作狀態，孟嬰寧看了手錶一眼，也沒什麼時間跟情敵聊感情生活。

陸語嫣那邊還在說，這大小姐確實能說，就算別人不理她，她也能說個沒完，趾高氣揚獨自美麗。

孟嬰寧清了清嗓子，在她停頓下來的瞬間趕緊插話進去：「那個，陸小姐，我們午休過了，工作時間就不陪您聊私人話題了，祝您工作生活愉快呀。」

話音落下的同時，忙音響起，孟嬰寧把電話掛了。

陸語嫣話還沒說完，瞪著被掛斷的手機螢幕好半天才反應過來。

她長這麼大，就沒被幾個人掛過電話！上一個敢掛她電話的人還是陳妄！

白天不說人晚上不說鬼，陸語嫣拖著行李箱一路風塵僕僕地推陸之州辦公室的門，結果沒推開，鎖著的。

應該是在忙，也沒時間拿電話，陸語嫣站在門口等了一陣子，沒見人回來，又拖著箱子繞了個彎，上樓。

行李箱放在門口，規規矩矩地敲了三下門，等了一下。

辦公室裡低沉的聲音響起：「進來。」

陸語嫣開門進去，大伯滿臉凝重地坐在大辦公桌後面，看見她有點驚訝：「嫣嫣回來了？」

陸語嫣一眼就看見辦公室裡多出好幾個人。

陸之州站著，旁邊沙發上坐著兩個男人，一個不認識，另一個……

上一個敢掛她電話的男人這時正坐在旁邊的單人沙發上，伸著腿，眉目冷硬，懶散又肅正。

幾個人之前應該在說正事，辦公室裡的氣氛有點凝重。

陸語嫣對誰都是無法無天的大小姐脾氣，到她這個大伯這卻不怎麼敢，笑得乖乖抬了抬手裡的行李：「剛回來，一下飛機就來找您啦，主要是我爸帶了點東西給您，我之後就要去外地了，也沒空，乾脆今天直接送來。」

陸語嫣坐在旁邊沙發上把行李裡的東西拿出來，看了坐在邊上的陳妄一眼，想了想，不動聲色抽出手機，趁著幾個人都沒看著她的時候回頭拍了張照片。

角度有些低，不過人物很大，看起來像是在距離很近的位置拍的。

陸語嫣又放大一些，順手調整角度P了一下，P完看起來更近了。

陸語嫣挺滿意，傳給孟嬰寧。

妳的男朋友現在跟我在一起！讓妳掛我電話！

陸語嫣送完東西說了幾句話就走了，不多待，甚至看都沒看陳妄幾眼。

人一走，老陸坐在辦公桌後頭摸了摸腦袋：「真是奇了，這丫頭今天怎麼不纏著你了？還跑這麼快。」

這話是對陳妄說的。

陳妄勾了勾唇：「您這麼說我女朋友不樂意了。」

老陸一下子沒反應過來：「啊？」

林賀然靠著沙發笑了半天。

陸之州在旁邊也跟著笑：「爸，人家有女朋友了。」

「叫什麼爸，」老陸瞪了他一眼，「我現在的身分是你上司，態度端正點。」

頓了頓，還是忍不住好奇：「這才走幾個月就找到了？什麼樣的丫頭？跟你爸說過了？」

「還沒。」

陸之州看了他一眼，回頭說：「女生您也見過，就以前跟我家住同一個院子那個，孟叔叔家女兒，您記得嗎？」

老陸想了好半天，他那時候工作忙，常年外派，一年只能回去幾趟，半天，想起來了：「就是那個膽子特別小，天天哭鼻子的小丫頭？」

「您就記得這事，人家現在是小女人了，」陸之州說，「變化特別大。」

老陸點了點頭，沒再說什麼，還在回憶那小丫頭長什麼樣。

閒聊完繼續說正事，陳妄今天過來這趟是為了湯城，湯城的案子本來是刑警支隊負責，但因為涉及到三年前的事，很多內部資料還是要回來申請，必要的時候可能需要協助支援。湯城本人又是個炸藥炸彈方面的專家，防爆小組也要提前安排，有備無患。

「昨天刑警支隊那邊接回了黃建華的妻兒，按照她的供詞，湯城每年十一月都會去一趟岑北，」陸之州頓了頓，說，「如果是真的。」

「她還有兒子，」陳妄說，「也沒得選，只能說實話。」

「而且岑北是湯城老家，」林賀然搓了搓下巴，「湯嚴執行死刑之後直接被送到了帝都大學醫學部，湯城是他唯一的家屬，不可能來領，不過四個月後湯嚴的屍體不翼而飛，當時監控系統被駭，所有攝影鏡頭全部黑了，那個案子也是我負責的。」

「不只是個地達羅，還是個俠客。」林賀然喃喃。

陳妄回過頭來，看著他：「俠客又他媽是哪個恐怖分子。」

「也是動漫人物，《獵人》裡面的一個駭客，」林賀然也看著他，「我發現你這個人真的一點童年都沒有啊，你是不是從五歲開始就他媽在抓恐怖分子？」

陸之州看了坐著的老陳一眼，清了清嗓子：「所以現在假設湯城——」

他剛開口沒說幾個字，被電話鈴聲打斷。

單調的原機鈴聲持續不斷的響，聲音來自陳妄的口袋。

陳妄靠沙發中動了動，在幾個人的視線裡抽出手機，看了來電顯示一眼，然後慢悠悠地站起來，一邊起身一邊接起來，手機放在耳邊，邁開腳步準備往外走。

剛一接通，他還沒說話。

『站住。』孟嬰寧說。

她早有預料，『你站住，不准走，你就在這裡接，站在原地接。』

陳妄腳步一頓，背著身站在門口，已經搭在門把手上的手指很聽話地鬆開了。

『你現在跟誰在一起？』孟嬰寧壓著聲。

『你跟誰在一起呢。』她重複了一遍。

聲音明顯是帶著火氣的，聽起來不是那麼高興。

「怎麼了？」陳妄頓了頓，沒答，問道。

反問！

陳妄是個幹什麼都很簡潔乾脆的性子，以往孟嬰寧問什麼他都會直接說，言簡意賅簡單明確，其他的不會多說不會多問。

像今天這種反問還是頭一次。

聲音特地放得很低，明顯是不太方便的樣子。

『你跟……男人在一起嗎？』孟嬰寧沒頭沒尾地問。

陳妄回頭看了屋子裡正整齊地看著他的三個雄性一眼：「嗯。」

一陣沉默。

孟嬰寧小心翼翼地問：『沒有女的？』

「沒有。」陳妄說。

騙子！

哪怕他承認了，孟嬰寧都會放心，結果不承認還騙她。

孟嬰寧想起剛才陸語嫣傳過來的那張照片，男人的大特寫，像貼上去拍的一樣。

還得意洋洋的跟她炫耀！

孟嬰寧都想不到這兩人是什麼樣的姿勢和距離才能拍出這樣的照片，再近點都能親個嘴了。

『陳妄，』孟嬰寧深吸口氣，『你喜歡我嗎？』

陳妄沒反應過來：「……嗯？」

『你從來沒跟我告白過！』孟嬰寧說。

陳妄雖然不知道她忽然發什麼病，還是耐心地說：「我怎麼沒有。」

『那都是我逼著你說的！』孟嬰寧悲憤地說，『你從來沒有主動跟我說過你愛我。』

「孟嬰寧，」陳妄叫了她一聲，「妳又喝酒了？」

說著看了窗外一眼，這個時間不可能啊，她還沒下班。

『你才喝酒了！』孟嬰寧的聲音委屈又憤怒，『你不是沒跟女人在一起嗎，那你現在就跟我告白！』

陳妄嘆了口氣，有些無奈地低聲說：「……寧寧。」

『你那麼小聲幹什麼！你心虛什麼！你這個騙子！』孟嬰寧的聲音聽起來快哭了，『你現在就大聲的說你愛我！』

陳妄沉默。

孟嬰寧覺得他就是心虛不敢。

孟嬰寧教他：『你大聲地說，寧寧麼麼麼。』

陳妄：「……」

整個辦公室處於一種近乎於寂靜的安靜狀態，陳妄總覺得孟嬰寧的聲音大到在這個空間裡能被其他人聽得一清二楚。

陳妄下意識回頭看了一眼，陸之州正跟林賀然湊在一起無聲地研究著什麼，老陸滿臉肅穆，也並沒有看他。

陳妄面無表情地打開辦公室的門走出去，回手關上。

喀嗒一聲輕響，辦公室門被關上的那一刹那，陸之州和林賀然同時抬起頭。

老陸滿臉感慨：「小女孩長大了，性子不一樣了……我怎麼記得老孟家那小丫頭小時候膽子特別小呢，話都不敢大聲說。」

「那要看是跟誰了，跟男朋友還能有什麼不敢的，您沒看陳妄那態度好得跟什麼似的，」林賀然正忙著掏手機出來啪啪把音量調低，最後減到只剩兩格，頭也不抬地說：「我打個電話試試啊，你看你這邊能聽見嗎？」

陸之州有些無奈：「只要對面不像狐狸那麼喊，我想應該聽不見。」

他不說還好，一說，林賀然忍不住爆發出一陣近乎於癲狂的大笑：「也不能怪陳妄這樣啊，小女生是真的可愛，我他媽認識他這麼多年了，從來沒見過他被誰拿捏成這樣，真的是一物降一物。」

「而且，其實我剛才看見了，」林賀然笑得快趴在桌子上了，小聲說，「剛剛你那個表妹還是堂妹的，是不是對著陳妄拍了張照片啊。」

陸之州稍微一想，大概也差不多猜到是怎麼回事了。

陸之州搖了搖頭：「女人真可怕。」

陳妄走到走廊盡頭，推開防火門，背靠著牆：「怎麼了？」

『你這個愛情騙子！』孟嬰寧罵他，『你為什麼不肯說！你心虛什麼？誰在你身邊啊還要出來接電話。』

「什麼跟什麼，」陳妄是真的很無奈，「到底怎麼了？」

『你還裝傻！我就知道，男人都是這樣的，你們男人的劣根性，知道我喜歡你就不珍惜我了，』孟嬰寧特別難過地說，『就開始花天酒地朝三暮四還騙人。』

陳妄「嘶」了一聲，皺了皺眉：「胡說什麼。」

『我都看到了！你跟女人在一起！你為什麼跟陸語嫣在一起還騙我！』孟嬰寧醋勁特別大地說，『你還說要跟我結婚的，你之前還要我嫁給你，卻連愛我都不敢當著別的女人的面說！』

陳妄愣了愣，終於明白過來她到底在說什麼了：「啊。」

他這個反應就好像是被抓包了，實在沒辦法，啞口無言似的。

孟嬰寧還沒說話，陳妄那邊笑了起來。

竟然還笑了起來。

沒有任何的慌亂的諸如「妳聽我解釋」、「不是妳想的那樣」之類的臺詞也就算了，這狗男人竟然還笑了。

「啊，」男人聲音低沉，帶著笑意，「從哪裡看見的？」

『……』很詭異的沉默。

一片安靜裡，陳妄後知後覺地意識到，話好像不應該這麼問。

這種情況要怎麼辦？要先解釋嗎？

果然，下一秒，孟嬰寧不可置信地說：『你承認了？』

陳妄反應過來：「不是……我的意思是……」

孟嬰寧打斷他，聲音顫抖：『連跟我解釋一下都沒有嗎？』

陳妄：「寧寧──」

『你不要再說了，』孟嬰寧的聲音一片死寂，『我都明白了。』

冰冷的嘟嘟嘟聲響起，孟嬰寧把電話掛了。

陳妄靠著牆站在樓梯間，還沒反應過來。

他看了被掛斷的電話一眼，有些僵硬：「靠？」

陳妄看了一眼時間，也快下班了，沒再打電話過去，手機塞回口袋裡轉身往回走。

辦公室裡林賀然和陸之州已經不在了，老陸一個人坐在長桌後，看了他一眼：「打完了？」

陳妄：「啊。」

「這小孟丫頭聽起來還挺活潑，」老陸重新垂下頭去，說，「哄好了沒？」

陳妄摸了摸鼻子，沒說話。

「更生氣了吧？我就知道，」老陸慢悠悠地笑了笑，「就你這個性子還能知道怎麼哄女生？不把人氣得厥過去就不錯了，認真談的啊？這可是從小看著長大的小女孩，你要是犯蠢，沒辦法跟你孟叔交代。」

陳妄笑了笑：「這麼跟你說吧，要是在退伍之前，我現在大概要給您交張表。」

什麼表不用明說。

「這個事，你爸知道了嗎？」

「您知道了他還能不知道嗎，」陳妄有些漫不經心，「我出了這個門你們就會通電話吧。」

「你別說，我最近真的挺忙，也好久沒見過你爸了，我沒見過無所謂，我們兩個老頭了，沒定期聯絡聯絡感情一說，你不一樣，以前也就算了，現在有女朋友，都要給我結婚申請表了。」

陳妄不說話。

老陸頓了頓：「當然這個看你，我只是這麼一說，快三十歲了，要有自己的家庭的人，不是年輕時滿腔意氣可以不管不顧的時候。」

陳妄還是不說話。

「跟你爸一樣的，」老陸沒轍，擺了擺手，「去吧去吧，哄人去吧，小心再晚點人跑了啊。」

陳妄和陳德潤的關係其實只能說生疏，剛離婚那時，十歲的小少年眼睜睜看著媽媽帶著妹妹走的時候也有過不解，既然在一起了為什麼會分開，如果能分開那當初又為什麼會在一起。

陳德潤工作忙，印象裡他的童年最開始其實全部都是母親，說心裡沒有偏向是不可能的，小朋友當時理所當然地覺得會造成今天的結果都是男人的錯。

男人帶孩子是件很尷尬並且蹩腳的事情，尤其是這小孩還跟他不怎麼親近。

再後來搬家，一個工作，一個有了新的朋友新的生活，就更疏遠，那時陳妄回到家以後幾乎都是主臥房門緊閉，很少看到家裡有人在。

只有餐桌上幾個簡單的菜，並且非常難吃。

高三衝刺那時，陸之州家裡天天換著花樣幫他弄營養食譜，老陳大概是覺得深受觸動，有天陳妄回家，看見廚房架著一個砂鍋的牛尾湯。

陳妄也不知道老陳為什麼要在牛尾湯裡加韭菜，但那鍋油膩又有點腥的韭菜味的牛尾湯從此成為了他少年時期關於「父愛」這個詞最濃厚的陰影。

導致陳妄到現在都不愛吃牛肉和韭菜。

陳妄的訊息傳過來的時候，孟嬰寧剛準備下班，整理桌上的東西關電腦。

陳妄：『下來了嗎？』

孟嬰寧身上披著外套還沒穿，鼓了一下腮幫子：『沒有。』

陳妄：『B1等妳。』

孟嬰寧：『我才不去。』

這麼說著，還是進了電梯按B1，在一樓停的時候，電梯門開，前面的人陸陸續續出了電梯走進大廳，孟嬰寧一抬頭，看見站在電梯門口的陳妄。

男人抬眼，越過一大堆腦袋，看了她一眼，進了電梯。

電梯裡面的人陸陸續續往外走，人一下少了很多，陳妄走進來站在她旁邊：「不下啊？」

孟嬰寧的火氣蹭地竄起來，抬腿就要出去。

「欸，」陳妄一把拉住她的手臂，略躬了躬身湊近，低聲說，「往哪跑，外面有壞人等著抓妳知不知道？」

孟嬰寧側著頭，才不看他。

陳妄握著她手臂的手向下一滑，握住柔軟的小手，捏了捏：「等等上車跟妳解釋，行不行？」

「不行，」孟嬰寧硬邦邦地說，「過了這村就沒這店了，我現在不想聽你解釋。」

「那現在說吧，」陳妄沒聽見似的，電梯門開，扯著她往前走，「陸語嫣是來送東西給陸之州的，只待了幾分鐘，我當時也在那，妳打電話的時候她都走半天了，沒跟她說話，真的沒有。」

孟嬰寧慢吞吞地轉過頭來：「但你看她了。」

陳妄頓了頓，情商忽然上線：「沒，一眼都沒看。」

他對於自己這個答案挺滿意的。

結果——

「你這個騙子，」孟嬰寧不開心地嘟囔，「你一眼都沒看怎麼會知道她是陸語嫣，看了就看了，你就是心虛。」

「……」陳妄現在覺得女孩鬧個彆扭，他太難了。

大概是心裡還不高興，所以無論怎麼樣都不太爽。

陳妄好笑地看著她：「小女孩，有點不講理了啊。」

孟嬰寧爬上副駕駛座，腦袋埋著拉上安全帶：「你這樣就不耐煩了，才哄了我兩分鐘，你就覺得我不講理了。」

孟嬰寧無精打采地說：「我們現在都還只是男女朋友關係，你都不能當著別人的面說喜歡我。」

「當時是有長輩在，陸之州他爸爸，」車子開出地下停車場，偏了偏頭，「而且說正事呢。」

孟嬰寧僵了僵：「就是那個板起臉來特別嚇人的陸叔叔嗎？」

陳妄：「嗯，妳小時候特別害怕的那個。」

孟嬰寧後知後覺地感覺有點羞恥。

陳妄看著她這樣，心情見好：「而且不光是陸之州，林賀然當時也在。」

「……」孟嬰寧的表情有些絕望。

「那他們都……都聽到了嗎？」她小心地問。

陳妄無聲勾唇：「說不好。」

「……」

「可能聽得聽清楚的吧。」陳妄懶洋洋地說。

孟嬰寧瞪大眼睛看著他，臉漲得通紅。

陳妄睨她一眼：「知道不好意思了？」

孟嬰寧捂住臉彎下腰，哀號了一聲，然後惱羞成怒，氣急敗壞地罵他：「那還不是你的錯！都是因為你！我今天不想跟你說話！煩人！」

陳妄：「……」

孟嬰寧說不跟他說話，就真的不跟他說話。

兩人到了家以後點了個外賣，特別安靜地吃完了晚飯。

她不開口，陳妄也不是那種能沒話找話哄人的人，就也這麼沉默著。

結果越安靜，女孩看起來情緒越不怎麼高漲。

一吃好飯，孟嬰寧撂下筷子收拾垃圾，一頭就鑽進臥室裡去了。

陳妄看著緊閉著的主臥房門，覺得女人真的是讓人完全無法理解的一種生物。

他走過去，屈指敲了下門：「孟嬰寧。」

孟嬰寧靠在床頭，沒說話。

如果陳妄再主動跟她說一句話，她就跟他和好了。

其實也不是什麼大事，只是她本來就覺得不好意思，這男人還逗她，逗逗就算了，逗完了竟然也不跟她說話。

他一直以來始終都是這個樣子的，只要她不主動找他，陳妄就真的能一個晚上，甚至一整天都不跟她說一句話，他從來沒主動找過她。

孟嬰寧撇了撇嘴，腦袋縮進被子裡。

等了好一陣子，門外卻沒聲音了。

孟嬰寧慢吞吞地從被窩裡爬出來，躡手躡腳走到門口，整個人趴在門板上，耳朵貼在上面聽。

外面隱隱約約有點聲音，水聲，還有什麼玻璃器皿碰撞的聲音，然後又是一陣安靜。

孟嬰寧強忍著想出去看看的欲望，決定今天必須等到陳妄主動來跟她求和，要說好話的那種。

她重新爬到床上，躺進被窩裡等，結果等著等著，等到睡著了。

再睜開眼睛的時候人還有點恍惚，孟嬰寧撐著床面坐起來，抬手抹了一把眼睛，有一瞬間以為現在已經是早上了。

她伸手摸過手機，看一眼時間。

將近十點鐘，她睡了差不多四個小時。

空氣中彌漫著一種很清爽的甜香味道，淡淡的，刺激著人的嗅覺神經和味蕾。

孟嬰寧睡得迷迷糊糊的，其實早就忘了還在和陳妄鬧彆扭這件事了，她打了哈欠下床，走到門口打開門。

臥室門被打開的一瞬間，香氣撲鼻。

客廳裡沒人，也沒開燈，廚房燈倒是亮著，光線明亮。

孟嬰寧走到廚房門口，男人背對著門，背脊寬闊，脖頸低垂著，黑色的短髮在燈光下看起來柔軟了不少，有些毛絨絨的。

聽見聲音，陳妄沒回頭，帶著手套拉開烤箱，刺啦一聲輕微響動，拉出一個很大的烤盤。

有濃郁的香氣，清甜熟悉，蘋果的味道混合著甜膩的奶香味。

孟嬰寧愣了愣，看著他轉過身來，端著烤盤走出廚房，放到旁邊餐桌上。

孟嬰寧垂頭。

餐廳裡是沒開燈的，第一眼看過去，幾十朵玫瑰一排排整齊地綻放。

第二眼，才看出不是真的花，大概是蘋果做的，很薄的蘋果片一層一層捲成玫瑰的樣子擺在烤盤上。因為剛出烤箱，還泛著滋滋啦啦的聲音。

薄薄的一片一片像花瓣一樣舒展著，沒削皮，邊緣的地方紅豔豔的，非常好看。

最前面的幾排其實捲得很醜，玫瑰花瓣也歪歪斜斜的，有幾片還倒了，到後面就很好了，能夠看出明顯的進步。

做蘋果派就做，還捲個玫瑰出來是什麼意思，一看就很麻煩。

孟嬰寧抿了抿唇，不想承認自己其實有點感動。

反正這男人就是不會像別人一樣說兩句好話，嘴巴上認個錯哄哄她，他寧可花四個小時搞這東西也不願意說出來。

哪有這麼哄人的。

好半天，孟嬰寧才開口，聲音很輕：「你是想跟我和好嗎？」

說完，她忽然覺得有點想笑。

十幾歲的時候第一次吵架是這句話，二十幾歲吵架還是這句話。

就彷彿，兩個人之間空白著的那十年是不存在的。

她唇角偷偷地翹了翹。

「不是，」陳妄說，「和好是順便。」

「……」孟嬰寧瞬間沒有表情了，抬起頭來。

陳安摘掉手套，撐著桌角往前靠了靠，看著她淡聲說：「我是想求婚的。」

「……」孟嬰寧仰著頭：「啊？」

她完全沒反應過來，為什麼兩個人道歉的小祕密忽然變成求婚了。

女孩眼睛圓滾滾地看著她，微張著嘴巴，表情有點呆。

陳安抬手，戳了戳她軟乎乎的臉，挑眉道：「求婚，不是都要送玫瑰花的？」

第二十七章　玫瑰塔的承諾

孟嬰寧花粉過敏，這事還是陳妄發現的。

小時候誰都不知道，有一次學校裡開運動會，除了每個班的隊伍以外，學校裡還要安排鮮花隊，從班裡選出幾個女孩湊成一隊，捧著花束排列，在一開場的時候表演。

孟嬰寧當時是國中部小校花，沒什麼懸念被選上了。

本來排練的時候還沒什麼，用的是假的塑膠花束，結果等到運動會那天，所有人都換成了真花，表演到一半，孟嬰寧就覺得不太對勁。

之前沒過敏過，孟嬰寧也不知道這到底怎麼了，只覺得癢，想抓，跟被蚊子咬了似的。

她沒在意，就這麼表演完，又覺得有點疼，那種根本找不到哪裡癢，但確實存在的癢意讓她整個人說不出的難受。

孟嬰寧抱著花，準備去把鮮花隊的衣服換下來，身上癢，又冷，難受得一蹦一跳地走，結果剛跳沒兩步，看見陳妄。

少年穿著短袖，套了件黑色薄衝鋒衣外套，迎著她走過來。

秋季運動會，北方的天氣轉涼，又是清晨，鮮花隊隊服是短袖配小裙子，孟嬰寧一向怕冷。

陳妄邊走過來邊脫了衝鋒衣，看也沒看她，迎面走過來的瞬間兜頭把外套丟在她腦袋上。

孟嬰寧「哎」了一聲，抓著衣服掙扎著露出腦袋，把外套拽下來。

花束上方露出一張白裡透紅的小臉，表情很糾結地看著他，在猶豫是要接受道謝還是拒絕。

陳安怕她不穿，又自己把自己搞到感冒了，剛想走，視線一垂，腳步頓住。

「妳的臉怎麼了？」少年正值變聲期，聲音帶著點沙。

「唔？」孟嬰寧眨兩下眼，還沒來得及說話。

少年忽然彎下腰，整個人毫無預兆地湊近，皺著眉，表情很不耐煩地近距離盯著她。

孟嬰寧嚇了一跳，後退兩步，臉更紅了，下意識就想跑。

她都還沒動，眼珠子往旁邊一瞥陳安就知道她想幹什麼，眼疾手快一把抓住小女孩的手臂，往身前一拉，湊得更近。

清晨的運動會場地上，旁邊看臺上全是人，身邊還有運動員不時小跑著擦肩而過。

而少年英俊的臉近在咫尺，近得能看清他每一根睫毛。

少女羞恥得快要哭了，又羞，又有種莫名的心虛，力道很輕地掙扎，聲音跟蚊子似的急道：「你別抓我……」

陳安擰眉，看著她從下巴一直蔓延到脖頸上的小小紅點：「妳吃什麼了？」

孟嬰寧根本不知道他在說什麼，手裡的花束刮蹭著下巴。

陳安明白過來，一把搶過她手裡的花丟到牆角，又折回來扯著她往外走，一邊走一邊語氣很差地訓她：「自己過敏不知道？還敢參加什麼鮮花隊，妳的膽子倒是挺大的，漂亮就那麼重要？」

十幾歲的小少女，最聽不得的就是這樣的話，會覺得沒面子。

尤其是被喜歡的人這樣說。

孟嬰寧當即火了，拽著他的手往下拉：「你憑什麼扔我的花！你放開我！你這個討厭鬼！你帶我去哪！」

陳妟沒聽見似的，用外套把人一罩拎著大步出了運動場，語氣特別凶：「保健室，妳要是想直接進醫院就繼續，我不攔著。」

真的是從小討厭到大的一個人。

孟嬰寧低垂著頭，想起這男人小時候對她有多凶，忍不住撇撇嘴。

性格這個東西很難被改變，再給陳妟一百年，他也沒有辦法變得能跟她說兩句甜言蜜語。

鐵盤子裡的玫瑰一朵一朵層層疊疊地綻放，上面撒著的糖霜凝固以後又融化，黏在紅色的花瓣上，蔓延向下是一片焦糖色的黃，顏色一層一層過渡，細膩明亮。

甜香味濃郁，帶著撲鼻的熱氣，讓人忍不住食指大動。

孟嬰寧忍不住抬手，指尖輕輕碰了碰花瓣上頭撒著的糖霜，沒抬頭：「我又收不了花，也不是所有的求婚都要有玫瑰花。」

「別人都有妳怎麼不能有？這不就收到了嗎，」陳妟垂手，「我做得不好看？」

孟嬰寧指著最開始一排東倒西歪，花瓣都散了的幾朵：「還挺難看的呢。」

「不喜歡？」

「還行吧。」孟嬰寧裝模作樣地說。

陳妄不是很爽地「哦」了一聲，抬手就伸過去拿那朵：「那扔了。」

「欸！」孟嬰寧嚇了一跳，趕緊攔開他的手，急忙忙地抬起頭來，瞪他，「你不許碰我的花！」

陳妄往後靠了靠，倚在牆上笑：「不是不喜歡？」

「我說的是還行吧！」孟嬰寧有點炸毛，「還行你不知道是什麼意思嗎？再說你都送出去了，不喜歡也是我的！」

「行，妳的，」陳妄點點頭，「那嫁不嫁？」

孟嬰寧猶豫地看了他一陣子，忽而撇過眼去：「那……」

陳妄：「嗯？」

「……有沒有那個？」孟嬰寧說。

陳妄：「哪個。」

「就那個，」孟嬰寧紅著臉，吞吞吐吐地說，「那個……」

陳妄揚眉：「嗯？」

「……」孟嬰寧皺著眉，表情很複雜地看著他，有些一言難盡。

陳安垂頭，舔著嘴唇笑，她的表情太可愛了，笑得他肩膀一抖一抖的。

眼看著女孩又要發火，才抬起頭來，走過去，俯身扯過她的手。

指尖輕輕滑過柔軟的掌心，孟嬰寧手裡一涼，垂下眼。

細細的銀色小圈，上面一顆小小的鑽石，不大，但做工很精細，造型別致。

陳安伸手抵著她身後的餐桌邊，將她整個人虛虛圈在懷裡，垂眸，聲音低壓著：「本來想放在塔裡面，但我怕烤化了，萬一真烤壞了買不起第二個給妳。」

孟嬰寧被他逗得笑了起來，鼻尖發酸，眼眶有點濕潤。

陳安低下頭，額頭抵在她頭上：「鑽好像也小了點，妳先將就著，妳男人現在還有點窮。」

孟嬰寧的眼淚開始往下掉。

「房子我看好了，新建案，地段還行，旁邊有商圈，離市中心近，交通也方便，」陳安抬手，抹她眼角的淚，「妳哪天去看看，喜歡我們就定下了。」

孟嬰寧實在憋不住了，抬起頭一邊劈哩啪啦往下掉眼淚一邊問他：「多大啊……」

「好像四、五十坪吧，三室。」陳安說。

孟嬰寧頓了一下，然後哭得更大聲了，她咧著嘴仰著頭哭，邊哭邊口齒不清地說：「那要多少錢啊……你買那麼大的幹什麼，你不是窮嗎……我住現在這個也行啊……」

「……」陳安哭笑不得：「也沒這麼窮。」

孟嬰寧嚎啕大哭：「旁邊還有商圈，還離市中心近……你這不是挺有錢的嗎……」邊哭邊幫自己戴上戒指。

陳妄：「……」

孟嬰寧也覺得自己有些過於丟人了，別人家女孩子被喜歡的人求婚，雖然基本上都會含蓄地哭一下，感動得忍不住了，但還是會哭得特別美，眼眶紅紅，唇邊帶著幸福的笑意。

她確實也是感動得忍不住，哭得涕泗橫流，人都一抽一抽的。

等終於哭完，兩個人盤腿坐在沙發上，陳妄把蘋果玫瑰塔切出來幾個放在盤子裡，幫她放茶几上。

孟嬰寧看了好半天，一個也捨不得吃，最後小心翼翼地挑了一片眼看著就要掉了的蘋果片，慢吞吞地吃了。

一件正事說完，差不多要開始說第二件正事。

陳妄想了挺久也沒想出個結果來，最後還是決定實話實說。

他看著慢吞吞地揪著蘋果片吃的女孩，叫了她一聲：「寧寧。」

孟嬰寧抬起頭，眨著哭得有點腫的眼睛，嘴裡還叼著蘋果：「唔？」

「這幾天妳先回家住？回叔叔、阿姨那邊。」陳妄說。

孟嬰寧有些沒反應過來。

「我可能要走一趟。」陳妄說。

孟嬰寧垂手，抿了抿唇：「是關於之前那個……」

「嗯，」陳妄說，「可能要走幾天，去一趟岑北，也就幾天。這邊陸之州會看著，上下班他也會接送妳。」

孟嬰寧沒說話，眼神裡帶著一點不易察覺的抗拒。

她完全不想讓陳妄走，但這話不能說，她也不能表現出擔心什麼的，因為沒有別的辦法。

實在不是她撒撒嬌，或者任性一下就可以的事情。

客廳裡一時間沒人說話，有點壓抑的沉默。

半晌，孟嬰寧長長吐氣，鼓了一下嘴巴，語氣故意放得很輕鬆：「那你要快點回來，不然我就戴著你的戒指跟別的男人跑了。」

陳妄好半天沒說話，忽而側身，抬手將她抱到自己身上。

孟嬰寧跨坐在他身上，勾住他的脖頸，順從地貼上去，很纏綿地吻他。

喘息和微弱的水聲交織，空氣在升溫。

女孩細白的手指迷迷糊糊地伸過來，被男人扣住手背按住。

孟嬰寧軟在他身上抬起頭，淚眼朦朧地看著他小口喘氣，眼神有點茫然和不解。

陳妄親了親她的唇，按著她的手，掌心灼熱：「不許找別的男人。」

孟嬰寧的手指縮了縮。

男人呼吸滾燙，聲音低啞壓抑：「必須等我回來……」

陳妄第二天把孟嬰寧送到公司，轉頭去了刑警隊。

林賀然在辦公室裡，正跟陸之州說話，進入工作狀態的男人臉一板，有幾分肅殺氣勢，挺像那麼回事。

陳妄推開辦公室門，一進去，兩個人同時轉過頭。

陳妄在旁邊沙發上坐下，手往沙發扶手上一搭：「怎麼樣？」

「安排得差不多了，先提前幾天過去看看，就我們兩個，人不能多，湯城這孫子鼻子很靈。」林賀然說著，一頓，視線停在他手上。

林賀然挑眉：「你是問我這事怎麼樣，還是你這戒指啊？」

陸之州聞言扭過頭來。

陳妄的指尖扣著木製沙發扶手輕輕一敲，無名指上的戒指狂刷存在感，在陽光下折射出極度囂張的光，彰顯著主人此時此刻心中的得意和飛揚。

陸之州有點驚到了：「速度還挺快。」

陳妄略一勾唇：「怎麼，嫉妒？」

「這是已經登記完了？」陸之州問。

「還沒，」陳妄說，「等回來吧。」

「兄弟，別說了，」林賀然實在聽不下去了，「你他媽現在是能說這個的啊，你沒聽說過一句話嗎？『等我從戰場上回來就娶妳』，你知道這是什麼意思嗎？」

陸之州開始笑。

陳妄一頓，面無表情地看著他，表情像是在說「你已經死了」。

但這屋子裡的兩個人都是不怕他的，林賀然興致上來，忽然文思泉湧。

林賀然嚴肅地看著他：「妄哥，還是要早點登記，就別等回來了吧，你沒聽過那句話嗎？幹我們這行的哪有『等回來』這一說，新婚快樂快樂一天是一天。」

陸之州嘆了口氣，接話道：「夫妻恩愛恩愛一年賺一年。」

「橫批，」林賀然說，「有去無回。」

陳妄：「……」

什麼混帳兄弟。

走的那天陳妄沒跟孟嬰寧說，孟嬰寧也沒提這事，兩個人非常有默契地閉口不談。

陳妄早上把人送到公司，轉頭接了林賀然送到機場。

湯城老家在岑北的一個鄉下，地處江南，還沒作為旅遊景點被開發，經濟雖然不發達但環境很好。

越往南走體感溫度就越暖，南方的十一月和北方完全不同，空氣潮濕，涼得發黏。

下了飛機以後轉客運，三個小時後巴士停在一片荒涼的岑北公路路口，又滾著黑煙咕嚕嚕開走了。

沿著路口往裡走，進了縣以後的景色一點點發生變化，流水潺潺青山環岸，屋舍建築帶著水鄉特有的精緻古韻，和帝都老衚衕沉澱下來的厚重歷史感截然不同的寧靜悠然。

接連幾天陰雨連綿，泥土帶著潮濕的鹹腥味。

「這裡的人防備心都挺強的，不過混熟了知道你不是壞人也熱情，都打聽清楚了，湯城每年他哥忌日都會回來，往後山小吉坡那邊走，」林賀然學著當地人的口音說，「坐輪椅的一個小夥子，長得俊的囉。」

「明天能不能快點來，我等小城等得花都謝了，我想回去，」林賀然一手拿著電話，手裡捧著便當蹲在臨時租來的小平房裡，嘴裡叼著雙筷子，滿臉絕望的看著飯盒裡的醬燜茄子，「誰能告訴我為什麼他們這邊連醬燜茄子都是甜的？這邊有沒有不甜的東西？」

沒得到回應。

「我他媽這三天過的是什麼日子……」林賀然一邊嘆了口氣，一邊說，說著又扭頭看向窗外。天邊烏雲滾滾，雨卻遲遲不肯下。

林賀然記得三年前的那天也是差不多的天氣，那時他負責後方支援，等了很多天，最後只有陳妄一個人回來了，翻滾的驚雷裡男人渾身是傷和血，整個人已經分辨不出是誰，一雙眼睛裡是化不開的黑。

扛著兩個人，一個是已經奄奄一息只剩下最後一口氣的湯嚴，一個是血肉模糊的易陽。

雨很大，很多人哭了，陳妄卻沒什麼反應，表情甚至都沒變，平靜地繼續接下來要做的事，有條不紊地指揮部署。

一直到挺久之後，湯嚴被判了死刑，行刑前一天，兩個人坐在部隊操場上，陳妄躺在冰涼的水泥臺階上，忽然說：「對不起。」

林賀然愣了愣。

安靜很久之後，他又重複了一遍，聲音很靜：「我對不起你，也對不起他們。」

「我他媽本來以為我很厲害，沒有什麼不行的，結果其實我什麼都不是。」

林賀然本來以為自己不會哭的。

在他從小到大二十幾年的認知裡，始終覺得男人是不能哭的。

但在那一瞬間，他忽然覺得活著對於陳妄來說真他媽的累。

活著就必須承擔，活著就必須堅持，活著的那個就必須咬著牙品著所有走了的人留下來的苦，一遍又一遍地感受自己造成的無能為力，踏著漆黑一片的路告訴自己前面總會有光。

活著就必須適應罪惡感和孤獨。

那是林賀然第一次聽見陳妄說對不起，也是最後一次。

這事之後林賀然轉職，忙考試，又進了刑警隊，偶爾聽以前認識的熟人說陳妄最近又去了哪，領了多不要命的任務。

每次聽到這種事林賀然都很不耐煩：「他自己想找死誰能攔著？早死早超生。」

就算這樣，在知道陳妄退伍回來了以後，林賀然還是鬆了口氣，高興得一口氣吃了三碗鮮蝦魚板麵。

陳妄走了以後，孟嬰寧挺聽話地搬回家裡住，沒回自己家，而是提著個行李箱一頭鑽進孟父、孟母兩個人愛的小屋。

她沒拿太多東西，只帶了點衣服，日常的洗漱用品家裡都有，而且陳妄也說了，他只走幾天，很快回來。

老孟對於她回來這事特別高興，高興之餘還是忍不住懷疑，孟嬰寧回來當晚，拽著她往沙發上一坐，開始家庭會談：「說吧。」

「說什麼？」孟嬰寧無辜的看著他。

「坦白從寬抗拒從嚴，妳這次回來，還一住住這麼多天，是幹什麼的？目的是什麼？」老孟指著她，嚴肅地說，「我告訴妳啊孟嬰寧，妳不用討好我，妳爸我是軟硬不吃的，這麼多年了妳也知道……」

孟母在旁邊咬著柿子翻了個白眼。

結果第二天一早上班，孟嬰寧聽見門鈴聲，門一開，陸之州滿臉笑容的出現在門口的時候，老孟又愣住了，好半天沒反應過來，就這麼看著自家女兒被別的男人接走高高興興上班去了。

當天晚上孟嬰寧回來，又被叫到客廳開家庭會議，孟父一臉遲疑地看著她：「妳跟陳妄分了？」

孟嬰寧正在喝水，差點嗆到。

老孟試探性地繼續說：「現在是跟小陸在一起了？」

「不是，爸……」孟嬰寧還沒來得及說話。

「寧寧，」老孟語重心長地說，「我知道妳從小就特別聽爸爸的話，妳覺得爸爸不喜歡小陳，所以就跟小陸在一起了，是不是？」

孟嬰寧有些為難：「爸、爸爸……」

「雖然小陸這孩子，性子確實更好一點，從小就笑呵呵的也沒有什麼脾氣，但他們、你們，你們三個——」老孟嘆了口氣，「我們就算招人喜歡，也要專一，你們三人從小一起長大的，妳說說這事要是真的這麼辦，以後是不是有點尷尬啊？」

孟嬰寧：「……」

老孟摸摸鼻子，吞吞吐吐地繼續說：「再說，爸爸也沒說特別討厭陳妄……這小孩也挺好。」

「……」孟嬰寧想解釋的話瞬間又都憋回去了。

這事，沒想到還有奇效？

孟母實在聽不下去了，表情嫌棄地瞥了自己老公一眼，她手裡的桃子往果盤裡一扔，站起身，居高臨下地看著他：「孟靖松。」

老孟抬頭：「啊？」

孟母：「跟我回房間。」

「幹什麼啊，我正跟女兒開家庭會議呢。」老孟說。

「我發現你這人怎麼越老還越缺心眼呢？年輕的時候你只是不聰明，也沒發現你這麼蠢啊，」孟母不耐煩了，轉身往臥室裡走，「快點進來啊。」

老孟莫名其妙地摸了摸腦袋，跟著進屋了。

隔天又是個陰雨天，十一月冷風入骨，當地刑警大隊及武警內衛部隊防爆隊在岑北鄉周邊小吉坡趁夜祕密埋伏布下天羅地網。

一直等到第二天傍晚日暮將近，始終沒有一點動靜。

湯城沒出現。

林賀然有點急，因為怕打草驚蛇，黃建華的妻兒都是祕密接回來的，他手下的人現在表面上還在找，只要沒人洩露，湯城那邊應該並不知道他們掌握了他的去向。

但他卻沒來。

『林隊，這邊一切正常。』對講機那邊低弱聲音響起。

林賀然平靜道：「再等等。」

直到夜幕降臨，霧靄沉沉彌漫擴散，能見度見低，視線所及之處皆是一片朦朧。

滾輪壓著柔軟泥土，幾乎無聲無息地前行，濃霧之中一團深色人影漸漸靠近，隨著距離的縮短一點一點顯現出來。

男人穿著一件深褐色羊絨大衣，裡面黑色連帽T的帽兜頭蓋在腦袋上，低垂著頭，坐在輪椅上，緩慢地向前滑行。

『目標出現。』

林賀然沒說話。

『林隊？』那邊聲音壓得更低，叫了他一聲。

「再等等。」林賀然咬牙說。

輪椅上的人沿著河邊一路向前走，滑上斜坡，往後山的方向走。

林賀然緊緊盯著那一團朦朧的人影，手邊手機忽然震動一聲。

林賀然長舒一口氣，猛地往後一靠，抓起對講機：「搞他。」

夜晚的城市燈火輝煌，白日裡鱗次櫛比的高樓大廈被蒙上一層黑暗的影，辦公大樓大落地窗裡燈光明亮璀璨，充滿了冷冰冰的繁華。

車流如織，急速飛馳拉出絢爛光帶。

黑色轎車停在一棟高大的辦公大樓前，穿著橙色送餐員衣服的男人下了車，手裡提著兩杯飲料，站在辦公大樓門口停了停。

他仰起頭看著最上面打著明白色投燈的牌子，五個充滿設計感的白色大寫字母，組成了這家很有歷史的國內大牌時尚雜誌LOGO。

——SINGO。

男人勾起唇角，腳步輕快地進了辦公大樓，跟保全確認證件，走到電梯間按了向上的鍵。

他低垂著頭，耐心地等著電梯上來，一邊忍不住在想。

現在這個時間，千里之外的陳妄應該快要等到那個「湯城」了。

他觀察了三天，孟嬰寧暫時搬了家，每天送她上下班的人也換了。他查了機票和出行記錄，陳妄確實走了，而且他也有自信，陳妄一定會去。

黃建華的女人表面上在逃，但其實就算他們找到了消息也不會被放出來，他不會冒這個險，而如果他們足夠自負，就一定會去。

特別不巧，陳妄剛好就是個極度自負的人。

他必須親眼確認，親手抓著他，所有事情都親力親為，確保萬無一失才能放心得下，這件事情，關於湯城這個人的事情，陳妄不會交給任何人，也不會相信任何人。

就像他一樣。

陳安這個人，只能由他來，因為如果不這樣，那就毫無意義。

他的女人，還有他，都必須是他親手來。

電梯門打開，裡面沒人，這時剛好趕上月刊截稿期，編輯部晚上經常會加班。

湯城把手裡的飲料提起來看了一眼，清俊的臉露出很溫和的笑。

鮮芋奶茶，孟嬰寧經常點的飲料，他還加了點別的東西，不知道她這次會不會喜歡。

湯城舔了舔嘴唇，忽然非常、非常想打個電話給陳妄。

想告訴他自己現在在哪，然後聽聽他會是什麼樣的反應，想再一次感受他絕望的樣子。

或者傳個影片，讓他看看他喜歡的女孩，看那玫瑰花似的女孩是怎麼一點一點凋零。

但他不能，他必須確保萬無一失，在安全離開這棟辦公大樓之前，不能讓陳妄知道他在哪。

電梯上的數字一層一層往上跳，然後叮咚一聲，停下。

湯城放下手裡的飲料，帶著笑抬起頭。

電梯冰涼的金屬門上模糊地映出他自己的臉，然後緩緩打開，縫隙一寸一寸擴大，像拉開帷幕，門後的人清晰地出現在視野裡。

湯城臉上的表情僵住了。

陳妄站在電梯門口，視線淡淡往下一掃，看了他手裡的東西一眼：「只有飲料？」

他嘲諷地笑笑：「我還以為你會帶點酒，正打算下去買下酒菜。」

晚上的辦公大樓很靜，燈光是冷清清的白，電梯間空無一人。

男人的語氣聽起來懶洋洋的，精神卻處於高度集中的戒備狀態，渾身上下每一處肌肉線條都緊繃著。

漆黑的眼冷銳肅殺，像某種蓄勢待發的野獸，隨時都會一躍而起，撕裂獵物的喉嚨。

陳妄話音落下的一瞬間，湯城猛地把手裡的兩杯飲料朝著陳妄臉的方向甩出去，一把拍在電梯關門鍵上。

陳妄閃身躲開還滾燙的飲料，紙杯砰一聲砸在對面牆面上，淺褐色的液體嘩啦啦撒了滿牆滿地，裡面藕色芋泥和黑珍珠亂滾。

陳妄抬手擋住緩緩閉闔的電梯門，側身直接閃進電梯，餘光掃見湯城的手從口袋裡伸出來，手臂一抬，銀光一閃，對著電梯門的位置——

陳妄閃身一斜避開槍口，整個人如弩箭離弦般衝過來，一手卡住男人脖頸，成年男人的體重帶著巨大的慣性傾勢壓上來，砰一聲槍響，因為衝擊打偏射到門上，緊接著是肉體撞擊的悶聲，電梯猛地一晃，發出短促地吱嘎聲。

陳妄單手卡著男人的脖頸將人抵在牆上，另一隻手扣住手腕關節，四指發力往上一卸，輕微的嘎嘣一聲，精緻小巧的冰涼手槍掉在地上，被陳妄一腳踢到角落裡。

所有事情只發生在一瞬間，電梯上的樓層數字只往下跳了一層。

湯城的手腕無力地垂著，硬是咬牙沒出聲，疼得眼眶發紅，喉嚨被扣著，另一隻手鐵鉗一樣箍在他的手背上。

陳妄看著他笑了笑，手指一點一點收緊，往上抬了抬：「我說了，有什麼事直接找我，不然我就送你去下面跟你哥團聚，需要我再重複？」

湯城一個字都說不出來，清俊的臉因為缺氧而變得痛苦扭曲，眼珠和額角的青筋一蹦一蹦地跳著。

陳妄鬆了點力氣，另一隻手摸出一把手銬，扯著他的手腕喀嗒一聲扣在電梯扶手上，手一鬆，後退兩步。

新鮮空氣重新入肺，湯城跌坐在地上，一隻手臂吊起，另一隻手捂住自己的脖子，低弓著身，猛烈地咳嗽了起來。

陳妄面無表情垂著眼，居高臨下地看著他：「就這麼進去算便宜你了，」他扯了扯唇角，忽然道，「你比你哥廢物多了，他至少還能掙扎兩下。」

湯城被這一句話徹底引燃，他猛地抬起頭，眼珠布滿血絲，通紅恐怖：「你他媽閉嘴！」

「你為什麼在這！你為什麼會在這，你為什麼活著！你怎麼還沒死，」男人聲音嘶啞，臉上的溫和和從容蕩然無存，表情猙獰地狠狠盯著他：「你應該去死的，你的兄弟全死了，只有你活著，你不心虛嗎？」

湯城看著他，笑了起來：「陳妄，你告訴我，你晚上做不做夢？我有的時候都會做，我那時候其實很害怕，我那時候就是個廢物，我很害怕。」

湯城想了一下，很慢地繼續說：「我還記得幾個，有幾個印象特別深刻的，最小的是不是才十九歲？」

陳妄的唇角一點點垂下來。

「快結婚的那個撐得最久，」湯城愉悅地回憶，「我當時剛做了新貨，正好缺幾個人做個實驗，確認一下效果，」

「我也不知道自己當時為什麼會覺得害怕，現在想想真的是特別無趣，那麼大的量，什麼也問不出來，就只會說一句話，」湯城看著他說，「讓我殺了他。」

他沒說完，被一把抓住後頸，整張臉「砰」一聲，撞在電梯的金屬牆壁上。

安靜封閉的空間裡，鼻梁骨骨骼碎裂的聲音清晰可聞。

眼看著要到一樓了，陳妄回手取消，按了頂樓。

電梯重新升上去。

陳妄回頭，拽著人站起來，湯城踉蹌著被他拎起來，下一秒，男人拉著他的領口下拽提膝，結結實實地砸在肋骨上。

湯城甚至來不及做出任何身體反應。

陳妄幾乎沒停頓，對著柔軟的腹腔又是兩拳，體內陰暗的暴虐止不住的翻湧，壓抑的悲痛、愧疚、憎恨咆哮而出，每一個細胞不受控制地叫囂。

陳妄眼睛發紅，腦子裡全是黑的，一片死寂的漆黑裡，有人在叫他。

有誰伸出柔軟溫暖的小手，有點顫抖地包住了他的手指拉著，怯生生地扯了扯。

然後黑暗裡有一點輕微的聲音響起，從虛空的某一點為中心，空氣扭曲震動，深黑旋轉著出現了一點點光。

刺目的明白色光亮裡有什麼東西模糊地一點點在生長。

陳妄的動作頓住，他閉了閉眼，長長地呼出一口氣，拳頭一鬆直起身，提著人往旁邊一甩，丟垃圾似的扔到一邊。

湯城佝僂著身躺在地上蜷縮成一團，嗓子裡一片腥鹹，嘔出血沫，臉上鼻血和額頭眼眶溢出來的血糊成一片。

陳妄不再看他。

電梯停在頂樓，又緩緩向下，陳妄靠著電梯冰涼的扶手，仰起頭。

燈光鑲嵌在頂棚中間，明晃晃的，花白的光線下能隱約看到空氣中細小的塵埃漂浮，然後緩緩向下，最後落定。

孟嬰寧察覺到警笛聲的時候剛好要結束加班，辦公室裡沒什麼人了，隔著幾排格子那邊還有個設計師在唠噠唠噠點著滑鼠，露在格子外的腦袋瓜一晃一晃的。

很突兀的熱鬧起來了。

孟嬰寧站起身走到窗邊往下看了一眼，紅藍色的光在輝煌燈火裡閃爍，小設計師也從格子裡探出頭，往外看：「怎麼了？」

「不知道。」孟嬰寧說。

「我靠，什麼情況啊，」小設計站了起來，就要往外走，「去看看嗎？」

「別了，」孟嬰寧一把拉住她，「不知道是怎麼回事，而且這麼多員警，看起來還挺嚴重的，下去萬一被捲進去了，還給人添亂。」

小設計「啊」了一聲：「也是。」

孟嬰寧走到辦公室門口，唰地拉上兩扇玻璃門，走到門邊電子鎖前，落鎖。

因為陳妄的原因，她現在對這些事情非常敏感。

空曠的辦公室裡兩個女孩子湊在一起，坐在中間那一排。

安靜了一陣子，小設計師遲疑地說：「那我們就在這裡等著嗎？我們什麼時候能回家啊？」

孟嬰寧抿了抿唇：「我去打個電話給保全室吧，問問到底怎麼了。」

小設計師點點頭：「好吧，其實我也只是說說，現在也不敢下去，」她揉了揉眼眶，小聲嘟囔，「辛勤工作也有錯了，早知道我今天早點回家，明天早點來弄。」

孟嬰寧笑了笑，找到保全室的電話打過去。

打了一遍，沒人接，孟嬰寧放下電話，抬起頭來，側頭看了辦公室門的方向一眼。

走廊裡面燈已經關了，唯一的光源是編輯部辦公室裡的燈光，穿過玻璃門窗透到外面，照亮近處幾公尺，再遠的地方光線夠不到。

光的盡頭有人影靠近，腳步落在厚重的地毯上，無聲無息。

孟嬰寧唰地站起身，頭皮發緊，有些緊張地咬了咬嘴唇，視線死死地盯著那道人影。

那人一步步靠近，穿過了明暗交界處，從腿開始向上，整個人一點一點暴露在視野之中。

長腿筆直，肩背挺闊，下顎線條棱角分明，薄唇挺鼻，五官深刻淩厲。

孟嬰寧呼吸一屏，心臟猛地一跳，而後砰砰砰清晰起來，平緩有力。

她嘩啦一下推開椅子，跑到門口按開了玻璃門鎖，拽著把手拉開門。

小設計師在背後喊她：「欸，妳幹什麼！」

孟嬰寧顧不上那麼多，不管不顧地往外跑。

陳妄從黑暗中走進光裡，他停下腳步，看著眼前小小的光團搖搖晃晃地小跑著朝他的方向，帶著溫暖的亮，一點一點的向他靠近。

然後光芒籠罩下來。

光撲進他懷裡。

陳妄張開雙臂，俯下身一把抱住她。

孟嬰寧兩隻手臂緊緊地抱著他的腰，腦袋埋著，鼻尖蹭了蹭他的外套，好久好久，才抬起頭來：「你回來啦。」

陳妄「嗯」了一聲，聲音很沉：「我回來了。」

「你還走嗎？」孟嬰寧問。

「不走了。」陳妄說。

她沒問樓下的事和他有什麼關係，陳妄也沒直說。

但他說他不走了。

他們之間現在什麼阻礙都沒有了。

就像是以前的那些心有靈犀的暗號，那些道歉和原諒的小祕密，很多事情，很多話陳妄都不會直接跟她說，但是孟嬰寧總覺得自己其實是知道的。

孟嬰寧在這一瞬間覺得，之前她總是堅持想要聽到的，固執地覺得一定要他親口說出來才能帶給她的安全感，那種莫名其妙的執著，好像忽然之間變得沒什麼意義。

她以前覺得自己的運氣特別不好，喜歡上了一個脾氣很差又不會說話的臭男人，總惹她哭，又不會哄人，還不體貼，跟別人家的男朋友都不一樣。

但他會為了她去做自己完全不愛做的事，會去學這輩子本來永遠都不會碰的甜點，會竭盡所能地想讓她不要生氣，會烤滿滿一盤玫瑰，想要給她一點點浪漫。

他說不出我愛妳，卻跟她說別人被求婚都能有花，妳怎麼不能有。

不是只有說出來的才叫愛。

「算了。」孟嬰寧埋在他懷裡，很小聲地嘟囔，「你這輩子也就這樣了。」

她的聲音特別輕，陳妄沒聽清楚，脖頸低了低，湊近了一些：「嗯？」

「沒什麼，」孟嬰寧抬起頭，仰著腦袋不滿地看著他：「你之前跟我說你兩天就回來，這都五天了！五天了！」

「我說的是幾天。」陳妄糾正她。

「你這個幾天還挺短的，」孟嬰寧點點頭，說，「再過兩天湊一個禮拜吧，我就能和別的男人度蜜月去了。」

陳妄笑了一聲，扯過她的手，摸著細細的手指上溫涼的一小圈：「這麼急著嫁啊。」

孟嬰寧的臉有點紅，但視線也不躲，很認真地說：「很急的，每天都覺得你第二天該回來了吧，第二天又想著這男人萬一跑了怎麼辦。」

孟嬰寧頓了頓，美滋滋地說：「不過想想又覺得好像不虧，騙了個戒指呢。」

她說得一臉認真的樣子，陳妄忍不住勾起唇角，抬手敲了一下她的腦袋：「妳是不是傻子。」

孟嬰寧瞪他。

「我跑哪裡去啊，這不是回來了？」他脖頸低了低，親一下她的耳朵，在她耳邊語速很慢，很清晰地說，「放心，回來娶妳了。」

第二十八章　上路

孟嬰寧回去關了電腦收拾東西，穿上外套拿包，跟著陳妟下去，小設計師和他們一起。

走到門口的時候，小設計師忍不住看了旁邊的人一眼。

視線水平瞄過去，看到的是手臂，脖子一仰，才能看見下巴。

小設計師忍不住，在後面拽了拽孟嬰寧的袖子。

孟嬰寧側了側頭，看過去：「怎麼啦？」

「這是妳男朋友還是妳哥？」小設計師問。

「……」孟嬰寧看了走在前面的男人一眼，指指自己：「我們長得很像？」

「不像，」小設計搖了搖頭，「但是從來沒聽過妳有男朋友啊，之前十四樓的那個什麼科技的總監不是還追妳嗎，那個時候我還以為你們會成呢，那總監長得也挺帥的。」

小設計師突然興奮：「妳竟然有男朋友！」

孟嬰寧回憶了一下，好像是有這麼回事：「那個時候我們還沒在一起。」

「這波不虧，朋友，」小設計師拍了拍她的肩膀，「其實我也覺得那個總監有點配不上妳，妳這男朋友比那總監帥，看起來男人多了。」

孟嬰寧沒說話，心裡美滋滋地想那當然啦。

「妳男朋友有多高啊？」小設計師又特別小聲地問，「我哥一八七，感覺都沒他這麼——」

女生一頓，手臂往上舉起來，在空中比劃了一下：「Tall。」

孟嬰寧愣了愣：「我不知道。」

小設計師嘆了口氣，看著她：「妳連這個都不知道嗎？」

「我沒問過呀，」孟嬰寧眨眨眼，「反正挺高的吧，他從小就長得高。」

小設計師一拍大腿，壓低聲音激動地說：「還是青梅竹馬！」

孟嬰寧有點不好意思，又莫名地覺得跟人聊起陳妄，聽別人把他們放在一起說還挺開心的。

她也跟著壓低聲音，一邊往外走一邊頭湊過去低聲說：「但妳說話為什麼這麼小聲？」

「我不知道，」小設計師的聲音更小了，「我不敢太大聲，總覺得在妳男朋友面前就跟小學生上課看著老師似的，說話太大聲會被罵。」

孟嬰寧忍不住，直接笑出聲來。

兩個女孩子在後面嘀嘀咕咕一直到出了門，林賀然不在，門口負責總指揮的是上次幫孟嬰寧包紮的那個女刑警，正站在救護車旁邊說話。

一看見陳妄出來，女刑警頓時就像噴火龍附體，一臉怒容地走過來。

孟嬰寧總覺得她腦袋上的火都能具像化冒出來了。

邊冒火變罵：「陳妄我發現你這人三天不搞點事就渾身難受是不是？我們當時是怎麼商量的？拷上就行了，你是不是答應我不動手了？我發現你這人怎麼跟林賀然同個德行，你們隊出來的人都把說話當放屁？」

毫不留情，氣勢非常強，帶著鋪天蓋地的大佬之氣。

陳妄很平靜地說：「本來沒有想的。」

「本來沒有想，就是忽然福至心靈來了靈感了想揍他一頓？」女刑警說，「你揍一頓就揍，注意點分寸行吧？自己心裡沒點數嗎？」

「他持槍，」陳妄面無表情地說，「我是正當防衛。」

「……」呸。

陳妄在旁邊跟人說話，這邊小陳跑過來，送小設計師出去，孟嬰寧蹲在臺階上撐著腦袋遠遠看著。

陳妄站在警車旁邊，低垂著眼聽著旁邊的人說話，藍紅閃爍著的燈光下男人側臉的輪廓看起來很深邃，五官很冷而沉。

就算是不說話，沒什麼表情很平常的站在那裡，整個人給人的感覺也有點凶。

她手托著臉，就這麼看了一陣子，陳妄轉過身來。

視線對上，孟嬰寧朝他很快地眨兩下眼，眨完還有點不好意思。

天很黑，光線閃爍，兩個人距離又遠，孟嬰寧覺得自己的小動作陳妄可能看不見，就若無其事地準備站起來。

結果蹲太久，腿麻了。

孟嬰寧尷尬地蹲在那，等著陳妄走過來。

男人走到她面前，居高臨下地看著她：「蹲那幹什麼？」

「我腿麻了。」孟嬰寧一臉痛苦的仰著腦袋，一隻手扶在腳踝上，另一隻手朝他伸過去。

陳妄垂眼：「撒什麼嬌。」

「……」孟嬰寧瞪了他好幾秒，翻了個大白眼，就要把手收回去。

陳妄笑了一聲，在她垂下去之前拽住她的手腕，拉著人站起來。

「欸，欸欸欸！」孟嬰寧呲牙咧嘴，「慢點！你慢點！我緩緩。」

陳妄扶著她，耐著性子站在旁邊。

等了一下子，孟嬰寧原地跳了一下，又跺了跺腳。

「好了？」

孟嬰寧點點頭：「好了。」

陳妄轉身就走：「好了就走。」

孟嬰寧小跑兩步跟上去，側了側頭：「我們去哪啊？」

陳妄腳步沒停：「回家。」

「我餓了，」孟嬰寧說，「我還沒吃飯。」

「回家吃。」

孟嬰寧腳步一頓：「回哪個家呀？」

陳妄垂頭，有點漫不經心的樣子：「嗯？」

孟嬰寧又眨眨眼，明亮的黑眼睛含著笑，眼角彎彎地看著他：「我怎麼感覺你有點急啊？還很心不在焉。」

陳妄看了她一下。

「有點，」他忽然俯身，平直看著她說：「急著回家跟妳成個婚。」

他說完，安靜幾秒，然後欣賞一下效果。

女孩愣了幾秒才反應過來他的意思，眼睛睜得大大的看著他。

害羞，有點無措，偏偏還要強裝鎮定，軟軟的臉、薄眼皮、白皙耳朵尖全紅了。

像顆成熟了的小果子，掛在樹枝上，他一伸手，就能摘下來。

陳妄直起身，忽然覺得有些餓。

孟嬰寧迅速地別開眼，紅著臉清了清嗓子，看著旁邊說：「今天不行。」

「怎麼不行？」陳妄低問。

孟嬰寧低垂著眼，聲音聽著悶悶的：「我要回家，我沒跟我爸媽說今天不回去，行李也都在那，我爸會生氣的。」

孟嬰寧有點不滿地小聲嘟囔：「誰讓你不早說……」

陳安：「……」

聽語氣還挺失落。

女孩真的是什麼都不怕。

孟嬰寧打了個電話給孟母說晚點回去，兩個人去吃了飯，陳安送她回家。

到了家門口，車鎖打開輕微一聲響，孟嬰寧底下頭解安全帶，陳安側過頭來看著她。

車裡開了燈，昏黃的，女孩低垂著腦袋，看得出來這兩天孟母把她餵得挺好，臉圓了，看起來軟軟的，比以前尖細的時候多了點可愛。

陳安皺了下眉，反思在家裡的時候自己是不是沒把這女孩餵飽。

以後要學著做點好吃的？

才剛開了個頭開始想，那邊孟嬰寧解開安全帶，然後猛地撲過來。

陳安一時間有些錯愕，思緒還沒來得及晃回來，下意識抬起手抱住她。

孟嬰寧整個人從副駕駛座竄出來，跪在駕駛座邊緣坐在他腿上，壓上去親他。

女孩子柔軟的胸脯靠上來，帶著甜香味，陳安抬手，按著她的背，往自己身上壓了壓。

確實餵胖了，還胖挺多。

陳安又開始餓了。

孟嬰寧腦子裡沒那麼多花花綠綠有的沒的，男人和女人在這方面的想法區別還是挺大的，她只是單純的想親親他。

想親親他，想抱著他，想蹭在他懷裡聞聞熟悉的味道。

親得差不多，孟嬰寧心滿意足地抬起頭，又輕輕啄一下他的唇，聲音甜膩膩的：「我上去啦。」

男人沒說話，黑眼沉沉看著她，一聲不吭沉默地抵著她的肩把人推到方向盤上，抬手關了車裡的燈。

羞恥、緊張、不知所措。

偏偏這個人還一直在跟她說話……

「晚上吃飽了沒？」

「……」

「我沒飽。」

「……」

「想吃點軟的。」

孟嬰寧的眼睛都紅了，抵著他的腦門費了好大的力氣把他的腦袋推開，吸了吸鼻子，很匆忙的拉起衣領。

「你能不能注意一下場合！」軟趴趴地發火生氣，聽起來快氣哭了，「會被看到的！」

陳妄抬起頭來，靠回椅背裡：「從外面看不到的。」

「那也——那也！」孟嬰寧氣得結巴了半天也說不出來，最後發火了：「還在車裡呢！這是車裡！我要回家的！我怎麼回家！你這人怎麼這樣呀！」

畢竟是在車裡，陳妄也不會真的怎麼樣，心滿意足不惹她了，抬手幫她整理衣服，規規矩矩地扣好釦子，翻好領子，拍了拍她的腦袋：「好了，擋住了，什麼都看不出來。」

說著視線又掃下去：「吃什麼長大的，軟成這樣，肉還能往該長得地方長。」

孟嬰寧怕被人看見，捂著臉崩潰道：「你別說了！」

陳妄笑了起來：「上去吧，明天來接妳。」

孟嬰寧一句話都不想跟他說，逃似的爬下來坐回副駕駛座，拽著外套拉開車門飛快竄下車。

陳妄把車窗降下來，看著她小跑著往前跑了兩步。

腳步一頓，又折回來。

孟嬰寧越想越覺得實在是有點氣不過，跑回來以後站在車邊，紅著臉氣呼呼地瞪著他。

陳妄還沒來得及說話，孟嬰寧突然伸出手來，探進車窗裡。

軟乎乎的小手一巴掌拍在他鼻梁上，聲音氣急敗壞地：「變態！」

孟嬰寧第二天上班的時候聽見辦公室裡有人說起昨天的事情，說一個殺人犯逃近來，被員警堵在大樓裡，還有一個團的手下，最後經過一個晚上火拚終於將壞人緝拿歸案，場面叮叮咣咣異常混亂火爆。

也有人說是被警察動之以情曉之以理，站在天臺聊了兩個小時人生，最後嘴遁無敵心靈雞湯戰勝了惡勢力，壞人被滿滿兩個小時的雞湯餵得涕泗橫流主動自首。

反正都是辦公室茶水間的八卦，聽聽就過了，畢竟都是些聽起來離自己的生活很遠的事情。

孟嬰寧週六搬回了陳妄的小破房子裡，陳妄一大早就來接她，到她家樓下的時候孟嬰寧甚至還沒睡醒。

等她終於睡夠了爬起來打開房門出了臥室，看見陳妄和孟靖松正坐在陽光房小茶桌前曬著太陽喝著茶。

天氣漸冷，陽光很薄，屋裡的暖氣開得很強，孟嬰寧墊著腳伸著脖子往外瞅，看看這邊的孟靖松，又看看陳妄。

陳妄今天非常罕見地穿了件白毛衣，在清冷的日光下比起往常多了點柔軟，兩個人不知道說起什麼，男人神情閒散，唇畔一彎，眉眼低垂，有些溫柔。

看得孟嬰寧想要跑過去親他。

但她的表現關係到陳妄什麼時候能進門，所以她只是很矜持地站在原地打了個招呼，然後說了句早。

她不緊不慢地洗漱沖澡，出來以後不慌不忙吃了個早飯，最後還在沙發上吃了一小碗葡萄，完全沒表現出任何急迫，直到再拖下去都要吃午飯了，孟嬰寧才拖著行李箱和陳妄走了。

車子一路開到老城區。

圍牆大院和衚衕巷口，街口兩家粥鋪和早餐鋪子關著門，抹著水泥的深紅磚牆上光禿禿的，不見爬山虎的蹤影。

帝都的冬天乾冷，風很硬，孟嬰寧打開車門，縮著肩膀哆嗦一下，下了車，跟著陳妄往前走。

吱嘎一聲，老舊的大鐵門被推開。

院子裡的一切都很熟悉，石板床、小涼亭，栽在正中間的蒼天大樹光禿禿的樹杈盤桓著切開蒼白日暮。

孟嬰寧很多年沒回來過了，站在門口良久沒動，視線落在樹下的石板床上，有些空。

恍惚間好像看到一個矮矮小小的小女孩，綁著馬尾坐在涼席上晃著腿，咧著嘴對著不遠處的黑衣少年笑，黑眼睛亮亮的看著他。

孟嬰寧怔怔地扭過頭，下意識看向身邊的人。

陳妄扯過她的手，寬厚溫暖的手掌包住，握著她的小手捏了捏。

孟嬰寧掙扎著伸出幾根指頭，有點吃力地回握住。

房門還是老式的那種鐵皮門，拉著一層防盜網，陳妄站在門口拿出鑰匙，頓了頓，又重新塞回口袋。

他抬手敲兩下門。

沒多久，裡面的門被打開，陳德潤拿著毛巾一邊擦手一邊開了門。抬起頭來看到人的一瞬間，男人的表情很明顯的有些恍神。

好半天，老陳平靜開口：「回來啦。」

陳妄也是一頓：「嗯。」

陳妄和陳想其實都長得跟媽媽更像一點，尤其是高山根深眼窩，但氣質和眉眼間的神態上，陳妄和老陳幾乎一模一樣。

孟嬰寧小時候有點怕這個叔叔，總覺得他看起來很凶，從來都不笑，也不愛說話，再加上工作忙，見得也很少。

小嬰寧曾經問過陳妄他的爸爸、媽媽，小孩不懂事，說話直接又沒遮攔，什麼能問什麼不能問的那條線並不能找得那麼準。

少年當時沒發火沒生氣，表情是一如既往的陰沉。

但小嬰寧很敏感的覺得，他有點不開心。

從那以後再也沒提過這方面的話題。

孟嬰寧和陳妄留下吃了個午飯，老陳掌勺，陳妄幫著打打下手，近二十年過去，現在男人煮出來的東西很像那麼回事，滿滿當當地擺了一桌子。

再也沒有出現過韭菜燉牛尾湯這種東西。

父子倆都是不愛說話的人，氣氛全靠孟嬰寧調動，幾乎沉默的一頓飯吃完，孟嬰寧覺得自己快累死了。

飯後，陳妄去洗碗，孟嬰寧和老陳並排坐在客廳的窄沙發上。

萬籟俱寂，落針可聞。

孟嬰寧緊張得手指有點抖，鬆了鬆，又蜷在一起。

很長時間以後，老陳才開口，聲音很輕：「陳妄這孩子，我這麼多年一直覺得讓他跟著我其實也委屈，從小就是一個人，我沒時間，也……不知道該怎麼帶他。」

「我不太會說話，跟自己兒子更不會，包括現在也是，」老陳摸了摸鼻子，似乎有些不好意思，「我很久沒跟人說話了。」

孟嬰寧聽了有點鬱悶，她不動聲色抿了抿唇，抬起頭來：「沒事，陳妄也不會說話，他說話特別氣人，我每天都要因為這個跟他吵架，」她笑起來，漂亮清澈的大眼睛彎彎的，「以後我和陳安多過來看您，讓他跟您多聊聊天，練練就好了。」

陳德潤看著她，忽然有些感慨。

陳妄跟他很像，性格上，各個方面都一樣，又不太一樣，能碰見這樣的女孩子，是福氣。

「叔叔謝謝你能一直陪著他。」

吃完飯在回去的車上，陳妄很自然地跟孟嬰寧聊起了家裡的事情。

想跟這男人聊天是很困難的事情，而且往常是孟嬰寧先開口，他主動挑起話題還挺難得。

「我搬過去那年我父母離婚了，」陳妄平靜地說，「我爸和我媽性格不太合，我媽是那種很浪漫的人，舞蹈老師。」

孟嬰寧點點頭：「喜歡那種花前月下。」

「我爸妳也看到了。」陳妄繼續說。

孟嬰寧再點頭：「和花前月下這種詞完全沾不上邊。」

「性格不合，三觀什麼的也搭不到一起。」

「我媽嫁給我爸的時候可能腦子抽了，反正從我記事以來就沒看她高興過，感覺她從來沒喜歡過我爸，婚姻讓她覺得特別折磨——跟我爸這種人的婚姻，我八、九歲那時他們每天吵架，我媽要離婚，我爸不想。」

陳安頓了頓，語氣平緩：「鬧了幾年，我爸放手了。」

孟嬰寧咬了咬嘴唇，看著他，有點不知道說什麼好。

安靜了一下，孟嬰寧鬼使神差地說：「沒事，我不喜歡花前月下，我就喜歡悶的。」

「……」

陳安笑了起來。

孟嬰寧鼓著腮幫子看著他：「你別笑呀，我很認真的。」

孟嬰寧一本正經地看著他：「我就喜歡你這樣的，我這人的審美很奇葩的，那種特別會說的天天油嘴滑舌的我還不喜歡呢，太肉麻了。」

車子停下來，陳安熄了火，拔下鑰匙，扭頭，看著她：「下車。」

孟嬰寧：？

孟嬰寧扭頭，往外看了一眼。

戶政事務所。

孟嬰寧：？？？

陳妄已經下車了，孟嬰寧哆哆嗦嗦地解開安全帶爬下車，有點結巴了：「今今今天嗎……這麼突然的嗎？不準備準備……」

她話都沒說完，陳妄扯著她的手把她拉進去：「萬一妳哪天又喜歡花前月下了怎麼辦，以防夜長夢多。」

登記結婚的過程挺簡單的，排隊登記，上樓拍照，拿了證書以後哢嚓一個章敲下去。

孟嬰寧都不知道陳妄是什麼時候拿到她的戶口名簿的。

工作人員雙手把證書遞過來，微笑著說：「祝您新婚快樂，百年好合。」

大概是因為已經緊張過頭了，孟嬰寧反倒不緊張了，就是有點飄。

孟嬰寧幾乎同手同腳地出了戶政事務所，上了車。

一直到家門口。

一直到上了樓。

一直到進家門。

女孩手裡捏著證書，反反覆覆地看，她看著拍的照片，人還有些恍惚。

照片裡的是橫跨過她青春時代的少年。

是闖進她漫長餘生裡的男人。

是唯一一個讓她想要共度未來，創造以後的人。

從此他們的生命將緊密交纏，他們成了彼此最親密的存在，無論順境亦或是逆境，無論富裕還是貧窮。

「陳妄，」孟嬰寧坐在沙發裡，夢遊似的說，「我們是夫妻了嗎？」

陳妄脫掉身上的大衣外套，沒說話。

「以後我們死了，是不是就要埋在一起了？」孟嬰寧腦迴路很清奇的繼續問道。

陳妄還是沒出聲，抬手摘掉手上的手錶，丟在茶几上。

孟嬰寧根本沒注意他在幹什麼，忽然自顧自地沮喪了起來：「陳妄，我以後都不能花前月下了。」

「我現在是人妻了，我再也不是少女了，我才二十四歲，我甚至還沒過生日就已經邁進婚姻的墳墓了。」

孟嬰寧頓了頓，絕望道：「我甚至還沒跟我爸說！我爸會殺了我的！」

陳妄走過去，把她從沙發上扛起來，往臥室裡走。

抬腳踹開臥室的門，把人丟在床上。

俯身，從她手裡抽出證書，往床頭一擺，然後手伸回來，握著她的腳踝，往前一折。

「來。」陳妄言簡意賅。

孟嬰寧還沒從這一連串流暢的操作中反應過來，回過神的時候手裡的證書已經沒了，人平躺在被子上，一臉茫然地被擺弄：「啊？」

「有駕照了，」陳妄垂下頭，咬了咬她的耳朵，低聲說，「上路。」

孟嬰寧一直挺少女的，上學時還特別愛看言情小說，比如《霸道總裁強制愛》、《邪魅皇帝俏皇妃》什麼的，對這方面的戲份印象還挺深刻。

因為這種戲，都是要做足一章三千字的，讓人想印象不深刻都難。

並且女主角都會非常痛苦，像那種古言小說和霸道總裁文裡，血都是要流滿床單的。

看起來非常可怕，讓人一度覺得後面這女主角要被抬到醫院去輸血。

所以，十五分鐘後，孟嬰寧長長的吐了口氣。

心裡是真的一鬆，眼淚汪汪地：「這就完了對嗎？」

陳妄：「……」

孟嬰寧感覺男人瞬間就不對了。

孟嬰寧敏銳地察覺到危險的來臨。

「不是，我的意思是說，還，挺久的，」孟嬰寧趕緊說，把被子往上一拉，整個人鑽進去滾了一圈，把自己嚴嚴實實纏上，「你先洗澡嗎？」

陳妄起身。

窗簾遮住大半日光，臥室裡人影朦朧，孟嬰寧倒吸一口氣，紅著臉閉上眼，腦袋一縮，把眼睛也藏在被子裡了。

黑暗裡敏銳地聽見了包裝被撕開的聲音，然後有人拽著被子把她從裡面一層層剝出來。

男人的聲音沙啞壓抑，聽起來好像非常，非常非常的不爽：「沒完。」

「我現在就是後悔，非常後悔，我就不該說話，說好的十五分鐘呢，」晚上九點，孟嬰寧啞著嗓子抽抽噎噎地縮在被子裡抹眼淚，聲音悶悶的，「我要離婚，我現在太煩你了，我天天過得都是什麼日子。」

陳妄端了杯水走過來，遞給她。

孟嬰寧的腦袋往裡一縮，可憐地吸著鼻子：「拿走，英雄不飲嗟來之水。」

陳妄把水杯放在床頭，慢悠悠地說：「嗓子都喊啞了。」

「……」孟嬰寧一把掀開被子，指著他憤憤道：「所以這就是你一定要先拉著我登記的原因？我要是知道你這樣我才不會這麼早就嫁給你！你要是多買兩盒那東西是不是今天晚上不打算睡了？」

「是。」陳妄很愉快的承認了。

「……」孟嬰寧喃喃道：「我完了，我這樣下去要英年早逝了。」

陳妄站在床邊，垂眼看著她，平靜地說：「孟嬰寧，在妳之前，我沒有過女人。」

孟嬰寧愣了愣。

快三十歲的人了……

那好像還挺可憐的。

孟嬰寧有那麼點莫名其妙的憐憫：「啊……」

「所以，理解一下，」陳妄重新把水杯拿起來，遞過去，「先喝口水。」

「……」

就像是某個開關被開啟，週末兩天裡，孟嬰寧從床上被拖到了沙發，又從沙發換到了浴室、廚房，最後忍無可忍，一巴掌拍到陳妄臉上。

「我以前以為你是個正人君子，陳妄，我本來以為你是正經的人，」孟嬰寧有點恍惚地說，「我勾引過你那麼多次，那麼那麼多次，你看都沒看我一眼……」

「是嗎？」陳妄心不在焉地說。

「是的，」孟嬰寧很認真地點點頭，「你還說我，你不知道，我當時哭特別久。」

陳妄動作一頓。

「知道。」好半天，他低聲說。

他當時看著她跌跌撞撞地跑出去，漫無目的走了很長一段路，然後蹲在地上聲嘶力竭地哭。哭了很久，她撿起包和外套爬起來，走到旁邊小推車那買了一個雞排給自己，然後邊吃邊哭。大顆的眼淚啪嗒啪嗒掉在地上。

陳妄當時忽然不知道自己在幹什麼。

很多年前他就想，這麼一個嬌氣的小女孩，稍微凶兩句都能哭好久，以後長大了談個戀愛萬一被欺負了，傷心了怎麼辦，到時候又要跑過來找他哭。

為了不讓她那麼吵，他就勉為其難地護著她一下，把學校裡那些想要追她的小屁孩都攆走就行了。

陳妄從來沒想過有一天，孟嬰寧會因為他哭，甚至其實她的每一次傷心都是因為他。

客廳光線柔和，女孩懶洋洋地趴在他腿上打了個哈欠，腦袋一歪，埋進他懷裡。

陳妄動了動。

孟嬰寧這兩天是真的怕了，睡意席捲，她皺著小臉抱住他的腰：「陳妄，你知不知道什麼叫節制，我想睡覺。」

「嗯，」陳妄抬手，拍了拍她的腦袋，「睡吧。」

孟嬰寧入睡一直很快，沒多久她就睡著了。

女孩子皺著鼻子翻了個身，平躺著枕在他腿上，嘴巴微張著，呼吸平緩，睡得很熟。

睡夢裡有誰抱著她，手指乾燥溫熱，唇瓣柔軟，很輕地碰了碰她的眼睛。

聲音朦朦朧朧地穿透了漫長無邊的夢境，模糊又低沉地在耳邊很輕地響起。

「不會再讓妳哭了。」

登記結婚這件事孟嬰寧不敢直接跟孟靖松說，陳妄這一套操作走得過於乾脆俐落，見完家長直奔戶政事務所，拍照蓋章的時候她自己都是茫然的，登記得毫無預兆，婚結得猝不及防，完成以後好久都還沒反應過來發生了什麼。

老孟接受起來應該也還是需要那麼一點點的鋪墊。

禮拜五晚上孟嬰寧例行回家吃飯，飯前，孟家又開始了家庭會議。

之前在家裡住幾天下來，孟嬰寧也發現孟父現在到底是什麼神奇的腦迴路，反正她只要說陳妄好，孟父就不高興。

然而在他以為陳妄和孟嬰寧吵架準備分手的時候，孟父還是忍不住替陳妄說幾句好話。

所以說男人真的是個讓人完全沒辦法理解的神奇物種。

孟嬰寧另闢蹊徑，用盡畢生文采全方面地把陳妄這個人從頭到腳批評了一遍，反正渾身上下沒一處好的，最後總結：「我受不了了，我要跟他分手，我想跟別的男人結婚。」

孟父驚疑：「跟誰？」

「不知道，隨便吧，反正除了陳妄我現在誰都想嫁，」孟嬰寧沒好氣地說，「我明天就去街上拽個男人登記。」

孟父點點頭，提議道：「那我看不如小陸吧，你們最近走得不是也挺近的嗎？怎麼樣也比街上隨便拽一個強。」

孟嬰寧：「……」

孟父樂呵呵地看著她，語氣很傲慢且不屑：「妳爸五十的人了，真當妳爸傻啊？」

孟嬰寧撇撇嘴，滿身鬥志瞬間消失殆盡，無精打采地栽進沙發裡。

「怎麼了？」孟父看了她一眼，「這就想結婚了？你們才在一起幾天呢？」

「我們認識十幾年了！我從這麼大——」孟嬰寧往茶几上頭高出一點的地方比劃了一下，「就認識他了！」

「你們也十年沒見了！」孟父抬手敲她頭，嚴肅道，「談戀愛的時候是你們年輕人的事，我們長輩也不好管，妳現在要結婚就不是妳一個人能決定的，婚是說結就結的？正式上門說過了嗎？雙方家長見過了嗎？」

孟嬰寧捂著腦袋：「爸你怎麼思想這麼古板，現在我們年輕人結婚只是兩個人的事呢。」

「像點話吧，挺大的人了別跟小孩似的，」孟父又拍一下她的腦袋，「我問妳，陳叔叔那邊陳妄帶妳見過了？」

孟嬰寧想說哪能沒見過呢，我都登記了。

抿了抿嘴，還是沒直說：「小時候不是也都見過了……」

「那能一樣嗎？」孟父冷哼了一聲：「見都還沒帶妳見過就想著怎麼嫁給人家了？人家願不願意娶妳呢。」

孟嬰寧連忙說：「他跟我求婚了！婚房其實已經看好了，」孟嬰寧強調，「四、五十坪！」

孟嬰寧頓了頓，往前湊了湊，眨著眼說：「爸，人家好像比我們家有錢呢。」

孟父：「……有沒有錢重要嗎！我們家又不貪他那點錢！再說我們家窮嗎？我是餓著妳了？」

「我的意思是我嫁過去也不會吃苦……」孟嬰寧委屈地說。

孟父沉默幾秒，嘆了口氣：「哪天叫陳叔叔出來吃個飯。」

這是成了。

孟嬰寧心裡有一千個小人快樂的跳起舞。

她飛撲過去，抱住老孟的手臂，撒嬌：「爸，我超級愛你。」

「就會拍馬屁，」孟靖松嘖了一聲，拍了拍她的腦袋，「爸爸不是不同意你們，只覺得是不是有點早，其實陳妄那孩子挺好的，雖然他媽媽的事這麼多年也不知道是……但陳叔叔是個好人。」

「可是妳自己現在都還是個小孩呢，怎麼成家？」

「我就是有點……」孟靖松視線發直，表情看起來跟做夢似的，絮絮叨叨說了一大堆，最後也沒弄明白自己到底想說什麼。

半晌，又嘆了一聲，眼角的紋路跟著一彎，清和的眼看著她，喃喃道：「感覺昨天還抱著我的手臂撒嬌呢，怎麼一晃眼就要嫁人了？一想到這個我就有點……」

捨不得。

一想到自己捧在手心裡疼了二十幾年的寶貝即將脫離他的圈子，他的羽翼，擁有自己的愛人和家庭，就總覺得好像跟丟了什麼似的。

特別高興，又覺得有點寂寞。

孟嬰寧鼻尖發酸，又感動又愧疚，特別特別特別想哭。

「爸，」孟嬰寧老實地承認，「其實我們已經登記了。」

孟靖松：「……」

「就是前幾天，」孟嬰寧說，「陳叔叔我也見過了，他媽媽的事他也跟我說了，他爸媽感情不好，就分開了。」

孟靖松霍然起身。

孟嬰寧瞬間從沙發上跳起來，兔子似的竄到電視櫃旁邊。

「妳過來，我不打妳，」老孟深吸一口氣，一隻手拿起茶几上的雞毛撣子，另一隻手指著她，「妳給我過來。」

孟嬰寧縮著脖子：「爸您別激動。」

「孟嬰寧！」孟靖松吼了一聲，往前走兩步，「妳現在真的是翅膀硬了！過來！」

孟嬰寧繞著茶几躲他，閉著眼睛喊道：「爸爸！爸爸我愛你！」

「妳跑什麼！」孟靖松說著，抖了抖手裡的雞毛撣子，「給我滾過來！我還想說妳今天怎麼回事，無事獻殷勤非要跟我談心，妳還敢背著我！背著我跟妳媽登記結婚？我今天不打死妳我都不是妳爹！」

老孟的嗓門響徹天際。

與此同時響起的是門鈴聲。

以及廚房門嘩啦被拉開的聲音。

孟嬰寧飛奔過去開門，門一開，孟嬰寧看見門口站著的陳妄，一臉激動地拉著他進了屋。

剛拽著他走到廚房門口，就看著孟母從廚房裡出來了，手裡拎著把菜刀。

也不知道她剛剛切了什麼，刀尖上全是血，黏糊糊的滴答滴答往下淌。很有恐怖片的效果。

孟母舉著菜刀，面無表情地把屋裡另外三人一個個看了一圈：「誰背著我幹什麼了？」

孟嬰寧：「……」

剛進屋三十秒的陳妄：「……」

孟靖松咽了咽口水，抬起手來，掌心朝下壓了壓，安撫道：「老婆……老婆妳先把刀放下。」

第二十九章　光來到你的面前

廚房裡咖哩雞香氣撲鼻，砧板上的魚剛被開膛破肚，滑膩的銀灰色鱗片上沾滿了淋漓血跡。就這麼被冷漠地晾在那裡。

餐廳長桌前，孟母將手裡的菜刀咣當一聲撂在桌子上。

老孟頓時一個激靈，連帶著手裡的雞毛撣子都跟著晃了晃，低聲對孟母說：「有話好好說，已經這樣了，妳現在動手也解決不了什麼問題。」

「……」陳妄看了老丈人手裡的雞毛撣子一眼，覺得這話聽起來不是那麼的有說服力。

孟母看起來倒是挺鎮定的，完全看不出來是不是生氣了，只淡淡地問了一句：「登記了？」

孟嬰寧看了陳妄一眼。

「嗯，」男人低斂著眸，「這件事情——」

「這件事情完全是陳妄的錯，」孟嬰寧深吸口氣，打斷他說，「要不是因為他太愛我了，他說他沒有我活不下去，非要我跟他結婚，我才不想這麼早登記。」

「……」陳妄沒什麼表情地轉過頭來。

孟嬰寧看都不看他，繼續說：「他本來也不是我喜歡的類型，特別悶的一個人，雖然老爸一直說這樣的性格看起來比較穩重，」孟嬰寧頭一轉，看向孟父，「但我其實還是喜歡老爸這種，比較活潑的。」

「……」孟靖松不太自在地咳了兩聲。

「而且，我瞞著你們了，沒告訴你們就擅自做主，我覺得特別對不起你們，你們要是實在無法消氣就打陳妄一個人吧，」孟嬰寧眨眨眼，說，「他體格好，比較耐打。」

「……」

老孟是典型的口是心非，五十歲的人了反而越老越傲嬌，生氣歸生氣，倒也不會真的把人打一頓了。

孟母什麼也沒說，沉默了一陣子，起身把陳妄叫到房裡去。

孟嬰寧坐在餐桌前，看了對面的孟靖松一眼。

孟嬰寧訕訕：「爸爸……」

「別叫我爸，」老孟沒好氣地說，「都說女大不中留，越大越有主意了，這麼大的事敢不和家裡說？」

孟嬰寧趴在桌子上乖乖聽著。

頓了頓，老孟探過頭來，低聲問：「真的是他求著妳登記的？」

孟嬰寧腦袋伸過去，趕緊點頭：「真的，特別特別誠懇的求我，直接把我拽到戶政事務所去了。」

「欸，妳媽當時也是，妳說我們那個年代，哪見過這麼乾脆的女的？我這邊還緊張著呢，她扯著我就把我拽到裡頭去了，」孟父低聲說，「等我反應過來，喀嚓，照片都出來了，照片上的表情都是茫然的。」

孟嬰寧趴在桌子上笑。

父女倆腦袋湊在一起小聲研究了半天，裡屋房門吱嚓一聲開了。

陳妄跟在孟母後面出來。

孟母淡定地繼續回廚房做飯。

孟嬰寧看了陳妄一眼，站起身顛顛地跑到廚房去，打下手。

真的好奇，但也不敢問，老實地拿著一捆菠菜走到水池前，拆開慢吞吞地洗。

孟母把魚鱗刮乾淨，拿到水池沖，很自然地開口：「以後成家了，記住一點。」

孟嬰寧抬起頭，豎起耳朵，認真專注地聽著。

孟母和老孟結婚快三十年，感情始終很好，孟嬰寧很少見兩人紅過臉。

孟母是一個非常會經營婚姻的女人，她要她記住的「這一點」，一定也是多年生活經驗總結下來的精華。

「一定不要試著學做飯，」孟母拎著魚說，「學會了，以後就是妳的事了。」

孟嬰寧：「……」

孟母那邊不敢問，陳妄這邊孟嬰寧的膽子要大得多。

晚上回家，孟嬰寧搬著小板凳顛顛跑出來，在他旁邊坐下，手往膝蓋上一搭，仰著腦袋，那表情，如果身後有根尾巴，立馬就能搖起來。

「我媽跟你說什麼啦？」女孩看著他問。

陳妄瞥她一眼，沒說話。

這是生氣了？

孟嬰寧摸摸鼻子，自知理虧：「我今天不是故意要賣了你的，你知道我爸那人，就是必須這麼說，他才能接受得更容易點。」

陳妄的視線淡淡地撇開，手裡拿著菸盒，有一下沒一下地把玩。

「我要是幫你求情說好話，他更生氣呢。」孟嬰寧說。

陳妄還是不理她。

孟嬰寧從小板凳上站起來，往他身上爬，手勾著他的脖子掛在他身上，討好地親了親他的臉：「陳妄，男子漢大丈夫，你大度一點啊。」

「陳妄哥哥。」

「陳汪汪。」

「你再這樣我不哄你了啊。」

孟嬰寧見他還是沒反應，頓了頓，不知道想到什麼，自顧自地開始臉紅。

她慢吞吞地伸手，指尖軟軟勾了勾他的皮帶，腦袋往他耳邊一湊：「老公。」

孟嬰寧清了清嗓子，小聲說：「睡一覺嗎？」

陳妄：「……」

陳妄把菸盒丟在茶几上，拎著她的衣領往後拽了拽，抱起人扔進沙發裡。

孟嬰寧的鼻尖撞在沙發墊子上，一酸，捂著鼻子剛要直起身，被人撈著腰按住肩胛重新壓回去。

孟嬰寧的腦袋又埋進抱枕裡，「欸」了一聲：「能不能換個姿勢，這樣特別……」

陳妄從後面貼上來，啞聲：「特別什麼？」

孟嬰寧臉通紅，這種露骨的話她說不出來。

但陳妄一定要聽。

客廳陽臺窗簾拉得嚴嚴實實，孟嬰寧頭抵著沙發，細腰下陷，聽著耳邊的人一遍一遍特別耐心地哄著她說。

睡完兩個小時，還不只一覺。

孟嬰寧懶洋洋地趴在床上聽著浴室裡的水聲，迷迷糊糊地覺得自己好像被騙了。

被男人第一次時那無害的十五分鐘欺騙了。

浴室裡水聲停下來，五分鐘後，陳妄只穿著褲子推門進來，上身從肩胛後背到腰腹暴露在空氣中，還掛著水珠，肌理線條流暢漂亮得孟嬰寧即使已經看過摸過啃過了，還是有點臉紅。

毫不在意大咧咧地狂秀了一番腹肌，陳妄走到床邊拉開床頭櫃抽屜，從裡面翻出一堆東西，往床上一丟。

孟嬰寧裹著被子坐起來，拿起來看了一眼。

身分證、房產證明、戶口名簿，還有一堆銀行卡。

「新房的房產證明還沒下來，等下來了給妳，寫妳的名字。」陳妄說。

孟嬰寧沒反應過來。

陳妄俯身，掃開幾張銀行卡：「密碼是一樣的，都是妳生日。」

他說著，點點其中一張卡：「這張卡是我以前的薪水帳戶，這張——我剛回來那時在一個俱樂部裡投資一點錢，現在分紅都在這裡頭。」

說完，陳妄直起身，側身往床頭牆面上一靠：「別的沒了，買完房子沒什麼錢，但多少也還有點，去掉辦婚禮要用的，剩下的全給妳。」

孟嬰寧終於反應過來，她端端正正地爬起來坐好，抿了抿唇：「是我媽要你這樣的嗎？」

陳妄垂眼：「不是。」

孟嬰寧伸手，把東西一推，動作間被子下滑，露出女孩滑膩漂亮的肩，白皙肌膚上帶著剛剛的痕跡。

「這些你自己拿著，房子寫誰的名字，錢放在誰手裡都行。我想跟你結婚是因為想跟你在一起，想一直跟你在一起，想你有開心的事能第一時間跟我分擔，想你晚上又做噩夢的時候，睜開眼睛我就在你身邊。」

「我媽跟你說了什麼你聽聽就行了，不用非得這樣像要證明什麼似的，我是……相信你的，」孟嬰寧垂著腦袋說：「我就是想，陳妄，我們錯過了這麼多年了，我們已經白白浪費十年了，以後的日子我一天都不想耽誤。」

「我是因為這個，才跟你結婚的。」

屋裡開了檯燈，燈影籠著床上小小的一團人影。

陳妄直起身走過來，坐到床邊，抬手把她滑下去的被子往上拉了拉，遮過肩頭，平靜開口：「其實我真的沒想過，有一天能把妳娶回來。」

孟嬰寧抬起頭。

「剛回來時也是真的沒想過要對妳做什麼，那時候只覺得女孩長大了，漂亮了，這麼搶眼的女孩，以後要嫁給這個世界上最好的男人。」

「剛走時也在想，等妳長大了，我就回來追妳，然後娶妳，妳喜歡誰都無所謂，我總能讓妳喜歡我。但人會變，十八歲的我和二十八歲的我總歸是不一樣。」

陳妄笑笑，帶著幾分漫不經心的自嘲，「我不是當年的那個陳妄，現在能娶妳，對我來說。」是恩賜。

十八歲的少年曾經帶著驕傲和榮耀，在凌晨的街頭信誓旦旦地說等建了功業要回來迎娶心愛的女孩。

二十八歲的男人放任自己墜落，滿身空蕩。

陳妄曾經以為自己會孤獨終老。

就這麼守著她護著她，看著她嫁給喜歡的合適的男人，看著她組建起自己的家庭，看著她慢慢變老，看著她兒孫滿堂。

如果孟嬰寧沒有主動，如果不是因為知道她也喜歡他，他們不會有以後。

如果她沒有主動，很多事情他都不會知道，他的祕密，以及她的祕密，會永遠藏在兩個人心裡，然後錯過。

他其實已經失去了被她珍惜的資格。

但她卻依舊願意靠近他。

他們兩個人之間，是孟嬰寧先邁出了那一步，在她下定決心的那一個瞬間，她成為了拯救者。

她一步一步的走近，一路小跑著勇敢的走到他面前，然後仰著頭告訴他。

我已經走了九十九步啦。

你能不能試著邁出哪怕一步來。

光已經走到你的面前，你能不能試著不要再逃避。

為了你的光。

孟嬰寧抱著膝蓋，始終挺安靜。

陳妄嘆了口氣，抬手拍了拍她的腦袋：「阿姨什麼都沒跟我說，我就是想現在把我有的全給妳，以後再把欠妳的都補上。」

孟嬰寧眨了下眼：「你現在是不是覺得我特別好，要不是喜歡你的人是我，你可能就沒有老婆了。」

陳妄「嗯」了一聲：「是。」

孟嬰寧從被子裡爬出來。

光溜溜地鑽進他懷裡，抱著他。

肌膚相貼，還是覺得有點不好意思，又回手把被子拽過來，扯著被角隔在兩個人之間，重新抱上去。

「陳安，」她把下巴擱在他肩膀上，軟趴趴地靠在他身上，小聲說，「我也愛你。」

結實有力的手臂收了收，而後一鬆，陳安忽然抬手，將孟嬰寧抱在懷裡的被子抽走。

懷裡一空，孟嬰寧抬起頭，陳安順勢吻上來，托著她的背壓下去。

壓在床上，抵上床頭。

孟嬰寧很順從地抱住他。

鼻尖是很熟悉的沐浴後的味道，清淡又冷冽。

耳邊是灼熱滾燙的喘息。

陳安看的房子在西區一個新建案，明年開春交屋，社區綠化好，公車站步行過去十分鐘，交通也方便。

看完房子以後，孟嬰寧覺得自己忽然之間明白陳安為什麼會放心的把幾張銀行卡都給她了。

房子買完，他現在很有可能已經是個帳戶裡分文不剩的窮光蛋了。

隔週週末，兩家人約好了一起吃個飯。

兩家家長以前是鄰居，本來就認識，見面也不尷尬，只是身分上的轉變總覺得有些奇異，忽然從鄰居變成了親家。

好在孟靖松是愛說的性子，席間拉著陳父又聊起了下棋的事，跟老朋友聚餐似的，婚禮正事忘得乾乾淨淨，最後話題還是孟母拉回來的。

吃完還約了改天下上兩盤，臨走的時候，孟靖松從車裡探出頭，握著方向盤樂呵呵地擺了擺手：「老陳，別忘了啊！說好了啊！別忘了！」

陳德潤難得笑了笑，應了一聲：「欸。」

兩個老頭一個在車裡，一個站在車外，深情凝視對方互相擺了一分鐘的手。

最後孟母忍無可忍，手在底下偷偷掐了他一把，嘴皮子不動小聲地說：「你還走不走？」

婚禮的事原本兩家商量著想等房子裝潢完，但孟嬰寧不同意，等交屋，裝潢，再放三個月甲醛，都能排到年底去了。

孟靖松覺得自己家女兒太沒出息，一點也不知道什麼叫矜持，一副特別急著要嫁過去的意思是怎麼回事？

於是挺不滿的扭頭看向陳妄：「你說說，你是什麼想法？」

陳妄在岳父、岳母面前一向挺會說話的，笑了笑說：「我聽她的。」

「……」

孟靖松忽然覺得被安慰了，別人家兒子更沒出息，日子還沒開始過呢，就變成了妻管嚴。

於是婚禮定在了第二年開春。

孟嬰寧向來不是特別低調的人，尤其是在熟人面前，青梅竹馬那一圈人基本上沒幾天就全都知道了。

陸之桓興奮得像是他自己要結婚似的，大腿一拍，當晚拉局。

湊齊一看，在座各位奔三的男男女女們，別說結婚的了，除了陳妄和孟嬰寧，竟然連一個有對象的都沒有。

而被除了的那兩個還他媽是自產自銷，肥水不落外人田，便宜都讓自己人占了。

十二月中旬，陳妄最後一次見到湯城。

男人安靜地坐在椅子上，除了左眼眼眶處纏著一圈繃帶，外表上看起來沒有太大變化，在陳妄進來之前，還心情很好地哼著歌。

一抬眼，看著他笑了笑：「來了？吃了嗎？」

陳妄也跟著笑：「胖了，看來這裡伙食挺好。」

「可不是，一頓好幾個饅頭，」湯城聳聳肩，「我小時候都沒吃過這麼好的，那時窮，家裡哪有飯吃，我哥就天天半夜翻牆去別人家，摸兩個餅出來，全都給我吃，跟我說他已經吃過了。」

「我那時候小，真的以為他不餓，冬天的時候天冷，我們沒衣服穿，我哥就把他所有的衣服都給我，身上、腳上全是凍瘡。」

湯城看著陰冷的牆面，視線有些空：「後來他出去賺錢，供我上學，我那時候根本不知道他是怎麼賺錢的，他跟我說他幫別人打工，他說他沒本事，也沒那個天分，但我從小就聰明，我跟別人不一樣，他幹不了的事我肯定能成功。」

「他說我是他的希望。」湯城輕聲說，「他說我以後能幫他。」

「你確實幫了他不少，你可是製毒天才，」陳妄譏笑道，「湯嚴當年能那麼快掌握珠三角那一片你功不可沒。」

湯城轉過頭來，視線聚焦：「陳妄，三年前，我已經死了。」

「你覺得我現在為什麼活著？我為什麼到今天還活著，站在你面前？」

「你現在坐著。」林賀然在旁邊忍不住提醒他。

湯城充耳不聞，直勾勾地看著陳妄：「是因為你還活著。」

「我以前一直以為，只要你死了，我就能痛快，」湯城輕聲說，「我也是最近才發現，其實不是這樣。」

陳安眼皮猛一跳。

湯城微笑著說：「陳安，對於你來說，最痛苦的其實是只有你活著，對不對？」

陳安沒說話，轉身疾步往外走。

走廊很長，高窗，光線絲絲縷縷滲進來，陳安大步穿過潮濕陰暗的走廊，走出看守所前廳，翻出電話。

響過兩聲，孟嬰寧接起來。

「妳在哪？」

『我在家呀。』孟嬰寧輕快地說。

陳安緊繃的神經瞬間鬆懈下來。

『陳安，你想不想吃蘋果派？』孟嬰寧是藏不住事的人，本來是想給他個驚喜的，最後還是忍不住問。

陳安靠上前廳的柱子：「幹什麼？做錯什麼了要跟我道歉？」

『非得道歉才能做這個嗎？』孟嬰寧嘆了口氣，『我只是單純的也想對你好一次不行嗎？』

「行，」陳安垂頭一笑，「會烤嗎？」

『我看教學學的，網路上教學很多的，你什麼時候回來？』孟嬰寧那邊忙起來，隱約聽見烤箱叮的一聲，很近。

她應該就在廚房。

「現在，」陳妟直起身來，轉身往外走，「現在回去。」

陳妟一路壓著速限開回家，腦子裡不斷閃過湯城說過的話。

湯城的腿三年前受傷留下了後遺症，雖然也可以行走，但並不靈活，所以如非必要，他都會坐輪椅，拋開日常生活不談，連車都沒辦法開。

而且黃建華之前屍檢結果顯示他並不是死於槍傷，是被人勒死的。

身高一八五左右，八十公斤，並且身手相當乾淨俐落，湯城身邊應該至少有一個這樣的心腹。

陳妟一直覺得，湯城最後未免也太自信，他甚至沒想過要怎麼跑，而是激怒他。

他是不在乎生死的，只要他快死的時候陳妟能陪著他就行，只有他被抓了，陳妟那根緊繃的神經才會鬆懈下來。

才會讓其他人有機可乘。

所以即使今天他一走林賀然就安排了人守在隔壁，即使這段時間以來陳妟也從沒鬆懈過，這時喉嚨還是有些乾啞發緊。

車子嘎吱一聲停在社區鐵門外，陳妟穿過小花圃推開沉重腐破的木制安全門疾步進入樓梯間。

推門進去的瞬間，一道漆黑的人影從暗處悄無聲息地衝出來。

毫無預兆。

正常情況下陳妄本來能躲開，但他這時腦子裡全想著樓上的孟嬰寧，反應慢了半拍。

剎那間那人已經撞上他的腹腔，力氣極大，撞鐘一般，陳妄直接被掄在牆上。

後背撞上堅硬冰冷的水泥牆面，發出砰一聲沉悶撞擊聲，隱約間聽見背部肌肉和骨骼撕裂的聲音，五臟六腑跟著一震，嗓子裡一股腥氣直衝上湧：「靠……」

剛抬起頭，那人提臂直挺而下又是一拳——

陳妄咬牙堪堪側頭躲開，拳風擦著他耳邊呼嘯而過直直砸進他耳畔的牆裡。

石灰抹的牆皮嘩啦啦脫落了一塊。

那人像是完全感覺不到疼，沒有任何停頓反身一扯，卡著肩一個過肩摔將陳妄整個人狠狠地砸進地面，一隻手送進腹腔，另一隻手抵上喉嚨。

幾乎沒有任何喘息的空間，招招凌厲致命。

這人是個肉搏的專家。

甚至能感覺到腹部被什麼尖銳冰涼的東西撕裂，陳妄眼前一黑，憑直覺躺在地上一腳踹在他肚子上。

那人被衝退半步，陳妄抬手順勢撈過擦著他喉尖的那隻手，掌心一疼，鋒利的刀片劃出一道深長的傷口。

再晚半秒，這刀片就會劃破他的喉嚨。

陳妄從地上一躍而起，攥著刀片的那隻手沒鬆，力度很大，幾乎穿透手掌，血滴答滴答的順著指縫往下淌，他感覺不到似的拽著那隻手往前一帶，另一隻手一拳掄在那人的太陽穴上。

男人的腦袋一聲悶響磕在牆上，身子晃蕩著，下一波攻擊已經準備好。

凌厲的拳風帶著指間夾著的薄薄刀片迎面而來，一樓樓梯間空間狹小幾乎無處可躲。

陳妄側閃堪堪躲過一拳，劈手奪下刀，扣著他的手肘撞在旁邊防盜門上反身借力猛地往外一旋，喀嚓一聲卸了肘骨關節。

男人終於發出一點聲音，另一隻手幾乎同時砸過來，冷銳刀尖在指間靈活一轉，深深捅進陳妄肩膀，撕開肌理一路往下劃。

陳妄一腳劈上他的側膝神經，手臂死絞住他的脖頸一個翻身，砰一聲把人壓在地上，單膝屈起卡死，一隻手狠狠卡住喉嚨，直起身，終於有了空隙說出第一句話：「湯城都快死了，你這麼拚幹什麼？」

「一行有一行的規矩，拿了錢就得辦事。」那人的臉被狠狠按在地上，聲音渾厚。

「他讓你殺我？」陳妄有些好笑地說。

「你和你女人。」

陳安笑了一聲：「他給你開的什麼價？我看看你們這行有沒有前途，考慮考慮要不要入行。」

「……」

「除了你以外你們還有沒有別的同夥？」

男人不說話了。

他們動靜不小，空間有限，一樓對門的那戶防盜門被砸得砰砰響，住的是個老太太，已經嚇得報警了。

老太太聽外面沒聲音了，湊在貓眼前看了半天，才顫抖著打開門。

幾層樓以上聲音也傳不上去，陳安聽見開門聲，側頭看了一眼，手不敢鬆，小臂和手背上青筋暴起，肚子那塊的血跟不要命似的往外竄。

老太太嚇得後退兩步，瞪著他，看起來要暈過去了。

「老人家，」陳安喘著粗氣說，「幫忙打個電話可以嗎，我這現在有點空不出手，謝謝您。」

一分鐘後，小陳領著幾個人從樓上跑下來，孟嬰寧跟在他後面。

地上那人孟嬰寧是認識的，平頭，看起來很高，是那天在陳想的工作室裡，湯城後面跟著的那個男人。

但她現在顧不上那些。

陳安一抬頭，就看見女孩蒼白的臉。

他不知道自己現在是什麼模樣，但傷得應該不輕，後背已經疼麻了，可能流了太多血，腦袋發昏。

他把人扣在地上看著小陳他們撲過來拷上，才直起身靠著牆坐在地上，小陳他們在說什麼，陳妟沒注意聽，看著孟嬰寧朝他跑過來。

十二月隆冬，樓梯間裡冷風呼嘯著從破舊木制安全門窗往裡灌，屋裡有暖氣，她只穿了件薄棉質睡裙跑出來，鼻尖凍得通紅。

陳妟笑著朝她伸出手。

孟嬰寧跑到他面前，蹲下了，語速很快地說：「再等等，他們去開車了，我們馬上去醫院。」

她的手指顫抖著按住他流血的手掌到手臂，卻怎麼也止不住，孟嬰寧抬手抽掉自己睡衣上的腰帶，綁住他的手臂一圈一圈緊緊地纏住，然後伸手捂住他的腹部。

「沒事的，沒事了陳妟，他們把車子開過來了，你再等等。」鮮紅溫熱的液體順著她的指縫不斷地湧出來，孟嬰寧的聲音有些抖。

那麼愛哭的女孩，明明現在是可以哭的時候了，她卻一滴眼淚都沒掉。

陳妟笑著抬起手，抱她，聲音有些低：「穿這麼少就往外跑，冷不冷？」

孟嬰寧動作一頓，抬起頭來，眼神有些空地看著他，沒反應過來他第一句話為什麼說的是這個。

「寧寧，沒事，」陳安捉過她的手，輕輕捏了捏，「我沒事，妳別害怕。」

「我不怕，」孟嬰寧癟著嘴，眼眶通紅地看著他：「我不怕，你別亂動。」

她匆匆忙忙垂下頭，抓著裙擺的布料不停地捂在他肚子上，白色的睡裙在地上蹭得髒兮兮的，裙擺被染上大片豔麗鮮紅，「你別亂動了，這樣疼不疼，我這樣你疼不疼？」

「有點，」陳妄捉著她的指尖，輕輕揉了揉，「讓妳疼了那麼多年，我總也要疼一下，是不是？」

孟嬰寧沒說話。

「這點傷其實真的沒什麼，以前這種自己處理一下沒幾天就好了，」陳妄抬手，想拍拍她的腦袋，發現手上全是血混著沙土，又放下了，「以前的事沒怎麼跟妳說過，妳要是想知道，以後跟妳講講。」

孟嬰寧：「我才不想知道，你們那些都是保密的，都不能說。」

「也有能說的，」陳妄說著，看著女孩馬上要掉下來的眼淚頓了頓，忽然說，「去。」

孟嬰寧含著眼淚抬起頭來。

陳妄仰頭靠著牆，語氣不太正經地說：「上樓穿件外套再下來，穿成這樣就往外跑，我老婆身材這麼好，不能讓別的男人看見。」

「你神經病！」孟嬰寧帶著哭腔罵他。

車子很快開進來，車上小陳先做了簡單的止血，一路開到醫院。

孟嬰寧跟到醫院，看著護士嘩啦啦把人推走，然後砰一聲關上門。

小陳在旁邊打電話，語速很快，聲音很低，隱約能聽見醫院，抓到了之類的字眼。

孟嬰寧坐在白色鐵椅子裡，醫院裡沒暖氣，走廊吹陰風，白色睡裙被血浸透貼在身上，她卻沒有感覺到特別冷。

過了一陣子，小陳走過來，把自己身上的羽絨服脫下來遞給她：「小嫂子，妳先穿著吧，不然等等妄哥出來會罵我。」

孟嬰寧怔怔道了聲謝，披在身上。

小陳在她旁邊坐下，嘆了口氣：「妄哥一開始就覺得不對，我們抓湯城的時候太順利了，他根本沒怎麼抵抗，我們本來以為他們的目標會是妳，這半個月其實始終都守著，但也半點風聲都沒有，本來以為是不是想多了。」

孟嬰寧很安靜地坐在椅子裡：「他什麼都沒告訴我，我就真的以為沒事了。」

「唉，男人，」小陳深沉地說，「尤其是稍微有那麼點大男子主義的男人，妳懂吧？」

「我不懂，」孟嬰寧小聲嘟囔，「我又不是男人。」

「……」

陳妄身上傷口不多，但都挺深，幾處刀傷，背上一大片滲著血的青紫，外傷處理完又去拍了X光片。

回病房的時候孟嬰寧不在，陳妄躺在病床上，看著自己纏了滿身的繃帶，嘆了口氣。

等等回過神來，是不是又要哭啊。正想著，病房門被推開，孟嬰寧進來了。

她身上還穿著那套髒了的睡裙，套了件男款羽絨服外套，看見他回來，蹬蹬蹬地跑過來。

陳妄撐著床面坐起身，靠在床頭。

「欸！」孟嬰寧趕緊湊過去，緊張道，「你別動啊，等等讓傷口裂開了。」

陳妄嗤笑了聲：「妳男人那麼嬌氣？」

「你是不嬌氣，你受傷還能洗澡呢。」孟嬰寧上上下下看著他，確定他除了臉上沒什麼血色以外看起來好像沒大事了。

安靜一陣子，孟嬰寧脫口而出一句廢話：「你現在還疼嗎？」

陳妄抬眼，勾唇逗她：「疼啊，特別疼。」

「……你現在怎麼變得不勇敢了。」孟嬰寧小聲說。

陳妄笑了起來，麻藥效力剛過去，一笑牽動腹部傷口，又嘶了一聲。

「別笑了，」孟嬰寧看著他懶懶垂著的眼，問：「你睏不睏？」

「嗯，」陳妄說，「有點。」

「那你躺下睡一下呀，還坐著，」孟嬰寧坐在床邊，把床角疊著的被子拉過來，跟小管家婆似的一臉嚴厲地說，「躺下，閉上眼睛睡覺。」

「這不是等妳回來，想著要哄哄，」陳妄抬手，捏一下她的臉，「怕妳在我睡著的時候自己偷偷哭。」

孟嬰寧扯著被子的手鬆開，扭過頭直起身重新看回來。

停兩秒，嘴一癟。

行，要開始了。

就不該嘴賤。

陳妄想了一下該怎麼辦，這次事態嚴峻，恐怕要花點時間。

結果孟嬰寧癟著小嘴眼淚汪汪好半天，然後硬是憋回去了，眼淚沒往下掉，就這麼看著他。

孟嬰寧忽然張開了手臂，俯身湊過來很輕地抱住了他。

陳妄不動。

孟嬰寧的下巴虛搭在他肩頭，小心輕柔地在他沒受傷的地方拍了兩下，聲音軟軟的，帶著溫熱香甜的氣，「來，寧寧抱抱。」

孟嬰寧說：「抱抱就不疼了。」

第三十章　你值得光芒萬丈

病房裡悄然安靜。

日暮西沉，天色昏暗透紫，氣氛好到讓人有點想接個吻。

陳安幾乎沒有多思考，略一仰頭，孟嬰寧剛要直起身，又被他突然拽回去，壓著腦袋親上去。來勢洶洶。

然後輕輕的落在柔軟的唇上。

孟嬰寧剛閉上的眼睛又睜開，視線看進他眼睛裡。

唇瓣溫柔的貼合，分開一點，又重新貼上去，再也沒有更多動作。

孟嬰寧眨眨眼：「我以為你感動得打算把我按在床上親。」

陳安沉沉笑了笑：「我現在這樣嗎？」

「是的，我還想你可真是身殘志堅。」

說話間唇瓣廝磨，蹭得心裡發癢，孟嬰寧清了清嗓子，紅著耳朵別開眼，忽然直起身，推著他的肩頭把他重新推回去。

陳安靠回床頭。

孟嬰寧坐在床邊，緊跟著靠過來：「你別動哦。」

她捧著男人棱角分明的下巴，仰著腦袋湊上去。

病房門被碰一聲拍開，林賀然的半個身子同時竄進來，大著嗓門：「陳妄你怎麼樣了沒死透吧，老子他媽今天真是長見識了還有人能把你給——」

林賀然的聲音戛然而止。

傍晚的病房裡，女孩坐在床邊仰著頭親上去，男人懶洋洋倚靠在床頭，一隻手扶著身上女孩的腰。

唯美的畫面被他啪嘰一巴掌打破了。

孟嬰寧嚇得往前猛地推了一把，直接從床上起來了，手指頭不偏不倚按在陳妄肩頭的刀傷上，男人肌肉一繃，嘶了一聲。

孟嬰寧面紅耳赤地站在病床前，眼珠咕嚕嚕轉了好幾圈，有種幹壞事被抓包的羞窘。

「那個，你們要是沒完事……」林賀然撓了撓鼻子，指指門外，「要不然我先出去，你們繼續？」

他不說話還好，一說話孟嬰寧想直接鑽到地底下去。

陳妄二話不說順手抽出自己身後墊著的枕頭朝他劈頭蓋臉丟過去。

林賀然也不打算躲，枕頭啪嘰一下砸在臉上，被他拽下來抱在懷裡，然後出去了。

走之前還特別體貼地提醒了聲：「記得鎖門啊！」

「……」孟嬰寧抬手捂住了臉。

陳妄看著她露在外面通紅的耳朵，嗤笑：「不就是親親？」

「但被你朋友看到了，我和他又不熟，還挺尷尬的，」孟嬰寧小聲說，垂下手，「那我走啦，我回家去煮個豬肝粥給你。」

「我不用喝那東西。」陳妄的表情十分風輕雲淡。

「知道你體質好，但也要補補血，」孟嬰寧指著他，「病人沒有話語權。」

「妳會？」

「……我媽煮。」孟嬰寧改口。

陳妄點點頭：「叫林賀然找人送妳。」

也不知道是話說的太滿，還是因為幾年以來緊繃的神經終於可以放鬆下來，當天夜裡，陳妄發起高燒。

本來是林賀然說要晚上留下來，但今天的事隊裡那邊還沒解決，孟嬰寧又執意無論如何都不肯走，最後還是她留下了。

孟嬰寧沒有照顧病人的經驗，也不敢闔眼，拖了把椅子坐在床邊，兩隻手托著腦袋，就這麼趴在枕邊看了好久。

男人安靜地閉著眼睛躺在床上，從眉骨到鼻梁的輪廓鋒利，濃黑的睫毛刷下來，帶著幾分疲憊和柔和，下巴上冒出來短短的鬍渣。

但怎麼看都很好看。

孟嬰寧幾乎沒怎麼見到過熟睡的陳妄，她睡得比他早，而一般情況下早上她醒的時候，陳妄都已經醒了。

他甚至不會讓自己睡得很熟，他好像完全沒有過深眠的狀態，甚至上一秒還睡著，下一秒睜開眼睛的時候眼底半分睡意都沒有，眼神始終都是銳利而警惕的。

這種能安安靜靜看著他熟睡的機會，還是第一次有。

看了一陣子，孟嬰寧換了個姿勢，下巴擱在床上仰著臉，從下往上看到陳妄的眉心微微皺起。

她以為他又做了什麼不好的夢，直起身抬手，揉了揉他的眉心。

柔軟尖細的指尖輕輕地刮蹭過擰緊的眉，剛碰上去，孟嬰寧一頓，然後掌心貼在他臉上。

男人體溫很高，孟嬰寧趕緊站起來，椅子發出刺啦一聲，她俯身靠過去，用自己的額頭貼上他的額頭。

男人的體溫平時就稍高一些，這時熱得嚇人了，滾燙的。

陳妄昏昏沉沉地睜開眼來，正對上她的眼睛。

他看著她，好半天，才啞聲說：「幹什麼？偷親我？」

孟嬰寧抬頭，又用小手貼著他的額頭，皺眉：「你發燒了。」

「嗯？」男人聲音沙啞，不承認自己會生病，「我沒發燒過。」

孟嬰寧瞪著他，抬手按鈴叫了護士。

體溫一量，四十度。

孟嬰寧長這麼大，記憶裡病得最重的一次是小時候肺炎支原體感染住院，那時候她都沒燒成這樣，已經感覺自己整個人像是被扔進鍋裡煮，然後再丟進冰水裡，又冷又熱，特別難受。

掛上點滴，護士出了病房，房間裡又恢復安靜。

陳妄靠坐在床頭，眼睛半張，唇角低垂，沒什麼精神的樣子。

半晌，他懶懶掀了掀眼皮子：「睡一下？」

孟嬰寧搖了搖頭，趴在床邊看著他。

陳妄不知道自己現在是什麼形象，應該好不到哪去，手一抬，往孟嬰寧眼睛上一遮：「別看了，醜不醜？」

孟嬰寧抬手拽他的手指：「不醜呀。」

「髒的，都沒洗。」他聲音很低，有些含糊，帶著一點生病時的脆弱感和奇異的孩子氣。

孟嬰寧把他的手拽下來，湊近看著他：「不髒啊，」說著又鼓一下腮幫子，「欸，你是不是在怪我沒幫你擦臉呢？」

陳妄沉沉地笑了起來。

「不用擦的，乾淨到發光了，你看這房間都不用點燈，」孟嬰寧眨著眼，一本正經的說，「陳安，你現在光芒萬丈。」

陳安一頓，深深地看著她。

孟嬰寧沒注意到他的變化，伸手去摸他的額頭，還是很燙。

「這個針到底管不管用啊，」她皺著小臉一邊嘟囔一邊站起身來，拿著旁邊水盆掛著的小毛巾顛顛跑到洗手間。

沒多久又跑出來，把水盆也端進去了。

等她端著冷水出來，陳安閉著眼睛，已經睡著了。

孟嬰寧輕手輕腳走到床頭，擰了條冷毛巾出來，擦掉他額角滲出的汗，然後又換了一條，折好，墊在額頭上。

就這麼忙了半宿，冷水了毛巾來來回回地換了不知道多少回，一直到後半夜，陳安才終於退了燒。

孟嬰寧長長舒了口氣，終於放鬆下來，趴在床邊揉了揉睏倦的眼。

午夜的山林裡，空氣潮濕，蟬鳴聲清絕。

黑色的皮靴踩進柔軟濕潤的泥土裡，踩著盤虯交錯的樹根落葉，發出輕微的聲響。

走了一段，陳妄停下腳步。

男人坐在樹下抬起頭，眉目俊朗，笑容和潤。

他手裡拿著一個小小的佛牌，佛祖含笑而坐，在瑩潤的月光下看起來溫柔又慈祥。

「我們家那位信這些，我就帶著了，」易陽笑著說，「也就圖個心安。」

陳妄側頭，看見另一個曾經的自己，背靠著樹幹，懶洋洋地伸著腿：「挺好的，信則靈。」

「別人的靈不靈我不知道，我這個應該還挺靈的，」易陽笑笑，「其實她給我這佛牌的時候，我當時只希望我們能一輩子在一起，以後我們的孩子能平平安安地出生，快快樂樂的長大。」

易陽苦笑了一聲：「我寫遺書給她的時候心裡還想著，我命這麼大，這信可能要到我老了那天她才能看見，結果她那天偷偷看了，就哭了，她說無論我在哪，她都會陪著我，只要是兩個人一起，在哪都不怕。」

「她說她不難過，也不恨，她很驕傲，她只是覺得……對不起長安。」

「陳隊，我是個戰士。」

靠坐在樹下的陳妄不知道什麼時候消失了，易陽忽然抬起頭，遠遠地看著他的方向說：「為了我們頭頂的這片天，腳踩著的這塊地，為了我的孩子能好好的長大，為了我們曾經坐在一起討論過的那個未來，為了所有的一切，無論我最後是什麼結果，我都很驕傲。」

「無論什麼人，什麼樣的事，都不能將我和我們的光輝踐踏。」

易陽微笑著看著他，平和地說：「陳隊，你也一樣，你應該光芒萬丈。」

陳安睜開眼睛。

病房裡悄然無聲，天邊將將泛起魚肚白，天灰濛濛的亮，空氣乾燥陰涼，彌漫著一股很淡的藥味混著消毒水味。

陳安看著空茫茫的雪白天花板，靜了一下，側過頭。

孟嬰寧趴在床邊，歪著腦袋皺著眉，手臂伸過來勾著他的手，看起來睡得不太高興。

陳安抬了抬手，剛動，手指被緊緊抓住，孟嬰寧的眼睛沒睜開，就這麼握著他的手，在他手背上拍了拍，含含糊糊地嘟囔：「不怕，沒事了……」

兩人搬到一起睡最開始的每一晚，她都是這樣。

只要他一動，她就會突然驚醒，或者人明明還睡著，無意識地湊過來抱著他的腰，哄小孩似的一下一下拍。

陳妄抬手，捏住了孟嬰寧的小鼻尖。

三秒。

女孩皺眉，掙扎著睜開眼睛。

「起來好好睡，現在抱不動妳。」男人的聲音朦朦朧朧地在耳邊響起。

孟嬰寧茫然地直起身，脖子長時間偏同一個方向，嘎嘣一聲。

孟嬰寧疼得嗷了一聲，被痛覺刺激得直接清醒了，捂著脖子哭喪著小臉抬起頭來，哀怨地看著他：「你退燒了嗎？」

陳妄揚眉：「我燒過嗎？」

「……」孟嬰寧無語地看著他，不明白男性生物為什麼在這種神奇的事情上總是有一種迷之執著的在乎。

好半天，乾巴巴地說：「好吧。」

她起身伸了個懶腰，又看了一眼時間，五點。

孟嬰寧轉過身，又打了個哈欠，淚眼朦朧地說：「你要吃什麼嗎？現在這個時間醫院裡應該有早餐車吧。」

「不用，等等讓林賀然買了帶上來，妳去睡一下，等他來了讓他送妳回家。」陳妄說。

「那你現在不餓嗎？」孟嬰寧抹著眼淚說。

「餓啊，」陳妄仰頭往牆上一靠，懶洋洋說，「妳過來讓我咬一口？」

「……」

孟嬰寧走過去，俯身伸手，摸了摸他的額頭，溫熱的。

又湊過去用腦袋抵著貼了貼，確認了一下：「好像不燒了。」

陳妄不動，兩個人額頭抵著額頭，和昨晚一樣的姿勢，完全不一樣的氣氛。

孟嬰寧望進男人深黑清亮的眼底。

「你今天好像心情還挺好的。」她忽然說。

「嗯？」陳妄鼻音淡淡，勾唇，「是嗎？」

「你中樂透了？」

「寧寧，賭博不好。」陳妄漫不經心道。

孟嬰寧歪了下腦袋：「趁我睡覺的時候和哪個漂亮女孩子聊上了？」

陳妄笑了起來，神情鬆鬆懶懶：「是啊，正在聊。」

清晨的第一縷朝陽緩緩升起。

冬日裡明亮又清淡的日光透過窗面，灑進空曠的病房，爬上男人的眼角眉梢，為他整個人染上一層金色的光。

耀眼的，鮮活又溫柔的光。

像是有什麼東西。

被卸下來了。

陳妄的體質確實挺好，住了兩天院直接回家，衣服一套，看起來和平時沒什麼區別，只等過段時間回來拆線。

孟嬰寧為了照顧他請了兩天假，第三天還想請，結果被陳妄非常直接地戳穿了小心思。

在孟嬰寧第三次黏在他身邊抱著他的手臂說「要不然明天不去了吧，不放心你一個人在家」的時候，男人嗤笑一聲：「這麼不想去上班？」

跟小時候不想上學似的。

小朋友。

「……」

孟嬰寧沒辦法，不情不願地去了。

她這段時間把年假都請掉了，好在今年馬上就要結束了，把假全部都用掉，好像也不虧。

雜誌社是最讓人無法忘記各種節日的地方，因為每輪到一個節日就跟看到了高額業績打破行業冰封現狀的新希望一樣，即使每年的節日其實也就這麼幾個，也依舊不能磨滅各家都變著花樣做的熱情。

比如臨近的耶誕節。

耶誕節是上個月就已經準備好的，和元旦合刊做了加厚的特輯，這時所有事情全部交出，整個編輯部洋溢著歡樂的節日氣氛。

李歡還特地買了兩串紅綠相間小彩燈球，上面墜著金色的鈴鐺，掛在辦公室門口。

當天是週六，陳妄和孟嬰寧去了福利院。

帝都今年冬天的第一場雪下在幾天前，瑩白的雪鋪了薄薄一層，只清出門口一塊和走人的小路，放眼望去一片澄澈的清明。

這種節日小孩向來喜歡，福利院也會舉辦活動，院子中間立著一顆很大的耶誕樹，樹下擺著零星幾個禮物盒，看起來有些簡陋。

孟嬰寧和陳妄帶了一大堆東西過來，買了包裝紙，包得漂漂亮亮提了一大袋，接待他們的還是上次那個志工大姐，接過東西以後笑瞇瞇地說：「不跟朋友出去過節呀？」

孟嬰寧側頭，指了指陳妄，低聲說：「老年人，特別不愛熱鬧。」

大姐跟著瞅了後面眉目肅冷的男人一眼，噗嗤一聲笑出來。

旁邊有幾個小孩在玩雪，綿白的雪團成球，一顆一顆壓在雪地上，歪歪扭扭地疊在一起，上面用棗子嵌出兩個眼睛，下面再插上一根乾枯的小樹枝。

孟嬰寧和陳妄進了屋，遠遠看見易長安一個人坐在活動室明亮的落地窗前。

小朋友像個小大人似的，兩隻手托著下巴，坐在一個恐龍形狀的彩色小板凳上，看著窗外白茫茫的雪和在雪地裡翻滾著跑來跑去的小孩，烏溜溜的眼珠靜靜的。

孟嬰寧在門口站了一下，小長安像是感覺到了，忽然扭過頭來。

孟嬰寧朝他眨了眨眼睛。

小朋友黑葡萄似的眼睛也跟著眨了眨。

然後兩隻肉呼呼的小手撐著板凳滑下來，蹬蹬蹬朝她跑過來。

孟嬰寧蹲下，看著他跑近：「你還認得我嗎？」

小朋友沒說話，拱進她懷裡抱住她的腰。

孟嬰寧也抱住他。

小孩子的身體軟乎乎的，帶著淡淡的奶香，衣服上有乾淨的肥皂味，以及一點點潮濕沉澱的味道。

畢竟是福利院，小朋友太多，想要每一個都能照顧得很精細是不可能的事情。

孟嬰寧抬手揉了揉他軟軟的頭髮，忽然有些緊張。

她清了清嗓子：「長安啊。」

小朋友依然沒說話，腦袋在她懷裡輕輕蹭了蹭。

「就……」孟嬰寧看著他說，「你以後想跟陳妄爸爸生活在一起嗎？」

小長安抬起頭，仰著腦袋看著她，稚嫩的小臉看起來有些茫然。

孟嬰寧放慢語速說：「長安以後跟我，還有陳妄爸爸住在一起好不好？我們一起回家，有特別好的爺爺和外公、外婆陪你一起玩，還會有好多叔叔、阿姨也喜歡你，長安願意嗎？」

小長安很慢地反應過來，愣愣地看著她，然後眼淚啪嗒啪嗒往下掉。

他很用力地點了點頭，抬手用肉呼呼的手背揉眼睛：「想的。」

他的聲音細細的，小心翼翼地說：「想的，想有爸爸、媽媽。」

於是陳妄剛從院長室裡出來，就看見活動室門口，孟嬰寧蹲在地上，一大一小兩個人抱在一起哭。

甚至小的那個已經不哭了，短短的小胖手吃力地在女孩的腦袋上一下一下的拍著，奶聲奶氣地哄著她：「不哭不哭痛痛飛。」

然後孟嬰寧哭得更大聲了：「你怎麼這麼懂事啊小乖乖……」

長安皺著眉，有些苦惱的樣子。

「……」陳妄嘆了口氣。

領養小朋友這個事還挺麻煩的，孟嬰寧的年齡不夠，陳妄也還差一年，所以只能由孟父和孟母出面來做收養人。

耶誕節前一天，兩個人回去一趟，孟嬰寧想把這事跟二老商量一下。

陳妄是不擅長說這些事的，孟嬰寧本來想著自己來說，結果進屋，吃飯的時候，陳妄開門見山直接說了。

男人神情坦蕩自然，原原本本地說完，孟靖松的眼睛有點紅。

倒是孟母始終沒說話，半晌才開口。

「我不想讓自己顯得太冷血，但是有些話，還是要說清楚，你們知道自己現在是打算幹什麼，對吧？」

「你們現在還年輕，剛登記結婚，組成一個新的家庭，你們以後應該也會有自己的小孩，跟你們血脈相連的。」孟母平靜地說，「你們能協調好兩個孩子之間的關係嗎？能保證自己的態度不會讓任何一個覺得不舒服嗎？一旦他們產生矛盾要怎麼妥善的解決？現在養孩子的成本比我們那時候高多了，你們的經濟能力能不能保證給孩子最好的成長和教育，還有——」

孟母看向孟嬰寧：「妳這丫頭現在自己還跟長不大似的，妳還能照顧小孩？」

「……」孟嬰寧剛要反駁。

「而且，」孟母話鋒一轉，「你們新婚，不打算過兩年二人世界？」

陳妄：「……」

陳妄眼皮一跳，忽然覺得岳母說得好有道理。

孟嬰寧猛地嗆了一下：「媽！」

「這有什麼不好意思的，」孟母瞥她一眼，慢悠悠繼續說，「所以，我是想，這個小朋友我跟妳爸來帶，至少上學以前的這段時間，或者你們上班沒時間的時候，可以讓他跟著我們，我也提前退休了，每天在家裡待著沒什麼事，經濟上呢，也富足。」

孟母側頭：「你覺得呢，老孟？」

「我覺得妳說得挺好，老婆，就聽妳的，」孟靖松笑呵呵地說，「不差那點錢！」

「可是我很喜歡他的……」孟嬰寧不是特別滿意地小聲抗議，「我想和他一起住，每天晚上和他一起睡覺，跟他講故事。」

陳妄聽到那句「每天晚上和他一起睡覺」，眼皮又是一跳。

孟母再次轉過頭來：「你覺得先這樣行嗎，小陳？」

「聽您的。」陳妄說。

孟嬰寧：「……」

領養的事就這麼定下了。

孟嬰寧最開始還不是很滿意，她是特別想每天晚上和小朋友一起睡的，但後來一想，至少幼稚園以前也確實先讓孟母來照顧比較好。

她每天要上班，白天陪小朋友的任務就要交給陳妄。

……實在是想像不到陳妄帶小孩是什麼樣的。

帶小朋友回來那天，孟家和陳家全家出動，剛跟陳德潤說的時候，老陳手一抖，棋子啪嗒一聲掉在棋盤上，向來嚴肅刻板的臉上難得空茫了兩秒：「我已經當爺爺了？這麼快？」

「聽說好像兩、三歲了。」老孟笑瞇瞇地繼續道。

老陳霍然站了起來，失聲道：「都兩、三歲了？」

「欸，不是不是，是領養的小孩，不過以後就是自己家小外孫啦，」孟靖松擺了擺手，笑呵呵說，「沒想到我還年紀輕輕的，就能有外孫了。」

「……」老陳一言難盡地看了他一眼。

耶誕連著元旦就這麼熱熱鬧鬧的過去，元旦過後是臘八，帝都連著下了好幾天的雪。

鵝毛大雪鋪天蓋下來，大朵大朵的雪花結成璀璨晶片，連成串飄落在北方這座古韻和現代化融合的城市。

樹上枝丫被白雪壓得低垂，掃雪車轟隆隆地碾過去清出馬路路面，旁邊沒清過堆積的雪高度看起來能沒到小腿，一腳踩上去嘎吱嘎吱地深陷進去。

今年過年早，新年將近，感覺街上到處都提前帶上了濃濃的年味。

除夕前，陳安的那個俱樂部安排了年前的最後一次活動，他們去了遠郊最大的滑雪場。

並且這活動還有名字——揮別過去，痛苦的相思忘不了，讓我們一起吹響新年的上低音號。

二十六個字三個標點符號加起來一共二十九，孟嬰寧在看到這個橫幅的時候沒反應過來，緊接著就在想取這名字的人是不是剛失戀了。

領頭的那人穿了件花花綠綠的滑雪服配騷粉色滑雪板，站在獵獵作響的紅黃相間大橫幅下朝他們熱情地招手，高聲吼道：「弟妹！弟妹！弟妹啊！」

孟嬰寧是第一次見到陳妄俱樂部裡的這群朋友，之前唯一一個認識的是蔣格，一時間覺得這個俱樂部的人畫風好像還挺清奇的，低聲問道：「這人是你們這的成員嗎？他也跳樓嗎？他看起來像個小蝴蝶。」

陳妄看了確實跟個花蝴蝶似的在雪地裡翩翩飛舞的杜奇文一眼：「這人是老闆。」

「……」

那豈不是老公生意上的合作夥伴嗎！

那以後老公能賺多少錢不都得靠他了嗎！

孟嬰寧瞬間來了精神，也原地跳了起來，遠遠地熱情地朝他揮手：「你好！你好！」

陳妄：「……」

陳妄嗤笑一聲，按著她的腦袋把人重新壓回去了：「妳跳什麼。」

孟嬰寧笑瞇瞇地轉過頭來：「你人緣這麼差，人又獨，我要幫你社交一下啊，不然以後人家都特別煩你，不跟你一起賺錢了怎麼辦。」

人緣差？人又獨？

陳妄差點沒氣笑。

滑雪是個挺有意思的運動，滿眼白茫茫的純淨世界裡從最高處滑翔而下，高速的刺激，很容易會讓人沉浸其中。

小蝴蝶他們玩的是高山速降和越野，這種類極限運動孟嬰寧當然不敢玩，於是陳妄帶著她到另一邊空曠的場地玩。

孟嬰寧全副武裝，所有裝備都是最高規格，然後牽著陳妄的手，小心翼翼地，像蝸牛一樣往前蹭。

陳妄難得耐心一回，一點一點耐著性子教她。

「先走，慢慢來，腳分開點。」

「肩放平，妳縮什麼？」

「別怕，沒事，我在呢，放輕，膝蓋稍微往裡點。」

孟嬰寧學得很快，半天的時間，就能自己嗖嗖滿場跑了。

小目標完成，她開始展望大的。她指著不遠處的那個小矮坡，朝陳妄招了招手。

陳妄慢悠悠地滑了過去。

「我要玩那個！」小姑娘興奮地要求。

陳妄縱著她：「好，走。」

他帶著她慢吞吞地攀上小矮坡坡頂，對陳妄來說這種高度不算什麼，但孟嬰寧已經開始捂眼睛了。

雪道在他們腳下蜿蜒到遠方，陳妄站在她身後，聲音沉冷，吐息間氣息卻溫熱：「別怕，有我在。」

他帶著她在最高處直滑而下。

腳下能感覺到雪被壓上去咯吱咯吱的觸感，耳邊能聽見凜冽的風包裹著雪粒呼嘯著颳過來，冷冰冰的痛感襲上神經，失重的快感很強烈，孟嬰寧想閉上眼睛，卻又不敢，瞪大了眼直直地看著前面，然後嗷嗷地尖叫出聲。

刺激又害怕，酣暢淋漓。

身邊傳來男人低沉的笑。

孟嬰寧渾身有些僵硬，就這麼保持著同一個姿勢一路滑到坡低，滑到平坦雪面上，速度降下來，身子側著往斜後方一歪，眼看著就要摔倒。

下一秒，她被人拉著手往前一墊，陳妄墊在她身後，從後面抱著她倒在厚實的雪地上。

雪沫飛濺著鑽進衣服裡，貼上脖頸，然後被體溫融化，孟嬰寧冷得縮了縮脖子。

緩了幾秒以後回過神來，她躺在陳妄的身上，莫名其妙開始笑。

女孩一邊喘著氣一邊咯咯地笑，小身子一顫一顫的，好聽的聲音在空蕩蕩的雪場響起，笑得停不下來。

陳妄被她壓著，抬手拍了拍她的屁股：「別笑了。」

孟嬰寧止住笑，翻了個身從他身上下來，然後仰面躺在他身邊。

兩個人並排躺在白茫茫的雪地上，看著眼前蒼茫的天空，日光冰冷又溫暖地灑下來，一時間悄然寂靜。

天地高遠，白雪遼闊，時光漫長穿透十幾年歲月長河。

周身全部的事物與經年彷彿都在剛剛跟著冷風急速略到身後，恍惚間孟嬰寧彷彿又回到了很多年前的那個傍晚。

蟬鳴聲聲清寂，她從睡夢中被人揪著頭髮吵醒過來，一睜眼就看見眼前站著個修羅一般的陌生少年。

她嚇得大哭，那少年面無表情看她哭了好半天，最後皺了皺眉，很凶地伸出手來蹭了一把她眼角的淚珠，聲音低沉又稚嫩：「別哭了。」

孟嬰寧躺在雪地裡伸了伸腿，抬手把滑雪鏡拽上去，然後轉過頭來，陳妄也正側頭看著她，他沒帶護目鏡，黑眼清亮深邃，平靜地看著她。

然後忽然翻身，掌心支著地面覆上來，撐在她身上，居高臨下。

孟嬰寧平躺著，又開始咯咯笑。

陳妄看著她笑得傻乎乎的樣子，被傳染了似的也跟著笑了笑：「笑什麼，跟個傻子似的。」

孟嬰寧還是停不下來：「誰是傻子，你才是傻子。」

陳妄揚眉，低頭在她鼻子上輕輕咬了一口：「敢罵我啊。」

孟嬰寧笑著躲，抬手勾住他的脖子：「陳妄。」

「嗯？」

她的腦袋往上湊了湊，親了親他的嘴唇：「歡迎來到你的世界。」

陳妄看著她，眼神很靜。

她挺喜歡看他有時靜下來的樣子，從小就喜歡，那種驕而不浮，彷彿所有事情都全然掌握於心中的模樣。

那種淡而平和的，遊刃有餘。

孟嬰寧已經很久很久沒有看到過這個樣子的他。

就好像那些記憶中的，曾經遊蕩在漫長時光裡的他。

終於，得以重見天日。

靜默半晌，陳妄手臂一彎，脖頸低下來，吻她的唇。

空氣冰涼，在震顫，唇齒間的氣息滾燙灼熱，他們在雪地相擁親吻。

連著心跳。

連著聲音。

澄澈日光下，孟嬰寧恍惚聽到男人低沉的聲音含糊地餵進她唇齒間，呢喃似的一句——

「我也愛妳。」

——《玫瑰塔》正文完——

番外一　見面禮

孟嬰寧自從一組照片，又因為一些烏龍原因跟新晉小花撕了一場以後一炮而紅。

本身形象與氣質都無可挑剔，又是莫老師的寵，一時間炙手可熱，約拍的工作排到了幾個月以後。

孟嬰寧這段時間事多，結婚以後陳妄像是打通了任督二脈，晚上下班飯後兩個人幾乎沒有別的休閒活動，筷子撂下提著人進房間隨便往哪一扔。

就開始做。

最開始的時候孟嬰寧其實還是挺樂意做這事的，畢竟男人學習能力極強進步飛快，技術簡直突飛猛進日益精進，而且跟喜歡的人親近也讓人……非常喜歡。

但快樂和痛苦有的時候往往只有一步之差。

一段時間以後，孟嬰寧覺得有點承受不住。

某天清晨，孟嬰寧使出吃奶的力氣把晚上折騰到快後半夜，第二天早上抱著她往身上一擱還打算再來一次的男人費盡力氣地踹到地上，揉著痠疼的大腿肌肉在他還沒爬起來之前又拽著他的枕頭對著腦袋劈頭蓋臉往上一砸，憤怒道：「明天把長安接回來！必須接回來！」

陳妄也不擋，任由枕頭啪嘰一下砸在臉上，然後慢悠悠地拽下來了，挺無辜的：「怎麼了？」

「你還問我怎麼了，」孟嬰寧兩邊腮幫子一鼓，看起來非常沒脾氣地發著脾氣，「你不用上班天天在家裡待著，我要去的！我是要去上班的！你也休息夠久了，就算是婚假也折了幾個來回了。」

孟嬰寧很認真地建議著：「陳妄，你去找個工作吧，或者去你那個俱樂部認認真真地搞一下事業。」

陳妄翻身上床，人往上一壓，揚眉：「嫌我沒工作啊？」

「我是嫌你太閒了，太閒了腦子裡就總想著要做這些亂七八糟的事，忙一點你不就沒空了？」孟嬰寧小聲嘟囔著。

腦子裡想著這麼個事，孟嬰寧就開始認真的為陳妄出謀策劃。

她其實不知道他現在能做什麼，讀書的時候這人成績是還挺好的，但他大學讀的是軍校，好像也沒辦法做技術性人才。

孟嬰寧幫他出主意：「不然你去當保鏢吧，我們那個辦公大樓前兩天好像在招人。」

陳妄正在看新聞，抬了抬眼皮子：「不是保全嗎？」

「哦，對，保全，」孟嬰寧美滋滋地說，「我看那套制服也還挺帥的，一身黑，還挺顯身材。」

隔幾天，又突發奇想：「要不然你去找找有沒有什麼討債公司需要打手。」

揮灑揮灑你一身無處發洩的精力。

「……」

孟嬰寧暫時沒想到特別合適的，倒是林賀然先找上門來。

兩個男人坐在客廳裡嘰哩呱啦半天，最後林賀然大腿一拍，嚎了一嗓子：「說定了啊！誰反悔誰不是男人。」

孟嬰寧端了盤水果過來：「你們說什麼呢？」

陳妄長腿翹著：「妳不是嫌我沒工作？」

孟嬰寧睜大眼睛：「我什麼時候嫌你沒工作，我是覺得你精力太——」

她看了旁邊坐著的林賀然一眼，到嘴邊的話戛然而止，紅著臉清了清嗓子，「所以你們以後又變成同事了嗎？」

「算是吧。」

說是同事，其實是特聘，軍警本來就屬於不同體系，刑偵和陸軍特種方向也完全不一樣，想要轉職其實不是那麼容易的事情，當年林賀然也是各種讀書考試面試測試一堆才轉了刑警隊從基層小透明開始幹。

陳妄本來是要升校官的，但因為湯嚴的事就這麼擱置了，一直到退伍。但十幾年幾乎每天都是在最前線，對犯罪和危險的敏銳度又都沒話說，不用的話有點浪費。

為了慶祝陳先生找到工作，再加上這人完全不會社交，已經升級為人妻的孟嬰寧開始操心自己男人的人際關係。

剛開春，雪都還沒融化，天正冷，孟嬰寧幫他同隊辦公室裡的人每人買了一個保溫杯，還體貼地提前問了林賀然男女人數，買了粉藍色和黑色兩種，想著等陳妄去的那天帶過去，當個見面禮。

結果正式入隊頭兩天，孟嬰寧出差，要去兩天，臨走前想起這事，跟陳妄說買了點見面禮，應該這兩天就到了，一人一個，讓他到時候別忘了發給同事隊友，女孩子要給粉的，剩下給男的。

陳妄向來不在乎這些，也沒問是什麼，答應下來了。

孟嬰寧放心的走了。

當天晚上，陳妄收到快遞。

挺大一個箱子，陳妄也懶得看，第二天一早準備走的時候，收到孟嬰寧的訊息：『今天入隊了！禮物帶了嗎！』

「……」陳妄看了被他隨便一腳踹到角落裡的大箱子一眼，有點不耐煩地擰著眉。

孟嬰寧又傳過來了兩則：『別忘記帶了，我挑了好久呢。』

陳妄不耐煩了五秒，最後還是嘆了口氣，打字回：『知道了。』

陳安放下手機俯身，把大箱子拆了。

裡面全是鞋墊，各種顏色各種款式的。

陳安拿起幾個看了一眼。

有的上面是大朵大朵粉色的花，密密麻麻地印滿了整塊布料，還有格子的、條紋的。

竟然還他媽有上面能繡十字繡的。

陳安對著滿滿一箱目測有一百多雙鞋墊，沉默了至少五分鐘。

他沉默著拿起手機，確定了一遍：『要送這個？』

孟嬰寧很快回：『對啊。』

陳安：『為什麼送這東西？』

孟嬰寧：『現在這個季節剛好合適啊，用著也能驅驅寒什麼的，再過段時間開春了天暖了就不能用啦！』

「……」

好像很他媽有道理的樣子。

陳安沒說話，反正他絕對不會帶著個過去。

但孟嬰寧好像完全知道他在想什麼一樣，一個電話打過來：『我告訴你，你今天必須帶過去給他們啊。』

陳妄盯著那一箱花花綠綠的鞋墊，半晌，艱澀開口：「寧寧……」

『不行！我買都買啦！』孟嬰寧很堅決，『雖然不是什麼值錢的東西，但你送的是心意呀，無論是什麼大家會很高興的，我還特地挑了不同的顏色呢。』

「……」

陳妄被說服了。

反正她開心就好，要是不帶等她回來知道了又不高興。

陳妄面無表情地扛著一箱鞋墊上了車，開到刑警隊，又卸下來扛進辦公室。

因為湯城的事情，陳妄已經跟林賀然手底下這些小孩挺熟了，一見到他進來，很熱情地打招呼：「陳哥！」

林賀然抱著茶水杯靠在辦公室門口，抬了抬手：「陳隊你來了啊！手裡拿什麼啊？」

陳妄氣壓很低，冷著臉把箱子拆開，裡面的東西一卸，一箱子鞋墊嘩啦啦地全倒在離門口最近的桌子上，花花綠綠各式各樣。

卸完，男人往旁邊斜倚著一靠，微抬了抬下巴，周身氣場如地獄修羅般冷漠道：「見面禮，自己挑，全他媽給我領完再走。」

警隊全體：「……」

另一邊，孟嬰寧打完電話放下心來，排完今天的行程以後打開社群隨手滑了一下私訊。

最上面一欄好多驚嘆號，並且傳了好多則，孟嬰寧點開。

『嬰寧小寶貝聽說你要賣鞋墊啊啊啊我家就是做這個的啊！我寄給後援會會長要她轉寄給妳了！她說妳昨天已經簽收了！』

『我寄了一百副！妳看夠嗎不夠我家還有！』

『還有內褲、襪子什麼的都是低於市場價的批發零售啊！不要錢的我不是為了要錢啊！都是送給妳的！是我對妳的愛！』

『我挑了好多妳看到了嗎！還有十字繡的！』

『妳拆開看了嗎！妳喜歡嗎！妳喜歡嗎寶貝！』

孟嬰寧：「……」

孟嬰寧：？

番外二　長安

陳安和孟嬰寧剛接易長安回來的時候，小傢伙特別怕生。

各種手續孟父、孟母都已經走完了，陳安和孟嬰寧開車去福利院，接了人直接回孟家。

時隔二十多年，家裡再次出現這麼小的小朋友，孟靖松比小長安還緊張，當天早上刮了三遍鬍子，最後把下巴刮出血了，被孟母吐槽沒出息，才放下刮鬍刀。

十點多，門鈴被按響。

孟母去開門，小朋友被孟嬰寧牽著躲在最後面，抱著她的腿，只露出一顆小腦袋。

小長安抿著唇，怯生生地伸出來看一眼，又很快縮回去，肉呼呼的小手緊緊地抓著孟嬰寧的褲子。

老孟笑瞇瞇地蹲下來，也沒靠近，跟他打招呼：「你好啊。」

安靜好一陣子，易長安慢吞吞地重新伸出頭，黑葡萄似的大眼睛不安地看著他。

「第一次見面要先打招呼對不對，你叫什麼名字？」老孟繼續樂呵呵地說，「我叫孟靖松。」

長安沒說話，抱著孟嬰寧的腿，軟軟的臉蛋緊緊壓在上面，有點變形。

「我們先進來，好嗎？」老孟跟他商量著，「門這麼開著有點冷。」

長安遲疑著往前蹭了兩步，他有點不太敢，又覺得這樣沒有禮貌，別人都告訴他名字了。

小朋友慢吞吞地從孟嬰寧身後挪出來，手背在後面，又伸到前面來捏著，有點手足無措：

「……我叫長安。」

他特別特別小聲，奶聲奶氣地說。

孟靖松心都融化了，哎喲一聲：「那你知道我是誰嗎？」

長安遲疑著點了點頭。

「我是媽媽的爸爸，你要叫我外公。」老孟耐心地說。

易長安怯怯地叫了一聲。

陳安站在客廳門口，低著下巴笑了笑。

剛回來時，他把孩子送到福利院，連去都不怎麼敢去，都是陸之州一個人。

每一次都像是在提醒，因為他，這孩子現在什麼都沒有了。

他本來應該有個很幸福的家庭，有很愛他的爸爸和媽媽，等他長大以後，懂事了知道這些，會不會恨他。

陳安沒想過有一天他也能覺得釋然。

等他再大一點，他會把所有的事情都告訴他，會尊重他的所有選擇和想法，會告訴他他有兩個爸爸、媽媽，他們都很愛他。

老孟很會哄小孩，長安的性格有點內向，一個上午就跟他混熟了，兩人坐在陽光房小茶桌旁喝飲料。

飲料是孟母榨的草莓奶昔，小朋友小大人似的坐在比他高的木頭椅子上，短腿晃著，捧著一個小狗形狀的小朋友用的杯子小口小口的喝。

老孟就一邊泡茶，一邊跟他說話。

說了一陣子，孟靖松又上了閣樓，抱了一大盒樂高積木下來，獻寶似的給他：「喜不喜歡這個？」

小長安不敢接，大眼睛往陳妄那邊求助似的找過去。

陳妄走過來，摸了摸他的腦袋，低下頭：「你想要這個嗎？」

小朋友不說話，好半天，很小心地輕輕點了下頭，聲音特別小：「想的。」

「那你要說謝謝外公，這是外公送你的禮物。」陳妄耐著性子教他。

易長安乖巧地道了謝，小心翼翼地抱過來，動作特別輕，慢慢的，像是怕碰碎了似的。

孟嬰寧和陳妄就這麼留下來住了一段時間，長安每天晚上都跟著他們睡。

孟父、孟母把東西準備得很齊全，小朋友每天晚上洗完澡，穿著印了哆啦A夢的新睡衣安安靜靜地坐在床上，還要玩一下他的小積木。

特別喜歡。

陳妄不是特別會哄小孩，平時晚上都是孟嬰寧來哄，講故事給他聽，某天晚上，孟嬰寧洗澡，命令他陪小朋友玩積木。

陳安拿出全部耐心陪著擺，邊擺邊逗他：「長安這麼喜歡這個啊？」

易長安很用力地點了一下頭。

陳安側身手肘撐在枕頭上，往前靠了靠，說：「那以後有了弟弟、妹妹，弟弟、妹妹也喜歡，長安給他玩嗎？」

小朋友睜大了眼睛，好奇地看著他：「什麼時候有？」

「等長安長大點吧，」陳安漫不經心地說，「能照顧弟弟、妹妹的時候。」

小朋友眨眨眼：「要長安照顧嗎？」

「要啊，」陳安逗他玩，「到時候弟弟、妹妹哭了，就要長安來哄了，喜歡弟弟還是妹妹？」

易長安小臉皺起，看起來非常糾結，好半天，糯糯地說：「喜歡妹妹，但還是要弟弟吧。」

「嗯？」陳安問，「為什麼想要弟弟？」

易長安嘆了口氣，口齒不清地慢吞吞說：「要是妹妹和媽媽一樣愛哭，長安就要哄兩個。」

他想起之前孟嬰寧抱著他蹲在活動室門口哭，他都幫她痛痛飛了，也沒有用。

小朋友皺著眉，非常煩惱，奶聲奶氣地說：「媽媽哭長安哄，妹妹也哭，長安都沒有時間吃飯飯，長安這輩子也哄不完。」

陳安：「……」

孟嬰寧洗完澡出來，易長安已經睡著了。

小朋友裹著小被子乖乖地躺在小床裡，側著臉，嘴巴壓得嘟嘟著，臉蛋看起來軟乎乎的。

孟嬰寧過來幫他拉了拉被子，覺得神奇，小聲說：「你不是能哄嗎。」

陳妄大咧咧地伸著腿躺在床上看書，懶洋洋說：「他自己睡著的，玩了一陣子睏了，放到床上就睡著了。」

孟嬰寧爬上床，忽然轉過頭，看著他。

陳妄一頓：「幹什麼？」

「我在想，長安為什麼還挺喜歡你的？」孟嬰寧納悶地說，「你從小就不討小孩喜歡，你知道嗎？你看我，小時候跟你關係那麼差，特別怕你。」

陳妄嗤笑一聲：「陸之州小時候跟妳關係好。」

孟嬰寧：「欸你這人……」

「小時候好有什麼用，」陳妄不屑道，「長大了能娶回家嗎？」

「……」

陳妄隨手把書扔到床邊：「小時候好長大能睡一起嗎？」

孟嬰寧：「……」

陳妄側頭，散漫道：「能上床做——」

孟嬰寧小手一巴掌拍在他嘴上，壓著聲音漲紅了臉：「你閉嘴！變態！」

番外三　小糯米

婚後第二年，家裡多了一團小糯米。

小糯米的生日在冬天，出生的那天是冬至，一年當中日照最短的一天，孟嬰寧當時不記得別的，只記得那天非常冷，疼得要人命。

陳妄從局裡趕到醫院的時候林靜年正扶著她倚靠在欄杆上產前運動，即將開到三指。醫院裡中央空調開得很強，女孩身上隨便披了件外套，頭髮綁成低低的辮子，鬢邊的碎髮被冷汗浸透了貼在頰邊，一步一步慢吞吞地挪。

林靜年在她旁邊說兩句什麼，孟嬰寧靠著牆笑，眼睛彎彎，順勢抬起頭。

冬日的陽光輕恍恍的，男人逆著冰冷的日光疾步走來，五官甚至輪廓全都看得不真切，肩頸腰腹的線條卻熟悉得讓人掃上一眼就能認出。

孟嬰寧站在原地不動，就這麼看著他走過來，上一秒還笑瞇瞇的眼瞬間紅了，像個受了委屈強撐著的小朋友似的，癟癟嘴，朝他伸出手。

自己一個人的時候感覺還沒什麼事，一看到他，她又嬌氣上了。

寒冬臘月，外套上裹著冰霜和冷意，陳妄一邊脫掉外套一邊走過來，張開手臂小心地抱了抱她，感受到她軟乎乎的小臉呼出暖洋洋的氣：「疼不疼？」

「你能不能別問廢話？」孟嬰寧吸了吸鼻子，沒好氣地說，「我以後再也不要生孩子，我就說我們有長安就夠了，都怪你。」

陳安不打算提醒她到底是誰在沒懷孕之前天天慫恿長安來找他說想要個小弟弟或者小妹妹，只抬手抓了抓她的頭髮：「好，不生了，都怪我。」

孟嬰寧：「那你認錯。」

「我錯了。」陳安說。

「你錯哪了？」孟嬰寧不依不饒。

「……」陳安沉默了。

孟嬰寧推著他，單手扶著肚子眼淚汪汪地看著他，又委屈了，開始哭：「你根本不知道你錯哪了，那你認什麼錯？你認什麼錯！你就是在敷衍我，你是個混蛋……」

陳安：「……」

家裡就這麼有了新成員。

名字還是長安取的，因為小朋友剛出生的時候圓圓小小的一團，又白又嫩，像塊糯米糕，於是就取了個小名叫小糯米。

陳安在這方面是極其散漫隨意的人，隨口說：「那叫陳糯米吧。」

孟嬰寧躺在床上氣得差點沒忍住把手裡的老母雞湯扣到他腦袋上。

最後去掉了米字，大名陳糯糯。

孟父翻了兩個多月的詩經，取了四十個名字，一個也沒用上。

小糯米有點晚熟，快兩歲了甚至連話都還不會說，孟嬰寧本來還不覺得有什麼，但是在瞭解到別人家的小朋友兩歲都能斷斷續續冒出詞語甚至句子的時候，孟嬰寧開始有點著急了，私下裡跟陳妄說：「小糯米是不是有點太晚熟了？」

陳妄沒當回事，靠在床頭看書：「要那麼早熟幹什麼？」

「也不是要她早熟，她都快兩歲了，話都不會說，路也走得連滾帶爬，又愛哭，看個天線寶寶都能嚇哭，」孟嬰寧嘆了口氣，「也不知道像誰。」

「……」陳妄頓了頓，抬起頭，沉默著看了她一眼。

孟嬰寧察覺到他的視線，反應過來：「你看我幹什麼？」

「妳上小學的時候，看卡通都還會嚇哭。」陳妄提醒她。

「你是什麼意思，」孟嬰寧啪嘰一巴掌拍在他手裡的書上，瞪他，「是說小糯米這樣都是我的錯？」

「這哪裡錯了，」陳妄不是很理解她到底在憂慮什麼，順勢隨手把書扔到一邊，「小糯米現在這樣有什麼不好，她才兩歲。」

「別人家兩歲小朋友都會跟爸爸、媽媽撒嬌了，」孟嬰寧又憂鬱又羨慕地說，「還會叫媽媽呢，叫得甜甜的，就我們家這個，跟個小傻子似的。」

「……」

「所以妳其實只是羡慕人家會叫媽媽，」陳妄終於明白過來，啼笑皆非地看著她，「妳這麼大的人了怎麼還跟個小孩似的。」

孟嬰寧瞪著他鼓了鼓腮幫子，不高興地翻了個白眼，背過身去，被子一拉蓋住腦袋：「睡覺！」

孟嬰寧放棄和孩子她爸交流。

男人和女人在養小孩這件事上的想法截然不同，根本沒辦法相互理解，就算她說得再明白，陳妄這種三百年才能碰見一個的完全不懂風情糙直男，不會明白女人對於自家孩子那一聲媽媽有多麼的渴望和執著。

這事以後，孟嬰寧真的開始像個小孩似的，幼稚得跟陳妄較勁，打賭小糯米是先會叫媽媽還是爸爸。

陳妄挺配合她的，兩個人挑了一天週末，陳妄被孟嬰寧強拉在家，逮著小糯米坐在客廳陽臺她的活動區那一塊。

孟嬰寧把女兒抱在懷裡，小女孩非常黏她，黏黏糊糊地往她懷裡鑽，肉肉的小手捏著她的頭髮，哼哼唧唧地撒嬌。

孟嬰寧把她拽出來：「小糯米，」她聲音軟綿綿地哄著，「來，跟我叫——媽媽。」

小糯米被她抱著，圓滾滾的大眼睛看著她，茫然的看著她，不說話。

孟嬰寧耐著性子，語調放得更柔：「媽媽，叫媽媽——我是誰呀寶寶？」

小糯米蹬了蹬腿，肉呼呼的兩截小胳膊張牙舞爪地擺了擺，張開小嘴，開始「啵啵啵啵——」地玩口水泡泡。

「小糯米，不可以這樣，」孟嬰寧抬手戳一下她軟乎乎的臉蛋，「這樣很髒，知道嗎？不可以這樣玩。」

小糯米臉頰上被她戳出一個小小的坑，有點變形了，歪著腦袋無辜地眨著眼，「咯咯咯」地笑，嘴邊糊了滿嘴的口水泡泡。

孟嬰寧嘆了口氣。

陳妄倚靠在一旁，看著小的那個在那折騰大的，舔了舔唇開始笑，一副置身事外的樣子。

孟嬰寧瞪了他一眼，手臂一伸，拎著小朋友遞過去給他：「你看看她這一嘴沫，這麼大了還玩口水！」

一歲多的小朋友也有些重了，孟嬰寧抱得吃力，陳妄接過去倒是覺得輕飄飄的，小朋友輕，在懷裡抱著，小小軟軟的一團，讓人不敢用力，感覺兩根手指就能捏碎。

陳妄沒什麼照顧小孩的經驗，彆彆扭扭抬手，把手裡的小朋友提起來，提到與視線同高。

一大一小對視了好半天，小糯米的眼睛長得很像媽媽，圓滾滾的杏眼，像兩顆黑葡萄，瞧著人的時候水汪汪的，顯得可憐又無辜。

陳妄對上女兒的視線，略微怔了怔，手臂微曲，無意識稍微往回收了點，努力溫柔低著嗓子說：「叫爸爸——」

他話還沒說完，距離剛拉近，小糯米像是迫不及待似的，一口水沫沫突然「啵啵啵」地吐了出來，沿著唇角啪嗒啪嗒往下滴，全滴在自家老爸的襯衫上。

陳妄話音頓住。

陳妄緩慢地低下頭。小寶寶的口水透明的，還拉著絲，源源不斷地往下淌，洇濕了大片的襯衫布料。

陳妄沒什麼表情地抬起頭，唇線平直，小糯米眨著眼和他對視，被爸爸一雙黑眼冷漠地看著，小嘴一點一點癟下去，眼眶泛紅，委屈地哭了。

陳妄被她哭得措不及防，錯愕兩秒，抿起唇，有點不知道該怎麼辦。沒頭沒尾地突然想起，孟嬰寧小時候也是見著他第一面就哭了。

陳妄想嘆氣，又莫名有點想笑。

他第一次見到孟嬰寧的時候，她一哭起來，他完全不知道該怎麼辦。

這小丫頭跟她媽媽像是同一個模子裡刻出來的，他一句話沒說就開始哭，哭起來還無聲無息的，靜悄悄地掉著眼淚，也不說話，就這麼看著你，像是受了天大的委屈。

等陳妄好不容易哄好了，孟嬰寧就繼續教她說話。

兩人一人一遍的教，小朋友被按在墊子上就這麼乾坐了一下午，兩隻肉呼呼的小手撐著地，看看這個，又看看那個，任由孟嬰寧嘴皮子都磨薄了三層，還是一句話都不說。

一直到下午四點，上小學的長安從補習班回來，鑰匙聲剛響起來，小糯米圓圓的耳朵也跟著動了動。

房門被推開，少年背著書包進了屋。

小糯米嘴一癟，連跑帶爬跌跌撞撞地跑到門口，仰著腦袋伸出肉肉的小胳膊討抱抱，委屈地哼唧：「咯咯。」

孟嬰寧：？？

陳妄：「……」

長安愣了愣，書包都來不及放，蹲下身把她抱起來：「糯糯怎麼了？」

小糯米緊緊抱著他不放手，腦袋埋進他懷裡蹭了好半天，極其委屈的樣子，聲音黏糊糊的，口齒不清的口水音：「咯咯。」

孟嬰寧好半天沒說出話來，抬手指著自家女兒：「她會叫哥哥！」

長安一臉平靜：「她早就會叫了，上次我陪她玩的時候就叫我了。」

「……」

孟嬰寧傷心了好幾分鐘，怎麼也沒想到自己費盡力氣的磨了這麼久，女兒最先會說的不是爸爸也不是媽媽，竟然是哥哥。

番外四 哥哥

小糯米跟哥哥的關係從小就好，小時候長安帶著她玩，上了幼稚園小學以後學校都在長安的學校旁邊，於是接送上下學也成了哥哥的工作，長大以後還負責補習講課教作業。

別的小女孩被人問以後想嫁給誰妥妥的都是爸爸，小糯米不一樣，陸之桓有一次問她長大以後想做誰的新娘子。

小糯米皺著眉很認真地想了想，一臉堅定地說：「哥哥。」

陸之桓假裝驚訝：「小糯米不想嫁給爸爸啊？」

「不想，」小糯米苦著臉搖搖頭，「爸爸長得太凶了，這個世界上只有媽媽會願意嫁給爸爸。」

陸之桓笑得前仰後合，看向一旁臉黑了的陳安：「聽見了嗎安哥！你女兒嫌你長得太凶了，我們小糯米喜歡溫柔的！」

就這麼到考國中時，小糯米都是想要嫁給哥哥的，一直到上了國中，少女情竇初開，開始懵懵懂懂地明白喜歡是怎麼回事了。

小糯米覺得自己喜歡上和她同班的一個男同學。

這位男同學長得唇紅齒白，好看得很，在一堆小花朵這輩子最醜的青春期裡依然是十分靚麗的花。

他們相遇在開學日，男同學是她的隔壁桌，老師發新書和本子下來的時候別的同學都很吵，在聊天和說話，只有他安安靜靜的，看起來非常冷酷。

糯糯覺得他跟別人好不一樣，這可能就是心動的感覺。

當天下午放學，易長安來接她，她興高采烈地說了一路這個男同學。

就這麼過去了一個多月。

起初易長安還不覺得有什麼不對，直到女孩連著三十幾天，天天都在跟他說同一個小男生的時候，少年終於察覺到一絲絲不正常。

易長安今年高三，課業比較忙，有時候是放學的時候先把她送回家，然後回學校上晚自習，更多的時候時間來不及，糯糯就去高中部跟他一起吃個飯，然後去圖書館寫作業，等他下了晚自習一起回家。

兩個人在同一所學校，從國中部這邊走到高中部沒幾分鐘，也方便。

又是一天週五放學，易長安翹了個晚自習，拎著書包去國中部，等在國一班級門口。

老師正在最後安排週末的作業和任務，下面吵吵鬧鬧，有的在記作業，有的已經等不及開始整理書包了，易長安一眼看見了陳糯糯，她長得極慢，個子不高，坐在第二排，正在側著頭跟她隔壁桌說話。

男孩長得稚嫩清秀，皺著眉，看起來有點冷漠，並沒有特別想理她的樣子。

女孩絲毫沒受到影響，很開心地跟他說話，喋喋不休嘰嘰喳喳。

易長安靠著門站，看著她。

十七、八歲的少年，個子竄得正猛的時候，身量看起來有些單薄，眉眼清雋溫和，很是搶眼。

臨近放學，隔壁桌也開始收拾書包了，糯糯一邊裝書一邊說著話，臉一扭，看見站在門口的易長安。

女孩眼睛亮了亮，但老師話還沒說完，她也就沒站起來，再次扭過頭去，跟隔壁桌說：「你看，我哥哥來了，你要假裝跟我親密一點。」

隔壁桌皺了皺眉，跟著往門口看了一眼：「妳怎麼還沒放棄，都一個月了。」

「這不是才一個月嗎？」糯糯毫不在意地說。

「妳跟他說了一個月妳喜歡我了，他也不吃醋，說明他對妳沒有別的感覺，他看起來一點也不喜歡妳，」隔壁桌冷淡地說，「而且妳一個國中生，妳哥哥肯定只把妳當妹妹。」

被他這麼一說，女孩也難過了一下，長長的睫毛低垂著，小聲嘟囔：「我又不是他親妹妹，我們一點血緣關係都沒有。」

她不高興了，看起來委屈又可憐的樣子，隔壁桌有點不忍心，嘆了口氣，語重心長地說：「行了，我知道了，妳就跟他說我是妳的男朋友。」

女孩的表情瞬間變了，朝他眨了眨眼，然後站起身，跳著跑到門口：「哥哥！」

大家當了一個多月同學，班裡的人都知道陳糯糯有個哥哥，她每天都去高中部找人。

上高三，高三那可是在這個學校裡處於食物鏈頂端的年級，神一般的存在，高三已經是半隻腳踏入大人的世界的人了，平時除了午休放學什麼的沒什麼機會見到，大家都挺好奇的探頭往門外瞅。

易長安也不在意，看著女孩跑到教室門口來，仰著腦袋看著他，溫和地笑著揉了揉她的腦袋，蹲下來說：「我來看看糯糯有沒有好好上課。」

女孩眼睛轉了一圈，抱著他的脖子湊過去，小聲說：「你是不是想來看看我的男朋友？」

易長安差點被口水嗆著，「男朋友？他已經是妳男朋友了？」

糯糯很認真地點點頭：「我跟他說我挺喜歡他的，他就說他答應我，以後會教我寫作業，」糯糯強調，「他成績特別好。」

「……」易長安看著她啞然了幾秒，有點想笑：「哥哥還沒有女朋友，糯糯就先幫自己找了個男朋友？」

女孩突然有些緊張地看著他：「不行，你不能找女朋友。」

「我怎麼不能找女朋友？」易長安接過了她的書包，站起來笑著說，「糯糯都有小男朋友了，還不讓哥哥談戀愛？」

女孩皺著眉，抿了抿唇，忽然不說話了。

兩個人穿過走廊，走到樓梯口，正準備下樓，她才忽然開口，小心翼翼地問：「哥哥，你是不是有喜歡的人了？」

「嗯？」易長安困惑地轉過頭來，一秒鐘後反應過來，拖長了聲故意逗她，「嗯……糯糯幫哥哥保密嗎？」

「我不會幫你保密的，」女孩斬釘截鐵地說，「你如果談戀愛了我就去告訴媽媽，說你早戀了不好好念書，也不想好好準備考試，每天晚上都偷偷逃晚自習和女朋友跑出去約會。」

易長安：「……」

——《玫瑰塔》番外完——

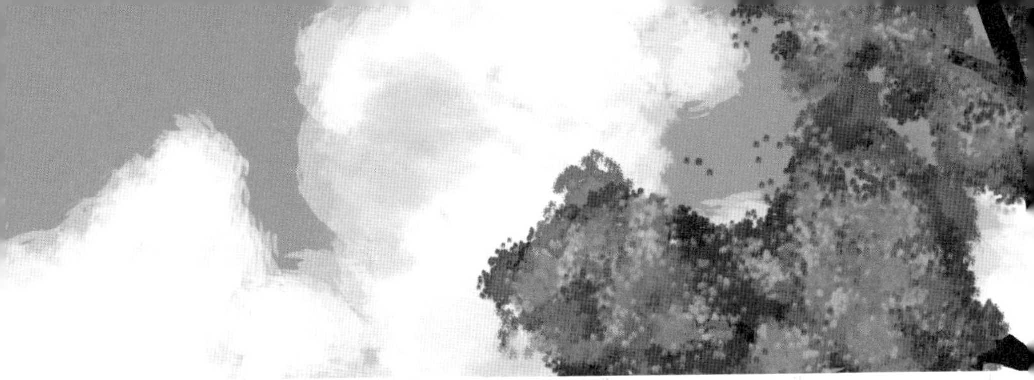

高寶書版集團
gobooks.com.tw

YH 093
玫瑰塔（下）

作　　者　棲見
責任編輯　吳培禎
封面設計　Ancy Pi
內頁排版　賴姵均
企　　劃　何嘉雯

發 行 人　朱凱蕾
出　　版　英屬維京群島商高寶國際有限公司台灣分公司
　　　　　Global Group Holdings, Ltd.
地　　址　台北市內湖區洲子街88號3樓
網　　址　gobooks.com.tw
電　　話　(02) 27992788
電　　郵　readers@gobooks.com.tw（讀者服務部）
傳　　真　出版部(02) 27990909　行銷部 (02) 27993088
郵政劃撥　19394552
戶　　名　英屬維京群島商高寶國際有限公司台灣分公司
發　　行　英屬維京群島商高寶國際有限公司台灣分公司
初　　版　2022年7月

本著作物《玫瑰撻》，作者：棲見，由北京晉江原創網絡科技有限公司授權出版。

國家圖書館出版品預行編目(CIP)資料

玫瑰塔/棲見著. -- 初版. -- 臺北市：英屬維京群島商高寶國際有限公司臺灣分公司, 2022.07
冊；　公分. --

IISBN 978-986-506-453-2(上冊：平裝). --
ISBN 978-986-506-454-9(中冊：平裝). --
ISBN 978-986-506-455-6(下冊：平裝). --
ISBN 978-986-506-456-3(全套：平裝)

857.7　　　111008546